D1725915

Besuchen Sie uns im Internet:

www.kirchenshop-online.de

Heinrich Rathke

Heinrich Rathke

»Wohin sollen wir gehen?«

Der Weg der Evangelischen Kirche
in Mecklenburg im 20. Jahrhundert

Erinnerungen eines Pastors und Bischofs
und die Kämpfe mit dem Staat

Lutherische Verlagsgesellschaft Kiel

Fotos: privat / Archiv Rathke

ISBN 978-3-87503-173-7

© Lutherische Verlagsgesellschaft mbH, Kiel 2014

INHALT

Vorwort
der Herausgeber

Am 12. Dezember 2013 war der 85. Geburtstag von Pastor und Altbischof Dr. Dr. h.c. Heinrich Rathke. Aus diesem Anlass veranstaltete der Kirchenkreis Mecklenburg ein Symposium, zu dem mittlerweile die Festschrift „Kirche für andere – Kirche mit anderen" in der Reihe „Mecklenburgia Sacra" erschienen ist. 1928 in Mölln geboren, wuchs Heinrich Rathke in Malchow auf, kam am Ende des Krieges zur Marineflak und schließlich in englische Kriegsgefangenschaft. Nach der Entlassung ging er zu einem Onkel nach Lübeck.

Nach dem Theologiestudium in Kiel und Erlangen wurde er Vikar in Bayern. 1953 ließ er sich auf Bitten von dem mecklenburgischen Bischof Niklot Beste und dem bayrischen Bischof Hans Meiser nach Mecklenburg entsenden. Nach dem Predigerseminar in Blücher wurde er als Hilfsprediger nach Althof/Bad Doberan eingewiesen und übernahm 1955 die Landpfarrstelle Warnkenhagen. 1962 ließ er sich nach Rostock-Südstadt entsenden, in ein Neubaugebiet ohne Kirche. Durch Besuche von Haus zu Haus baute er trotz aller staatlichen Anfeindungen in sieben Jahren eine lebendige Gemeinde auf. 1970 wurde er Landespastor für Volksmission und Gemeindedienst in Güstrow. 1970 zum Landesbischof Mecklenburgs gewählt, prägte er von 1971-1984 Landeskirche, Gemeinden und Mitarbeiter.

Auf der Bundessynode 1971 legte er durch seinen Vortrag „Kirche für andere" eine wichtige Grundlage für die Stellung der Kirchen in der DDR. Von sich aus schied er 1984 aus dem Bischofsamt, um die zeitliche Befristung kirchlicher Ämter zu realisieren. Er übernahm die Gemeindepfarrstelle in Crivitz und wirkte dort bis zum Ruhestand. Seit 1972 setzte er sich in besonderer Weise für die verschleppten Russlanddeutschen in Sibirien, Kasachstan und Mittelasien ein. In der Zeit der Wende wirkte er aktiv bei der Enttarnung der Stasi mit.

Heinrich Rathke hat sein außergewöhnliches Leben mit vielen regelmäßigen Aufzeichnungen und Auswertungen begleitet. Zur Goldenen Hochzeit 2005 schrieb er zusammen mit seiner Ehefrau Marianne eine Familienchronik. Jedes seiner sieben Kinder erhielt davon ein Exemplar. Seit 1970 führte er umfassende Jahreschroniken als Arbeitstagebuch. In der Crivitzer Zeit verfasste er Beiträge zur Kirchgemeinde und Stadt sowie zur Wende. Hinzu kamen Aufzeichnungen und Materialbände zum Verhältnis Staat–Kirche sowie zu Staatssicherheitsdienst und Kirche. Außerdem schreibt er seit längerer Zeit an einer kritischen Kirchengeschichte Mecklenburgs.

Im Sommer 2013 regten Freunde Heinrich Rathkes an, diese noch nicht dokumentierten Aufzeichnungen und Erinnerungen für die Nachwelt zu sichern. Heinrich Rathke hat bereits vor einiger Zeit in Anlehnung an die „Familienchronik" und an die Vorarbeiten zur kritischen Kirchengeschichte Mecklenburgs eine weitreichende Gliederung für einen solchen Sammelband entworfen. So entstand in enger Zusammenarbeit zwischen Heinrich Rathke und dem Herausgeber Wolfgang Nixdorf, unterstützt vom Herausgeberkreis Dietlind Glüer, Jens Langer und Eberhard Erdmann, der vorliegende Band. In Form einer Autobiografie bietet er ausschließlich Texte und Zitate von Heinrich Rathke persönlich. Da sie bisher nicht veröffentlicht wurden und an keinen festen Zusammenhang gebunden sind, erscheinen sie ohne gesonderte Quellenangabe. In der Beilage bringt ein Literatur- und Arbeitsverzeichnis von Heinrich Rathke eine Übersicht zu seinen Veröffentlichungen.

Die Wort- und Sacherklärungen (zusammengestellt von Pastor i.R. Eberhard Erdmann) enthalten Kurzbeschreibungen von 70 Begriffen aus Kirche, Politik und Gesellschaft in den verschiedenen politischen Systemen zwischen 1933-89, wie sie im Text von Altbischof Dr. Heinrich Rathke vorkommen. Sie sind besonders den Lesern gewidmet, denen die Gegebenheiten dieser fünf Jahrzehnte des 20. Jahrhunderts aus eigener Anschauung nicht geläufig sind. Sie können weiter dazu anregen, die angedeuteten Inhalte mit Hilfe von Lexika, Fachliteratur oder den Möglichkeiten des Internet zu vertiefen. So kann Nachgeborenen ein intensiveres Verstehen der Berichte des Zeitzeugen Heinrich Rathke möglich werden.

Schwerin, im Juni 2014
Für den Herausgeberkreis Dr. Wolfgang Nixdorf

Einleitung

Woher? Wohin? Spurensuche

Vor unserer Goldenen Hochzeit im Jahre 2005 kam uns Eltern der Gedanke, für unsere sieben Kinder eine Familienchronik zu schreiben. Warum eigentlich? Bei einem Altersunterschied von 18 Jahren hatten die Jüngsten nicht miterlebt und durch Erzählen auch nicht erfahren, was den Älteren zu ihrer Zeit begegnet war.

Zudem war die DDR-Zeit eine Zeit, in der viel verschwiegen wurde. Es konnte dumm ausgehen, wenn man in der Schule von den Westverwandten und ihrer Tätigkeit oder von dem, was man im Westfernsehen gesehen hatte, erzählte. Und es gab genug andere Themen, für die man als „feindlich-negativ" eingestuft und bestraft wurde. Dabei hatten die Eltern doch eine spannende Vergangenheit. Sie waren 1953 aus dem „Westen" in die DDR gekommen, Vater war noch im Krieg gewesen, Mutter stammte aus einer österreichischen Familie von Glaubensflüchtlingen. Es gab auch noch andere Gründe, für die Kinder – und wohl auch schon für die Enkel – etwas aufzuschreiben: Wie hatten uns die Kinder erlebt? Wie waren wir mit ihnen umgegangen? Was hatten wir ihnen angetan, dass wir aus dem Westen in die DDR kamen? Warum mussten sie dafür büßen, dass sie für ihr kirchliches Elternhaus in der Öffentlichkeit einstehen mussten? Es war auch eine Art Rechenschaft gegenüber den Kindern.

Als wir uns entschlossen haben, auch haben zureden lassen, diese „Erinnerungen" für unsere Familie/Kinder und dann auch für einen weiteren Kreis aufzuschreiben, wurde es mehr als eine „Chronik". Beim Erinnern, Besinnen und Nachdenken kommen die Fragen nach dem Woher und Wohin, nach dem Weg und der Richtung. Auch die kritischen Fragen, wo wir uns und anderen etwas schuldig geblieben sind (Bonhoeffer: „Dank und Reue").

So haben wir uns über ein Jahr lang vorher über all dies Gedanken gemacht, viel miteinander gesprochen, nach alten Unterlagen und Bildern gesucht und dann wechselweise die 31 Kapitel unserer Familienchronik aufgeschrieben. Sie ist seitdem schr im Gespräch geblieben.

Andere haben das entdeckt und gedrängt, das doch einem weiteren Kreis zugänglich zu machen, da es doch eine Wegstrecke in unserer und mit unserer Kirche betreffe. So haben wir uns mit auf den Weg nehmen lassen.

Viele Aufzeichnungen, Erlebnisse und Gedanken konnten dabei eingearbeitet werden. Auch wenn im vorliegenden Buch im Unterschied zur Familienchronik manches Persönliche zurückgetreten ist und mehr danach gefragt werden musste, wie und wo wir diesen Weg in und mit unserer Kirche erlebt haben. So kam es zu dem neuen Titel: „Wohin sollen wir gehen?" Der Weg unserer Kirche in den letzten Jahrzehnten ist ein Weg mit vielen Brüchen im Kleinen wie im Großen, Wendepunkten und wohl auch Sackgassen, wo uns die Frage, die einmal Weggefährten Jesu stellten, nottut und weiterhilft: „Wohin sollen wir gehen ...?" (Joh. 6,68)

An den folgenden Seiten haben viele mitgeschrieben, so oder so, an mancher Stelle wird man noch die geistige Handschrift meiner Frau entdecken, andere haben mitgeholfen, den Text zu bearbeiten, zu ergänzen, neues Material einzuarbeiten. Einer war als ständiger Helfer, Freund und Gesprächspartner ganz mit dabei: Dr. Wolfgang Nixdorf, der Herausgeber. Ihm möchte ich besonders danken. Und dann gehören die vielen Weggefährten mit dazu, die uns begleitet und mitgetragen haben, mit denen wir die Gemeinschaft erfahren haben, nach der Joh. 6 die Jünger fragen: „Wohin sollen wir gehen? Du hast Worte des ewigen Lebens."

Zwischen den Zeiten
(1928-1933)

Mein Weg ins Leben begann in Mölln. Ein echter Mecklenburger denkt bei Mölln nicht an die Till-Eulenspiegel-Stadt südlich von Lübeck und Ratzeburg, sondern an das ostmecklenburgische Dorf Mölln vor den Toren von Neubrandenburg.

In diesem Kirchdorf Mölln, damals im Kreis Malchin, waren seit 1925 die jungen Pfarrersleute Paul und Hedwig Rathke. Dort im Pfarrhaus wurde am 12. Dezember 1928 Heinrich Rathke als zweites Kind geboren; die Taufe war am 10. Februar 1929. Es soll der kälteste Winter seit Jahrzehnten gewesen sein. Mölln war eine typisch ostmecklenburgische Pfarre mit etwa einem Dutzend Ortschaften und fünf Kirchen oder Kirchlein (Kapellen), neben Mölln in Klein-Helle, Tarnow und Schwandt, inzwischen sind auch noch Kastorf, Gevezin, Rosenow und Wrodow hinzugekommen. Darunter waren damals viele Gutsdörfer. Patron der Pfarre war Graf von Schlieffen, der auch die Berufungsurkunde des Pastors unterschrieben hatte.

Ein Foto von 1925 aus unserem Familienalbum kommt mir in den Sinn. Man sieht unseren Vater Paul Rathke zusammen mit unserer Mutter, der Pfarrfrau, vor dem Schloss der Grafen von Schlieffen in Schwandt zusammen mit dem Reichspräsidenten Paul von Hindenburg stehen. Der Kirchenpatron hat den Pastor eingeladen, bei der Begrüßung des Staatsoberhauptes dabei zu sein. Wo hat die Kirche damals ihren Platz? Zu den Gemeindegliedern der großen Kirchgemeinde mit vielen Gütern gehörten auch viele Tagelöhner, die meist die Sozialdemokraten wählten.

Pastoren erhielten damals in Mecklenburg kein festes Gehalt. Sie mussten vor allem von den Naturalabgaben der Bauern und Gutsbesitzer leben, evtl. auch noch von Pachteinnahmen für den Kirchenacker. So unterschied man in

Mecklenburg gern die Bier-, Wein- oder Sekt-Pfarren. Mölln war sicher eine schlichte Bier-Pfarre. Unser Vater Paul Rathke, kein guter Geschäftsmann, musste sehen, wie er die oft schlechten Holzlieferungen, Kartoffeln und andere Naturalien in Geld umsetzte, soweit sie nicht im eigenen Haushalt verwertet wurden, um so noch etwas Bares für die Familie zu haben.

Ich habe selbst keine Kindheitserinnerungen an Mölln, denn 1930 wurde mein Vater Pastor in der Kleinstadt Malchow. Malchow war wohl die einzige Stadt Mecklenburgs auf einer Insel, mit über 800-jähriger Geschichte. Erst im 19. Jahrhundert wurde die Insel durch eine Brücke und einen Erddamm mit dem Festland verbunden.

Wir lebten auf unserer kleinen Insel mit Pfarrhaus, gegenüber Rathaus, Amtsgericht, Geschäften ringsherum, Tankstelle und Gastwirtschaft, mitten im Malchower See. Auf der einen Seite führte der Weg über die Drehbrücke zum Festland, zum Bahnhof, zu den Schulen, zur Kirche und dahinter übers Sandfeld zum Lenzer Wald, unter dem sich schon vor Kriegsbeginn unterirdisch eine der großen Munitionsfabriken Deutschlands verbarg. Zur anderen Seite kam man über den Erddamm nach Kloster Malchow, häufig der Weg bei Spaziergängen. Bei Kindergottesdienstausflügen ging es dann auch bis zur uralten Werle-Burg am Fleesensee. Hinter dem Pfarrhaus reichte der Garten bis an den See. Gern habe ich dort geangelt, die oft kleine Beute musste dann abends gebraten auf den Tisch kommen. Schauten wir hinten aus unserem Pfarrhaus nur einige hundert Meter über den Malchower See, sahen wir die mit allerlei Verzierungen geschmückte neugotische Klosterkirche.
Die Pfarrstelle, zu der noch einige Dörfer gehörten, war mit dem nach der Verfolgung von 1919 aus dem Baltikum geflüchteten Pastor Simon besetzt. Nach der Reformation war das Kloster Malchow, ebenso wie die Klöster in Dobbertin und Ribnitz, zu einem adligen Damenstift umgewandelt worden. Sehr gut kann ich mich erinnern, wenn die beiden Gräfinnen von Schlieffen durch Malchow gingen.
Schauten wir vorne aus dem Haus, gab es immer etwas zu sehen. Dort hielten die Bauernfuhrwerke vom Land, um bei den umliegenden Kaufleuten, Bäckern und anderen Geschäften einzukaufen. Oder Pferdehändler Behncke führte seine Gäule zum Verkauf vor. Mehrmals im Jahr gab es viel Lärm und Getriebe beim Jahrmarkt oder bei anderen Festen. Sehr bald waren es die Aufmärsche von SA und SS, Hitlers Partei-Truppen; das Rathaus gegenüber

war dann mit Hakenkreuzfahnen bedeckt. Ich kann mich nicht erinnern, dass je eine Hakenkreuzfahne aus unserem Pfarrhaus gehängt wurde. Die violett-weiße Kirchenfahne, für den Kirchturm bestimmt, war bei einer Hausdurchsuchung der Gestapo sehr bald beschlagnahmt worden.

An einem Sonntagmorgen war wieder Aufmarsch der braunen SA-Abteilungen. Während mein Vater im Talar, begleitet von unserer Familie, zum Gottesdienst in die Stadtkirche ging, marschierte zur gleichen Zeit an der Spitze der SA, ebenfalls in brauner Uniform mit Hakenkreuzbinde, ein Pastor, ein Kollege aus der Nachbarschaft; in der Studienzeit war er mit unserem Vater befreundet gewesen.

Diese Wege am Sonntagmorgen zum Gottesdienst, vom Pfarrhaus durch die Kleinstadt bis zur Kirche, zusammen mit unserem Vater im Talar waren für mich als Kind oft eine Anfechtung, wie ein kleines Spießrutenlaufen. Habe ich dadurch wirklich Bekenner-Mut gelernt? Ganz schlimm wurde es, als nach 1933 am Sonntagmorgen die Hitlerjugend vor der Schule anzutreten hatte. Da mussten wir auf dem Kirchweg dran vorbei. Als ich später als „Pimpf" dort hätte antreten müssen, bestand meine Mutter darauf, dass ich dennoch mit in die Kirche ging. Zum Kindergottesdienst nach dem Hauptgottesdienst kam eine große Schar von Kindern, die in mehreren Gruppen von den Geschwistern Scheel von Kloster Malchow und von anderen Helfern die biblische Geschichte hörten. Den Abschluss mit der ganzen großen Schar hielt dann der Pastor. Unsere Eltern achteten aber darauf, dass wir auch am „großen Gottesdienst" teilnahmen. Da gab es, wenn es schon mal langweilig wurde, doch einiges zu sehen: Weniger das neugotische Altarbild interessierte mich als vielmehr die bunten Altarfenster mit der biblischen Geschichte.

Sehr gut erinnere ich mich an eine lebendige Jugendarbeit bei uns in Malchow. Da gab es Jungmädchen- und Jünglingskreise, die auch zu Ausflügen unterwegs waren. Da die Umgebung von Malchow bis hin zum Plauer See landschaftlich sehr schön war, kamen immer wieder Jugendgruppen vom Christlichen Verein Junger Männer, von den Pfadfindern und anderen Gruppen zu Rüstzeiten und Zeltlagern in unsere Gegend und kehrten dabei ins Pfarrhaus ein. Erhalten geblieben ist uns noch ein Originalschreiben der Politischen Polizei in Schwerin an unseren Vater als Pastor in Malchow: Im Pfarrhaus versammele sich „eine getarnte Pfadfinderschaft". Das sollte nun unterbunden werden.

Im Bann des „1.000-jährigen Reiches"
und im Schatten des 2. Weltkrieges
(1933-1945)

Das Jahr 1933 war ein denkwürdiges Jahr! Denkwürdig für uns, weil am 4. Oktober 1933 meine spätere Ehefrau Marianne Rusam in Nürnberg geboren wurde als drittes Kind der Pfarrersfamilie Rusam in Hemhofen in Franken.

Marianne kann sich noch erinnern, wie wenige Jahre später ihr Vater, Adolf Rusam, im Familienkreis ein wenig hintergründig zu ihr sagte: „Mal sehen, wer älter wird – unser Mariannchen oder das ‚Tausendjährige Reich'"?

Das „Tausendjährige Reich" war nach nur zwölf Jahren am Ende. Die Hälfte der Zeit, 1939-1945, waren schlimme Kriegsjahre.

1933 ist Heinrich Rathke in Malchow, der Inselstadt in der schönen mecklenburgischen Seenplatte, schon fünf Jahre alt. Er kann sich an frühe Eindrücke der Hitlerzeit erinnern. Da stand im Wohnzimmer eines der ersten Radios. Es sah fast selbstgebastelt aus, wie eine Zigarrenkiste, oben drauf eine glimmende Röhre und aus dünnem Draht gewickelte Spulen sowie ein Drehknopf. So hörten wir eine der ersten Reden Hitlers. Eine fanatische, schreiende Stimme, das primitive Radio machte die Stimme noch krächzender. Aus den besorgten Gesichtern meiner Eltern konnte man herauslesen: Was soll das werden?

Vor unserem Pfarrhaus auf der Insel in Malchow lag der alte Marktplatz gegenüber dem Rathaus. Dort marschierten nun die Nazis mit dem Hakenkreuz auf. Ihr Kampflied hieß: „Die Fahne hoch, die Reihen fest geschlossen." Später mussten wir bei jedem besonderen Anlass der Nazi-Ära nach den drei Strophen des Deutschlandliedes auch diese Strophen des Horst-Wessel-Liedes singen: in der Schule bei Schul- und Ferienbeginn; am Tag der Reichsgründung am 30. Januar; am Tag der Arbeit, dem 1. Mai; am 9. November, der an den Marsch der Nazis im Jahr 1923 zur Feldherrnhalle in München erinnerte. Natürlich gehörte auch der 20. April, Hitlers Geburtstag, zu diesen besonderen Tagen, an denen die Orte voller Hakenkreuzfahnen und Aufmärsche waren.

Die Größen des Dritten Reiches oder große öffentliche Ereignisse haben wir nie erlebt, außer gelegentlich im Kino unter der wöchentlich zu den Filmen laufenden „Wochenschau", auch mit Frontberichts-Bildern.

Nur einmal, beim Urlaub in Westerland auf Sylt bei unseren Verwandten, begegneten wir in Wenningstedt dem „Reichsmarschall" Hermann Göring, als er von seinem Sommerhaus kommend an uns vorbeiging und mir gönnerhaft die Hand gab.

In unseren Familien war von Anfang an die Abneigung gegenüber den neuen Machthabern zu spüren; doch nur zurückhaltend angesichts der Begeisterung der Massen. Die Arbeitslosen fanden endlich wieder Arbeit. Sie bauten vor allem an den Autobahnen, bis heute von vielen Unbelehrbaren als ein Ruhmesblatt Hitlers hochgehalten. Aber sie waren schon ein Stück Kriegsvorbereitung. Ebenso blieb der „Volkswagen" aus Wolfsburg, wo man die neue Fabrik aus dem Boden stampfte, nur ein Wunschtraum der Massen. Die ersten Volkswagen wurden nur im Krieg an der Front eingesetzt. Doch fanden sich auch in unseren Familien begeisterte Hitleranhänger. Man war „gottgläubig", wie es im Dritten Reich hieß, der neuen germanischen Weltanschauung verschrieben. In unserem Schullesebuch von 1941 hörte sich diese neue Gläubigkeit in dem Gedicht „Bekenntnis zum Führer" so an: „Wir hörten oftmals deiner Stimme Klang / und lauschten stumm und falteten die Hände, / da jedes Wort in unsre Seele drang."

Das war eine Absage an das 1. Gebot: „Ich bin der Herr, dein Gott, du sollst keine anderen Götter haben neben mir", und an Jesu Wort: „Ich bin der Weg und die Wahrheit und das Leben ..." So spürten wir den Widerstand zu den neuen Machthabern und ihrer Weltanschauung bis in die eigenen Familien. Wir empfanden als Pastorenkinder die Spannung, wenn wir in die Schule gingen, überzeugten Nazis begegneten oder gar bei der Hitler-Jugend mitmarschieren mussten.

Irgendwie spürten wir Kinder, dass da etwas nicht stimmte. So sollten wir möglichst unauffällig den „Onkel Hanns" vom Bahnhof abholen. Es sollte nicht auffallen, dass Hanns Lilje von der Bekennenden Kirche in Hannover zu Besuch in die Gemeinde kam. Und wir erfuhren etwas von Martin Niemöller, der uns nicht besuchen konnte, weil er in einem Lager (Sachsenhausen) festgehalten wurde. Vater las uns vor aus seinem Buch „Vom U-Boot zur Kanzel". Ich muss gestehen, dass mich vor allem die Erlebnisse des erfolgreichen U-Boot-Kommandanten im 1. Weltkrieg interessierten.

Das alles waren für mich mehr Ahnungen als wirklich Erfahrungen vom Kirchenkampf in der mecklenburgischen Landeskirche. Schon vor der Machtergreifung Hitlers am 30.01.1933 gehörte eine Reihe von Pastoren der NSDAP an. Auch der Nachfolger des ersten Bischofs Heinrich Behm, Heinrich Rendtorff, trat zunächst begeistert der NSDAP bei. Bald kam es zum Bruch und Walther Schultz ließ sich von der Synode zum Landeskirchenführer wählen. Man kann sich ein Bild machen, wenn man das Buch von Niklot Beste über den Kirchenkampf liest. Dazu aber auch die Erinnerungen von Hermann Timm („Ringen um die Erneuerung der Kirche im Kirchenkampf 1933-1939 in Mecklenburg").

Timm hatte mir schon vor der Wende von 1989 bei einem Besuch in Bayern diese Erinnerungen persönlich überreicht, auch mit dem Wunsch, dass sie einem größeren Kreis bekannt werden.

Hinzu kommt die Gruppe der Religiösen Sozialisten, die Bischof Schultz selber ins Land zog oder die sich auch angezogen fühlten: Karl Kleinschmidt, Bruno Theek, Heinrich Schwartze, Aurel von Jüchen (dazu wichtig die Biografie von Ulrich Peter: „Aurel von Jüchen ..."), weiterhin Bruno Theek: „Keller, Kanzel und Kaschott".

Noch heute kann man im Schweriner Dom seitlich vom Altar jenes 1934 entstandene, als Altarflügel (!) aufgehängte Bild ansehen, auf dem neben einem strahlenden (arischen?) Christus vor norddeutscher Landschaft ein Ritter mit Schwert (Kleinschmidt) steht und ein König (von Jüchen) kniet, während Christus seine Hand einem jungen Bauern (segnend?) entgegenstreckt.

Spannend erzählt Gisa Klönne in „Das Lied der Stare nach dem Frost" den Weg eines Pastors, begeisterter Nationalsozialist, der durch mancherlei Wirren zur Besinnung kommt. Aufschlussreich auch die Berichte über die Nazizeit in den Stadtgeschichten von Güstrow und Schwerin.

Bischof Heinrich Rendtorff habe ich bei einem Besuch im Malchower Pfarrhaus erlebt. Er schenkte mir einen Schokoladen-Maikäfer! Und da ich damals zuweilen mit meinem Vornamen Heinrich haderte, tröstete er mich: „Ich heiße doch auch Heinrich. Und mein Vorgänger hieß auch Heinrich (Behm). Da wird aus dir auch noch etwas werden!"

Im Pfarrhaus in Malchow haben wir Kinder zunächst wohl kaum gespürt, dass unser Vater Paul Rathke sich mit anderen Pastoren gegen die kirchliche Obrigkeit wehrte, die als „Deutsche Christen" auf die neuen Machthaber eingeschwenkt waren. Wie Dokumente von damals zeigen, hatten Vater Rathke und seine Kollegen deutlich erklärt, dass sie bei der klaren Verkündigung des Evangeliums bleiben wollten, auch wenn das als Ärgernis und Torheit angesehen werde. Es kam zum Disziplinarverfahren, mit einer Ordnungsstrafe von 200 Reichsmark ging es für unseren Vater noch einmal glimpflich ab.

Wenig später merkten auch wir Kinder, wie gefährlich es für unsere Familie wurde. Als wir morgens zur Schule gingen (> Foto 1), wunderten wir uns über SS-Posten vor unserem Pfarrhaus, daneben uniformierte Männer des damaligen Kyffhäuser-Bundes, zu dem Teilnehmer des 1. Weltkrieges gehörten. Als wir aus der Schule kamen, nahm uns die Geheime Staatspolizei (Gestapo) in Empfang. Unsere Eltern standen unter Hausarrest, das ganze Pfarrhaus wurde durchsucht. Was war geschehen? Unser Vater Rathke hatte auf einer öffentlichen Parteiversammlung über den „Mythos des 20. Jahrhunderts" (Rosenbergs Buch über die nationalsozialistische Weltanschauung) sich kritisch zu Wort gemeldet. Auf dem Heimweg wollte ihn die SS auf der Brücke zur Insel ins Wasser werfen, nur die Männer des Frontkämpferbundes hatten es verhindert. Es gab noch weitere Drohungen und Drohbriefe der Geheimen Staatspolizei, auch wegen unerlaubter Zusammenkünfte der aufgelösten Pfadfinderschaft im Pfarrhaus.

Sicher wurde Vater Rathke gleich bei Kriegsbeginn deshalb trotz seines Alters sofort an die Front geschickt, um ihn von seiner Gemeinde in Malchow zu trennen.

1935 kam ich in die Grundschule. Wir mussten noch die schöne deutsche Sütterlin-Schrift lernen, mit dem Griffel auf der Schiefertafel oder mit Stahlfeder und Tinte auf Papier schreiben. Auch der Rohrstock wurde noch benutzt. Die Schulutensilien trugen wir mit einem ledernen Schulranzen zur Schule, der mit einer großen ledernen Klappe verschlossen wurde. Mein Vater hatte in der ihm eigenen schönen Schrift groß in die Innenseite dieser Klappe geschrieben: „Dein Leben lang halte Gott vor Augen und im Herzen." Ich hatte immer große Mühe, den Schulranzen so günstig, etwas nach innen gerollt, zu öffnen, dass keiner der Mitschüler den Spruch lesen konnte. Der Mut zum Bekennen fehlte doch ein wenig.

Was es mit Bekennen und Bekennender Kirche auf sich hatte, bekamen wir Kinder jedoch früh zu spüren. Von dem Weg zur Kirche, an der aufmarschierten Hitlerjugend vorbei, war schon die Rede.

Warum ist mir in meiner Malchower Zeit nicht bewusst geworden, dass wenige Häuser neben dem Pfarrhaus auf dem Hof einer Tischlerei das jüdische Bethaus stand? Als am 9. November 1938 die Synagogen in Deutschland brannten, brannte es nicht in Malchow. Es war wohl ähnlich wie in Schwerin, die Altstadt gleich daneben wäre mit abgebrannt. Es gibt bei mir nur eine dunkle Erinnerung, dass irgendwann bei Nacht Leute aus der Stadt getrieben wurden, es müssen die letzten Juden gewesen sein. Ein Ehepaar wohnte gleich nebenan, oben beim Kaufmann (Schlomanns).

Hat damals keiner protestiert oder den Juden geholfen? Wir wissen heute: Versteckte Juden lebten in den Pfarrhäusern Perlin, Belitz usw. – Pastor Aurel von Jüchen setzte sich bei einem Brand für eine jüdische Familie ein. Die deutsch-christliche Kirchenleitung aber stellte fest: „Rassisch jüdische Christen haben in der Kirche keinen Raum und kein Recht" – auch nicht getaufte Juden. Pastor Albrecht wird in Mecklenburg Leiter der Sippenkanzlei, zeitweise bis zu 70 Angestellte (Bescheinigung der „arischen Abstammung" anhand der Kirchenbücher usw.).

SS-Chef Himmler war stolz auf solche Kirchenleute, die auch noch bei der „Endlösung" zur Vernichtung der Juden mithalfen. Nach Kriegsende hieß es in unserer Kirche dazu: „Die Bekennende Kirche hat ... die Stellungnahmen ... und Vorkommnisse im öffentlichen Leben mit Schmerzen getragen." (Beste, S. 222)

Zur „Euthanasie" gab es Erfahrung aus eigener Familie: Vetter Fritz Steding, körperlich und geistig behindert, wird von den Eltern besorgt zu Hause gehalten, damit er nicht in einem Heim der Vernichtung/„Euthanasie" der Nazis zum Opfer fällt, so wie in Neuendettelsau unter den Augen der Diakonissen oder auch im Mecklenburgischen in Schwerin auf dem Sachsenberg, in „Domjüch" in Alt-Strelitz, auch in einem Gemeinschafts-Diakonissenhaus bei Ludwigslust.

Zu Homosexuellen erinnere ich mich, wie in Malchow rote Plakate von Verurteilung und Todesstrafe eines Mannes aus der Stadt berichteten, ohne dass ich begriff, was damit gemeint war.

Trotz kritischer Haltung zu Hitler haben meine Eltern es wohl nicht verhindern können, dass ich mit zehn Jahren wie alle anderen Jungen meiner Schulklasse zu den „Pimpfen", der jüngeren Abteilung der Hitler-Jugend (Jungvolk), kam. Mich haben das Marschieren in Reih und Glied, eine flotte Uniform, Geländespiele und alles Militärische nicht begeistern können. Zum anderen habe ich mich sehr geschämt, wenn meine Mutter darauf bestand, dass ich am Sonntagmorgen mit ihr zur Kirche und nicht zum Appell der Hitlerjungen ging. Als Pastorenkind wurde ich in der Schule auch gelegentlich gehänselt. „Patscher" (= „Pastor") rief man hinter mir her. Eine Begeisterung für die Naziherrschaft kam bei mir nicht auf, mehr oder weniger bewusst hat mein Elternhaus dafür gesorgt. So ist auch die nazistische Beeinflussung in der Schule ohne große Spuren an mir vorbeigegangen.

1939 wurde durch den Kriegsbeginn und die sofortige Einberufung unseres Vaters Paul Rathke und seine baldige Verwundung unsere ungetrübte Kinderzeit jäh beendet. Nun galt es, sechs Jahre lang ohne den Vater auszukommen, sogar schon einige Vaterpflichten mit zu übernehmen und der Mutter beizustehen. Holz habe ich gern gehackt. Weniger beliebt, schon von meinem 10. Lebensjahr an, das tägliche Wasserholen. Vier bis acht Eimer mussten entweder quer über den Marktplatz von einer öffentlichen Pumpe oder, nicht weniger weit, beim Nachbarn geholt werden. Gern habe ich unsere Hühner versorgt, das war für die Eier- und Fleischversorgung im Krieg auch sehr wichtig. Daneben baute ich mir eine Zwerghuhn-Zucht auf. Auch den Fischen im See galt mein Interesse.

Wir haben unseren Vater, wenn es gut ging, einmal im Jahr zu einem kurzen „Fronturlaub" bei uns zu Hause gehabt, so etwa bei meiner Konfirmation am Palmsonntag 1943. Danach kam ich selbst in den Krieg. Im englischen Kriegsgefangenenlager traf ich noch kurz meinen Vater. Danach war ich durch die Grenze zwischen der sowjetischen und den westlichen Besatzungszonen erneut und ständig vom Elternhaus getrennt. So war mir als Kind und Jugendlichem ein normales Familienleben mit Eltern und Geschwistern völlig fremd geworden.

Nach der Grundschule und zwei Jahren Mittelschule in Malchow besuchte ich ab 1940 als Fahrschüler von Malchow aus die Richard-Wossidlo-Oberschule in Waren/Müritz. Die Fahrschüler aus Malchow und anderen Orten galten in Waren als ein etwas „wilder Haufen". Sicher haben wir auf der Fahrt und in den Pausen nicht nur Skat gespielt.

Als Kinder haben wir kaum etwas von dem gnadenlosen Kampf Hitlers und seiner Gefolgsleute gegen Andersdenkende und Widerständler gehört. Dass in der Nacht vom 9./10. November 1938 eine Schar von Juden bei Nacht und Nebel die Stadt Malchow verlassen musste, wurde totgeschwiegen. Als wir etwa 1940 zusammen mit unserer Mutter unseren damals als Soldat in Berlin stationierten Vater Rathke besuchten, fielen dem 11-jährigen Heinrich auf dem Bahnhof Oranienburg Menschen in gestreiften Anzügen auf. Vorsichtig ließ uns der Vater wissen, das seien Häftlinge aus dem nahen Konzentrationslager Sachsenhausen.

Dass die Frauen und Männer des Widerstandes vom 20. Juli 1944 und andere aufrechte Menschen mit Zivilcourage auch in unserer Nähe lebten und leiden mussten, ist uns oft erst Jahrzehnte danach voll bewusst geworden.

Am 20. Juli 1944 war Heinrich Rathke schon bei der Marineflak auf Borkum eingesetzt. Von heute auf morgen wurde der übliche militärische Gruß mit der Hand an der Mütze ersetzt durch den Hitlergruß mit erhobener Hand als Zeichen der Ergebenheit zum „Führer".

Zu den Offizieren des Widerstandes gehörte Claus Schenk Graf von Stauffenberg. Wer konnte 1944 ahnen, dass er sich noch am 18. Juli mit seinem Mitverschwörer Fritz Dietlof Graf von der Schulenburg auf dessen Gut Klein Trebbow bei Schwerin getroffen hatte.

Erst um das Jahr 2000 konnte dieser Ort als Gedenkstätte eingerichtet werden. Tisa von der Schulenburg hat das Gedenken an ihren hingerichteten Bruder und andere Frauen und Männer des 20. Juli im Buch „Ich hab's gewagt" (1999) festgehalten.

Als 1933 Hitler an die Macht kam, war es Dietrich Bonhoeffer, der sofort klar erkannt und ausgesprochen hatte: „Hitler – das bedeutet Krieg!" Hätten nicht auch andere die Schatten des bevorstehenden Krieges voraussehen können? Trotz aller Geheimhaltung konnte es auch in dem Kleinstädtchen Malchow nicht verborgen bleiben, dass westlich der Stadt zum Plauer See hin bei Lenz unterirdisch eine der größten Munitionsfabriken Deutschlands entstand, gegen Ende auch mit einem KZ-Außenlager. Musste dann nicht 1939 schon jedes Kind merken, dass es nach Krieg roch?! 1938 hatten die Großmächte Frankreich und England zugesehen, wie Hitler Österreich besetzte und das „Großdeutsche Reich" ausrief. Sie hatten auch den Anschluss des Sudetenlandes an Deutschland hingenommen. Polen war als nächstes Opfer in greifbarer Nähe. Wir kennen heute den 1. September 1939 als den Kriegsbeginn. Doch schon am 26. August war Mobilmachung. Unser Vater Paul Rathke gehörte zu den Ersten, die schon an diesem Tag in eine Schule in Waren/Müritz einberufen wurden. Da saßen wir Familienangehörigen in den nächsten Tagen dort am Zaun des Schulhofes, um den Vater, nun in Infanterie-Uniform, noch einmal zu sehen. Dem damals 10-jährigen Heinrich sagte man: „Bis du einmal groß bist, ist der Krieg längst zu Ende!" (Oder hieß es gar: „… haben wir gesiegt!"?) Es sollte anders kommen.

Den Krieg als Grauenszeit erlebten wir Zivilisten im Krieg immer mehr. Besonders traf es Mutter Rathke mit den beiden Kindern Waltraut und Heinrich, als sie zur Konfirmation von Vetter Reinhard Goebel zum Palmsonntag 1942 nach Lübeck fuhren. Am Freitagabend gingen sie in Lübeck am Mühlentor in einen Rühmann-Film, „Der Himmel auf Erden". So etwas hatte die Kleinstadt ja nicht zu bieten. Am Sonnabend, 28. März, hatten wir uns abends gerade ins Bett gelegt, als die Sirenen heulten. Fliegeralarm! Das kannten wir schon, aber was sollte viel passieren? Doch bald fielen die ersten Bomben. Mit lautem Heulen und Krachen die Luftminen und dazu Brandbomben über Brandbomben, sechs Stunden lang in immer neuen Anflügen der englischen und amerikanischen Luftgeschwader. Bald brannte die ganze Lindenstraße, wo wir bei Onkel Willi wohnten. Mit Kochtöpfen auf dem Kopf als Schutz vor dem Feuersturm flohen wir durch die brennende Stadt, in der Ferne sahen wir die zwei Türme der Marienkirche wie Fackeln brennen und dann in sich zusammenfallen, vor uns und hinter uns fielen Häuserfassaden auf die Straße. Eine schwere Rauchvergiftung lässt das Weitere im Dunkel verschwinden. Bei den anderen Verwandten überlebten wir diesen ersten großen Bombenangriff auf Deutschland. Als wir am Palmsonntag 1942 abends aus Lübeck gingen, der Bahnhof zerstört, kamen wir an den Ruinen des Kinos am Mühlentor vorbei. Man konnte noch deutlich die Reklame lesen: „Der Himmel auf Erden".

Als Hitler und sein Propagandaminister Josef Goebbels nach der Kapitulation der deutschen Truppen in Stalingrad den „Totalen Krieg" ausgerufen hatten (18.02.1943), wurden auch die letzten Reserven an Mensch und Material aufgeboten. Dazu gehörte der Jahrgang 1928. Ich als einer der Jüngsten, im Dezember geboren, gehörte dazu. Zunächst wurden wir als sogenannte Luftwaffen- oder Marinehelfer bei der Flugabwehr eingesetzt, später dann auch direkt im Wehrmachtseinsatz an der Front.

So kamen wir Schüler vom Jahrgang 1928 von der Oberschule Waren zusammen mit Oberschülern aus Bad Oldesloe in die Marineflakbatterie am

Elbdeich in Neufeld, vor allem zum Schutz der Schleusen des Kaiser-Wilhelm-Kanals bei Brunsbüttelkoog. Wir schliefen in Betonbunkern, auf denen oben die schweren 10,5 cm-Flakgeschütze montiert waren. Schon in der ersten Nacht erlebten wir den ohrenbetäubenden Lärm. Wir haben uns dran gewöhnen müssen. Sehe ich heute die Fotos von uns in den blauen Marineuniformen – wir waren wirklich „Kindersoldaten"! Nach einigen Monaten hatten wir durch einen direkten Angriff auf unsere Batterien so viele Opfer, auch unter den jungen Marinehelfern, dass wir aufgelöst und verlegt wurden. Vom Regen in die Traufe!

Wir kamen zur Marine auf die Nordseeinsel Borkum. Die Invasion der alliierten Truppen in Nordfrankreich hatte schon begonnen und rollte auch auf uns zu. Doch im Frühjahr kamen wir von dort noch zum Arbeitsdienst nach Grevesmühlen und nach kurzer Ausbildung zum Wehrmachtseinsatz an der Ostfront. Ich erinnere, wie wir, ständig gehetzt von feindlichen Jagdbombern und Panzern, meist bei Nacht zwischen den Fronten von Ost und West dahinmarschierten. In einer Mischung von Hoffnungslosigkeit, Zorn und Enttäuschung landeten wir erst am 9. Mai bei Plön in Schleswig-Holstein in englischer Kriegsgefangenschaft. Wochenlang lagen wir im kalten Frühjahr ohne Dach und Zelt oder Decke im Wald oder auf freiem Feld. Bei Regen lagen wir nachts im Schlamm oder ließen an einem Hang das Wasser an uns und um uns herum herablaufen. Oft mussten Brennnesseln und anderes Grünzeug oder Baumrinde die knappe Nahrung ergänzen, zeitweise setzte uns die Ruhr sehr zu.

Nach einigen Wochen durften wir eine vorgedruckte Gefangenen-Karte aus dem Lager an Verwandte schreiben, jedoch nur in die englische Zone. Verbindung zur sowjetischen Besatzungszone östlich der Elbe oder zur amerikanischen und französischen Zone im Süden Deutschlands war nicht möglich. Also schrieb ich an Onkel Willi Steding in Lübeck. Der schrieb erstaunt zurück, er habe eine gleiche Karte von meinem Vater bekommen, den wir eigentlich an der Ostfront vermutet hatten, vielleicht sogar in russischer Gefangenschaft. So vereinbarte ich über den Onkel in Lübeck ein Treffen mit meinem Vater im Gefangenenlager. Da saßen wir dann in unseren abgetakelten Uniformen und hatten nach langen Kriegsjahren uns viel zu erzählen. Mein Vater konnte sich nach einigen Wochen vorläufig entlassen lassen und ging dann bei Nacht und Nebel über die „Grüne Grenze", wie es damals hieß, nach Malchow als Pastor. Bald wurde er nach Wismar an die bei Kriegsende zerstörte Marienkirche berufen.

Die Stunde Null und der Neuanfang
(1945-1949)

D er 8. Mai 1945 ist uns aus DDR-Tagen als „Tag der Befreiung" noch gut in Erinnerung. Was uns dies Datum persönlich und in den weiteren Zusammenhängen von Familie, Volk oder Glauben und Kirche bedeutet, ist bis heute immer neu bedenkenswert.

Wie ist es mir ergangen?

Seit Februar 1944 hatte ich – wie schon berichtet – ein Jahr lang bei der Marine verbracht. Vor der holländischen Küste sahen wir auf dem Festland immer wieder Blitze und aufsteigende Kondensstreifen. Man erklärte uns, das seien die neuen „Wunderwaffen" V1 und V2, die nach England unterwegs seien. Zum anderen zogen fast täglich Hunderte von alliierten Bombern über uns hinweg, um die deutschen Großstädte in Schutt und Asche zu legen; wir konnten sie mit unserer schweren Flak kaum daran hindern. Und von Westen kam die Front der Invasion nach der Landung der Alliierten an der französischen Küste immer näher auf uns zu.

Da wurden wir Anfang 1945 von der Marine abgezogen. Wir vom Jahrgang 1928. Hitler hatte den Jahrgang 1928 noch für kriegsfähig erklärt. So gehörte ich mit meinen kaum 16 Jahren zum letzten Aufgebot, wir sollten mit der Armee Wenck das fast schon eingekesselte Berlin „befreien". In einem Arbeitsdienstlager bei Grevesmühlen wurden wir auf den Bodeneinsatz kurz vorbereitet. In zusammengesuchten Uniformen, mit französischen Beutegewehren und Panzerfäusten. Lettische „Beutegermanen" bildeten uns aus.

Am 20. April 1945, dem 56. Geburtstag Hitlers, erschien ein hochdekorierter Offizier, um uns „Kindersoldaten" in fanatischer Weise zu motivieren. Sein Thema: „Warum uns der Endsieg sicher ist." Ich kann mich nicht erinnern, dass wir begeistert in den Kampf gezogen sind.

Wir haben damals die Front bei Berlin nicht mehr erreicht. Wir gerieten zwischen die Fronten, zwischen Sowjets und Alliierte, und kamen gerade noch mit dem Leben davon. Unsere Oberen hatten offenbar nur noch die Absicht, sich möglichst in den bislang unbesetzten Norden, nach Holstein, abzusetzen. Als wir irgendwo völlig erschöpft durch die Gegend zogen, ging es am 30. April 1945 von Mund zu Mund durch unsere Reihen: „Der Führer ist im Kampf um Berlin gefallen." Ich kann mich dann nur noch an ein dumpfes Gefühl erinnern. Was sich in diesen letzten Kriegstagen an Tragödien und Furchtbarem ereignete bei der Auflösung und Liquidierung der KZs und auf den Todesmärschen, bei der Eroberung und dem Einmarsch der Siegermächte von Ost und West, hat uns nicht mehr erreicht. Berlin hatte schon am 5. Mai 1945 kapituliert. Das Deutsche Reich insgesamt kapitulierte bereits am 7. Mai 1945 im amerikanischen Hauptquartier. Auf Wunsch Stalins wurde die Kapitulation Deutschlands auch noch am 8. Mai im sowjetischen Hauptquartier in Berlin-Karlshorst wiederholt.

Wir haben unsere Gewehre erst am 9. Mai 1945 irgendwo bei Plön in den Graben geworfen. Da erst hatte uns die Nachricht von der Kapitulation erreicht. Kein alliierter Soldat war dabei, zu groß war die Schar der Gefangenen. In Hundertschaften eingeteilt, schickte man uns in den Wald, sehr notdürftig versorgt, ohne jegliches Dach über dem Kopf oder schützende Zelte. Für kurze Zeit mussten wir sogar noch wieder zum Exerzieren antreten: Die Alliierten wollten nun doch noch „den Spieß umdrehen" und gegen die Sowjets kämpfen, die restlichen deutschen Truppen sollten dabei helfen.

Da lag ich nun im Mai und Juni und länger im kalten holsteinischen Buchenwald, dazwischen auch mal in einem unbesetzten Kuhstall und döste und hungerte vor mich hin – fühlte mich „von Gott und der Welt verraten und verlassen". Ich wusste nicht mehr, wohin ich gehörte.

Man sprach damals von den „DPs", den „Displaced Persons", entwurzelten Menschen.

Ich empfinde es bis heute als die Stunde Null.

Wie stand es um meine Kirche in Mecklenburg?

War es die Stunde Null, das radikale Ende einer deutschchristlichen Institution?

Zunächst war es eine geteilte Kirche, der Westen zwischen Wismar, Schwerin, Dömitz war britisch, der Osten sowjetisch. Der deutschchristliche Kirchenführer Walther Schultz amtierte noch bis zum Juni 1945 in Schwerin, in Neubukow war Pastor Niklot Beste Vorsitzender des Bruderrats der BK.

Durch den Zustrom der Flüchtlinge war die Zahl der Gemeindeglieder von 750.000 auf 1.413.000 gestiegen, also fast verdoppelt. Von 385 Pastoren waren ca. 100 in Kriegsgefangenschaft, acht vermisst, neun nicht anwesend (in den Westen geflohen usf.), etwa 100 Pastoren im Verlauf des Krieges gefallen, andere im Kirchenkampf in andere Kirchen verdrängt. Es fehlten faktisch 200 Pastoren.

Schultz wurde nach Wechsel von der amerikanischen zur britischen Besatzungsmacht verhaftet. Schließlich kam es zur Amtsübergabe von Schultz an die Bekennende Kirche mit Niklot Beste als Vorsitzendem des Bruderrates. Ein neuer Oberkirchenrat wurde gebildet; Kirchgemeinderäte und die Landessynode wurden neu gewählt. Die Synode wählte den neuen Landesbischof Niklot Beste.

Die Entnazifizierung wurde nach dem Alliierten Kontrollratsgesetz N. 10 auch für Kirche verbindlich.

Durch die kirchlichen Spruchkammern wurden 81 Geistliche, 30 Katecheten und 37 Beamte und Angestellte überprüft, in 45 Fällen Verfahren eingestellt, 13 Geistliche in ein anderes Amt versetzt, 8 Geistliche wurden aus dem Amt entfernt, Pastor Albrecht (Sippenkanzlei) zu 15 Jahren Haft verurteilt.

Wie ging es bei mir weiter?

Ich habe mich einige Wochen im Lager durchgehungert und mich dann „vorläufig" zur Landarbeit entlassen lassen. Als „Vorläufige" hatten wir auf unserer Wehrmachtsuniform ein gelbes Dreieck zu tragen. Als Landarbeiter auf dem Gut Helenenruh bei Plön habe ich alles gelernt und getan, was zur Landarbeit gehört. Das kam mir später als Landpastor in Warnkenhagen sehr zugute. Bald aber konnte ich mich als Stellmacher spezialisieren. Nun hatte ich in der „Klüterkammer" alle Holzarbeiten auf dem Gut zu erledigen. Endlich gab es satt zu essen. Aber wie sollte es auf Dauer weitergehen?

Der Onkel in Lübeck war bereit, mich aufzunehmen, damit ich dort die Schule besuchen konnte. Dafür habe ich als Verkäufer in seinem Milchgeschäft gearbeitet und mir auch durch Heimarbeit und Nachhilfeunterricht Geld verdient. Denn auch das Schulgeld war zu bezahlen. Als 1946 schließlich die Schule am Katharineum in Lübeck begann, kam ich mir unter den Klassenkameraden als „Kriegsheimkehrer" recht eigenartig vor. Auf Holzschuhen und in meiner Soldatenuniform – das gelbe Dreieck hatte ich nun abgetrennt – galt ich als Außenseiter. Nach einigen Monaten Schule zeigten sich die

Nachwirkungen der Gefangenschaft. Mit Nierenbluten und anderen Schäden ging es im Frühjahr 1947 für drei Monate ins Krankenhaus. Diese Nachricht alarmierte meine Eltern so, dass sie heimlich über die „Grüne Grenze" ins Krankenhaus kamen. Das brachte ihnen zwar ein paar Tage Haft bei den Russen ein, aber meine Mutter hatte nun ihren Sohn nach langer Zeit wiedergesehen und war überrascht, dass er ihr längst über den Kopf gewachsen war. Ich hatte gute Gründe, nicht wie mein Vater in meine alte Heimat zu gehen. In Malchow hatte man beim Einmarsch der sowjetischen Truppen fast die gesamte Jugend „liquidiert". Den 31 Jugendlichen, zumeist zwischen 13 und 19 Jahren, hatte man angebliche „Werwolf"-Aktivitäten vorgeworfen. Zwei wurden sofort erschossen, mehrere zum Tode verurteilt, andere kamen in der Haft um oder nahmen sich das Leben. Viele kamen erst nach langen Jahren der Haft zurück aus dem ehemaligen Konzentrationslager Sachsenhausen oder aus Strafarbeitslagern in der Sowjetunion.

Neben dem Elternhaus fehlte in Lübeck auch ein inneres Zuhause. Die schlimmen Erfahrungen von Krieg und Gefangenschaft hatten das Vertrauen in Menschen und Werte zerbrochen. Beim Onkel in Lübeck fühlte ich mich auch nicht sehr geborgen, Freunde fehlten, in der Schule war man ein Außenseiter. Versuche, in einer evangelischen Kirchgemeinde Fuß zu fassen, waren enttäuschend. Für einige Wochen fand ich es bei der „Heilsarmee" erträglich, als sie gar zu sehr zur „Bekehrung" drängten, kehrte ich ihnen den Rücken. Schließlich ergab sich in der Schule eine Freundschaft. Hans-Otto Schöpp war Flüchtling aus Schlesien, ein armer Schlucker wie ich. Ich konnte ihm mit Mathematik-Nachhilfe nützlich sein. Er hielt sich zum „Christlichen Verein Junger Männer" (CVJM) in der Großen Burgstraße auf dem Hinterhof. Wochenlang drängte er mich, einmal mitzukommen. Als ich dann schließlich nachgab und eine Bibelstunde in einem etwas düsteren Hinterzimmer miterlebte, sagte ich mir: „Da gehst du nie wieder hin!" Der Leiter des CVJM, Fritz Neumann, aber sagte mir am Ende des Bibelabends zum Abschied: „Wie gut, dass du da bist! Wir brauchen noch jemand, der jede Woche bei unserer Zusammenkunft unser Vereinsblatt verteilt!" Ich traute mich nicht, ihm das abzuschlagen. Also musste ich in der nächsten Woche aus lauter Anstand wiederkommen. Diese Erfahrung war mir dann auch später eine Lehre: Man soll Menschen nicht gleich zu Glauben und Bekehrung drängen. Aber man kann sie durch eine kleine Aufgabe binden, ihnen zeigen, dass sie gebraucht werden. Sehr bald habe ich dann im CVJM auch einen neuen, inneren Zugang zur Bibel und zum Glauben bekommen. Der CVJM und die Leute dort wurden für mich in der Lübecker Zeit auch ein Stück Zuhause.

In dieser Zeit kam dann auch die klare Entscheidung, Theologie zu studieren und Pastor zu werden, obwohl Mathematik und Physik meine Lieblingsfächer waren. So hatte ich zeitweise den Plan, nach dem Abitur zunächst Maurer zu lernen und dann Ingenieur zu werden und daneben nur ehrenamtlich als Prediger/Missionar tätig zu sein. Als eine Schulreform uns noch ein 13. Schuljahr bescherte, nutzte ich die Schulzeit, um als Oberschüler auf dem Gymnasium noch Griechisch und in einem Privatkurs mit vier anderen auch noch Hebräisch zu lernen. So war ich gut gerüstet für das kommende Theologiestudium. Im Hebräischen hatten wir es sogar bis zum Neu-Hebräischen gebracht und haben in dieser Sprache Thomas Mann gelesen. So habe ich dann 1949, fast 21 Jahre alt, mein Abitur gemacht.

Es war schon davon die Rede, wie ich mich als Milchverkäufer, mit Nachhilfeunterricht und allen möglichen Jobs über Wasser hielt. Dazu gehörte auch, dass ich die mir als Erwachsenem zustehende „Raucherkarte" auf dem Schwarzmarkt verkaufte. Zum Glück geriet ich nie in eine Polizei-Razzia. Dann brachte die Währungsreform am 21.06.1948 einen einschneidenden Wandel. Die alte deutsche „Reichsmark" verfiel. Jeder Bürger bekam 40 „Deutsche Mark" (DM) als Anfangskapital; das restliche Vermögen wurde im Verhältnis 1:10 abgewertet. Mein „Vermögen" auf einem Postsparbuch betrug knapp 200 Reichsmark. Nun schmolz alles auf 20 DM zusammen. Jedenfalls waren auch damit alle Weichen für die nächste Zukunft gestellt: Ich musste mir alles durch eigener Hände Werk verdienen, ich war völlig auf mich selbst gestellt. Bei den Eltern galt eine andere Währung, sie hatten genug Sorgen, selbst durchzukommen. Schon vor der Währungsreform war auch schon ganz klar geworden: Sohn Heinrich bleibt im „Westen". Er wird sich als Bundesbürger in der Schleswig-Holsteinischen Kirche als Kandidat anmelden, um dort nach dem Studium Pastor zu werden. So fiel auch die Wahl für das Studium auf Kiel. Dort ließ es sich viel billiger studieren als an Orten wie Heidelberg, Göttingen oder Tübingen.

Zwischen Stalinismus und Öffnung (1949-1953)

Vom Werkstudent zum Grenzgänger

Pastor zu werden war für Heinrich Rathke durch die Erfahrungen der Jahre nach dem Krieg ganz klar geworden. Wie und wo aber sollte er den Weg dahin gehen? Die Möglichkeit, zunächst als lebensnahe Grundlage den Beruf des Maurers zu erlernen, zerschlug sich. Bald zeigte sich, dass diese Erfahrung auch durch die Arbeit als Werkstudent gegeben war. Also konnte er gleich mit dem Theologiestudium beginnen. Wie schon erwähnt, bot sich das nahe Kiel an. Dort war auch die zuständige Fakultät für die künftige Heimatkirche Schleswig-Holstein, zudem ein billiger Studienort. Doch für die Studienkosten, Wohnung, Verpflegung, Studienmaterial wie Bücher usw. sowie pro Semester bis zu 250 Deutsche Mark Studiengebühr musste der angehende Theologiestudent selbst aufkommen. Die Eltern aus der Ostzone konnten nichts dazugeben. Zuschüsse für bedürftige Studenten in Form von BAFÖG gab es damals noch nicht. Sonderstipendien für Heimkehrer aus Krieg und Gefangenschaft wurden nur ab dem 18. Lebensjahr gerechnet. Wer das Pech hatte, schon zwischen 15 bis 18 Jahren im Krieg gewesen zu sein, war der Dumme und musste aus eigener Kraft durchkommen. Da hatte ich große Mühe, mir das Geld nebenbei zu verdienen.

So zog ich wie „Hans im Glück" zum Studium nach Kiel. Das Geld reichte gerade, in einem Hospiz ein billiges Doppelzimmer zu mieten und vielleicht für einen Monat Miete und ein wenig Essen und Trinken zu bezahlen. Kiel bot damals ein trauriges Bild. Fast die ganze Innenstadt war durch Bombenangriffe zerstört, die Trümmerflächen hatte man mit Gebüsch „verdeckt". Das Universitätsgebäude war auch zerstört. Die Theologische Fakultät war in einer ehemaligen Rüstungsfabrik, der ELAC, untergekommen. Der Vorteil der sehr kleinen Fakultät mit nur 90 Studenten war, dass man viel intensiver studieren konnte und engen Kontakt zu den Professoren hatte. Da ich schon alle für einen Theologen notwendigen Sprachen – Latein, Griechisch und Hebräisch – auf der Schule gelernt hatte, konnte ich sofort voll ins Studium einsteigen. Große Freude bereitete das Alte Testament, da ich Hebräisch sehr gut beherrschte. Der Alttestamentler Hans Wilhelm Hertzberg war früher Propst in Jerusalem gewesen und brachte uns die Welt des Alten Testaments und das heutige Israel sehr nahe. Sehr intensiv wurden wir in die Auslegung des Neuen Testaments eingeführt im Seminar bei Willi Marxsen, der gerade promovierte, später ein bekannter Professor für Neues Testament. Persönliche Beziehungen verbanden mich mit dem Professor für Neues Testament, später wechselte er zur Praktischen Theologie, Heinrich Rendtorff. Er war Landesbischof in Mecklenburg gewesen, bis ihn die „Deutschen Christen" 1934 aus Mecklenburg vertrieben. In Kiel wurde er bald Rektor der Universität, engagierte sich damals sehr für die sogenannte „Moralische Aufrüstung". Zu anderen Mitstudenten hatte ich Außenseiter, der immer noch mit seinem alten abgeschabten Militärmantel herumlief, kaum Kontakt. Einige Studenten von damals liefen mir später wieder über den Weg: Rolf Rendtorff als Professor in Heidelberg, Joachim Heubach als Bischof in Schaumburg-Lippe und dann auf gemeinsamen Reisen zu den Christen in der Sowjetunion.

Meinen Unterhalt verdiente ich mir von Fall zu Fall und von Woche zu Woche durch Gelegenheitsarbeit neben dem Studium: Entladen von Bananendampfern (reife Bananen durfte man essen, 32 Stück waren meine Höchstleistung); Fensterputzen und Teppichklopfen bei alten Damen; Verkauf von Kunstkarten und Rasierklingen von Tür zu Tür als Hausierer (Das lag mir gar nicht!). Da auch noch Studienmaterial, wie Hebräische Bibel und andere Literatur, und 200 Mark Studiengebühr zu bezahlen waren, sparte ich sehr am Essen, konnte mir aber trotzdem noch ein gebrauchtes Fahrrad für 50 DM erwerben. Die Evangelische Studentengemeinde wurde ein Stück Zuhause. Die wöchentlichen Bibelstunden von Studentenpastor Heinz Zahrnt zogen viele Studenten an. In den Leitungskreis der Studentengemeinde kam ich in meiner Funktion als „Akademischer Küster". Ich hatte die Akademischen Gottesdienste der Theologie-Professoren vorzubereiten, bei ihnen die Lieder abzuholen, ihnen vor dem Gottesdienst in den Talar zu helfen und das Beffchen umzubinden usf. Das brachte sehr persönliche Kontakte zu ihnen. 1950 besuchten wir um den 1. Mai herum unsere Partner-Studentengemeinde in Rostock. Ich war der Einzige aus Kiel mit ein wenig „Ostzonen-Erfahrung". So irritierten mich nicht so sehr die mit kommunistischen Plakaten vollgepflasterten Straßen, die vielen sowjetischen Soldaten und die Aufmärsche am 1. Mai. Der auch als Studentenpastor amtierende Theologie-Professor Konrad Weiß kümmerte sich in Rostock rührend um uns. Doch Heinz Zahrnt aus Kiel verkraftete es nicht und zog sich völlig depressiv in sein Zimmer zurück. In den folgenden Jahrzehnten sollten sich Menschen in Ost und West noch viel weiter auseinanderleben!

Nach drei Semestern Theologie in Kiel kam der Gedanke, doch an einer anderen Universität bessere Studienmöglichkeiten und andere Professoren kennenzulernen. Zwar kam so ein „teures Pflaster" wie Heidelberg nicht infrage. Ansonsten war ich als Werkstudent auch an einem anderen Ort ein armer Schlucker. Warum sollte ich mir nicht auch dort mein Geld verdienen können? Ich überschlug meine Finanzen, knapp 90 Deutsche Mark. Eine Bahnfahrt hätte alles verschlungen. Also entschloss ich mich, mit „Sack und Pack" per Fahrrad an den neuen Universitätsort Erlangen zu fahren. Von Kiel ging es über Lübeck, Lüneburg, Braunschweig, Göttingen, Kassel, Fulda nach Erlangen. Es war auch eine Entdeckungsreise in mir bis dahin unbekannte Lande: Lüneburger Heide, Harz, Rhön und Süddeutschland mit ungewohntem Dialekt und anderer Lebensart. In einem ausführlichen Reisebericht an meine Eltern mit kleinen Zeichnungen findet sich am Ende auch eine „Abrechnung" über die zehntägige Tour: 783 Kilometer entspricht der Entfernung Rostock-Basel, Gesamtkosten 18,42 DM, davon für Verpflegung 10,50 DM, für Übernachtung 3,50 DM (Jugendherbergen und Strohmieten), für Ansichtskarten 4,12 DM und 0,30 DM Sonstiges (Fahrradöl). Am Stadtrand von Erlangen fand sich eine sehr preiswerte Unterkunft im Heim für Obdachlose und Asylbewerber („Displaced Persons" hieß das damals). Fast jede Woche musste man dort allerdings mit einer Polizeirazzia rechnen. Im Laufe von fünf Semestern stieg ich dann über etliche auch sehr schlichte andere Wohnungen auf zur kleinen Studentenbude bei den Geschwistern Gretl und Fritz Berger. Sie versorgten mich wie Vater und Mutter und senkten die ohnehin kleine Miete von 10 auf 5 DM.

Noch viel mehr und in ganz anderer Weise hat mich die Pfarrersfamilie Schick aus Nürnberg in Bayern, genauer gesagt in Franken, Wurzeln schlagen und ein Zuhause finden lassen. Auslöser waren meine besorgten Eltern in Wismar: Wie sollte der mittellose und heimatlose Sohn zurechtkommen? Da gab es doch die Partnergemeinde in Bayern, Nürnberg-Maxfeld, mit Pfarrer Schick. Den wollten sie vorsichtig um etwas Unterstützung bitten.

Sehr beglückt war ich nicht über diese „Einmischung", habe mich aber doch zu den Schicks auf den Weg gemacht. Sofort wurde ich zum bevorstehenden Weihnachtsfest in die Familie eingeladen und ungemein herzlich aufgenommen, ja „vereinnahmt". Besonders wichtig war zunächst, dass Pfarrer Schick in seinem Gemeindebezirk die Bleistiftfirma „Schwan" hatte, mit engen Beziehungen zum Chef. Ein Tag nach Weihnachten konnte ich dort anfangen, morgens 6 Uhr in der Produktion, vorher 20 Kilometer Anreise per Fahrrad von Erlangen. Später konnte ich auch immer wieder in Maxfeld bei der Nürnberger Spielwaren-Messe mein Geld verdienen. Was ich noch viel mehr dieser Verbindung zur Familie Schick zu danken habe, wird später zu berichten sein. Dies schon hier: Pfarrer Schick ist mir ein entscheidendes Vorbild für den Dienst eines Pfarrers geworden.

Was meinen Lebensunterhalt anlangt, fand ich später direkt in Erlangen günstige Arbeitsbedingungen bei der Firma Siemens. Ich fing bei Firma Siemens-Halske in der Schwachstrom-Elektrik (Telefone …) an, wechselte dann zu Siemens-Reiniger in die Medizin-Technik und wurde schließlich bei Siemens-Schuckert (Starkstrom/Kraftwerkbau) als technischer Assistent in der Betriebsakademie angestellt.

Da ich dort meist nachmittags und abends und bis in die Nacht zu arbeiten hatte, konnte ich tagsüber doch viele Vorlesungen und Seminare mitmachen. Das Semester war also nicht verloren. Im Gegenteil, eine Seminararbeit über den Kirchenvater Ignatius von Antiochien und sein Verhältnis zu Paulus, die ich neben meiner Arbeit in der Fabrik machte, fand bei Professor Gustav Stählin so viel Anerkennung, dass er mir riet, diese Arbeit zu einer Dissertation auszuarbeiten. An so etwas hatte ich nie gedacht, ich hatte doch auch gar nicht die Zeit und das Geld, um so etwas auszuführen. Schließlich habe ich mich doch dazu entschlossen. Wollte ich damit auch mir und anderen beweisen, was man schaffen kann? Um zügig ans Werk zu gehen, entschloss ich mich, noch im 7. Semester nach Tübingen zu wechseln, dort schon intensiv an der Dissertation zu arbeiten und dabei die ausgezeichnete theologische Bibliothek in Tübingen zu nutzen. So blieb dort für Vorlesungen und Seminare nicht viel Zeit, aber auch nicht für das schöne Tübingen und Umgebung. Kostenloses Quartier fand ich in einem Heim für gestrandete Jugendliche aus der Ostzone. Ich und ein anderer Student gehörten nicht zu den „Gestrandeten", sondern wir sollten wie das Salz in der Suppe in diesem wilden Haufen für Ordnung und gute Atmosphäre sorgen. Dafür durften wir umsonst wohnen. Nach einem halben Jahr war der erste Entwurf einer Dissertation fertig. Nun ging ich in den Semesterferien an die Universität Mainz. Ich erinnere mich, wie ich ausgerechnet an einem „Rosenmontag" nach Mainz kam, natürlich wieder per Fahrrad. Der Karneval war auf seinem Höhepunkt. Mit keinem Mainzer war vernünftig zu reden. Nach Mainz war inzwischen mein Doktorvater Professor Stählin berufen. Im Austausch mit ihm konnte ich weiter an der Dissertation arbeiten. Es entstand auch schon der Plan, dass ich nach dem 1. Examen zum Sommer 1953 als Assistent an die Theologische Fakultät Mainz kommen sollte, um dort zum Dr. theol. promoviert zu werden. So hat der in Erlangen sonst nicht auffällige Neutestamentler Gustav Stählin mich besonders beeindruckt. Sein Kollege Ethelbert Stauffer war redegewaltig und eingebildet, wir nannten ihn „Eitelbert". Gustav Stählin war ein mehr meditativer Mann, sehr genau in der Bibelauslegung. Er kam aus der Missionsarbeit in Indien, seine Frau war zur katholischen Kirche konvertiert und sehr von Romano Guardini beeinflusst. Stählin las mit uns Studenten an seinem Hausabend das gerade erschienene Buch aus Dietrich Bonhoeffers Haftzeit und Todeszelle „Widerstand und Ergebung". Diese Gedanken und diese Haltung von Bonhoeffer haben mich dann bis heute begleitet und geprägt.

Zum Sommer wollte ich dann mein 1. Theologisches Examen bei der Bayrischen Landeskirche in Ansbach ablegen, nach verkürztem Vorbereitungsdienst und Anstellung mich für einige Monate beurlauben lassen, um als Assistent an der Universität in Mainz meine Dissertation abzuschließen.

Inzwischen hatten sich allerdings aus der Verbindung mit Familie Schick in Nürnberg für mich persönlich wesentliche Veränderungen ergeben. Sohn Schick studierte wie ich in Erlangen Theologie, später Jura. Er überredete mich, doch einmal bei der Studentenverbindung, der auch sein Vater angehörte, einzuschauen. Beglückt und überzeugt war ich nicht. Aber es fanden sich sehr enge freundschaftliche Verbindungen. Einer dieser Freunde lud bei einem am 9. Februar 1952 (Fasching!) in München geplanten „Bauernball" zu seiner Familie ein. Und seitdem haben die älteste seiner drei Schwestern, Marianne Rusam, und ich uns nicht losgelassen. (Hatte es nicht eine sehr tiefsinnige Bedeutung, dass die Rusams damals in München in der „Himmelreichstraße" am „Englischen Garten" wohnten?)

Marianne kam aus einer fränkischen Pastorenfamilie.

Offenbar war Heiner im Haus Rusam gern gelitten. Denn schon bald nach dem Bauernball wurde er zur Konfirmation der 14-jährigen Lore wieder nach München eingeladen. Als bei der Gelegenheit die zehnjährige Schwester Annegret mit Heiner auf den Turm der Frauenkirche stieg, um ihm München von oben zu zeigen, erklärte sie sehr nachdrücklich: „Ich heirate dich mal, Heiner!" Doch daraus konnte nichts werden.

Zwischen Marianne und Heiner wurde es „ernst", das sollte nun auch öffentlich besiegelt werden. So fuhr Heiner Mitte September 1952, wieder mit dem Fahrrad, von seinem Studienort Tübingen in Richtung München. Kurz vor der Stadt mussten kurze Hose und Hemd dem mitgenommenen Anzug weichen. Im nächsten Blumenladen wurden ein roter und ein gelber Rosenstrauß gekauft. Beim Eintreffen in der Himmelreichstraße wurden die Eltern Rusam um ein Gespräch gebeten: Heiner hielt um die Hand ihrer Tochter Marianne an. So war das damals üblich. Dem folgte eine Männerrunde im Studierzimmer von Vater Rusam. Der fragte Heiner dies und das: Wann er Examen machen werde, wie er später in der Ehe seine Familie ernähren wolle, dazu müssten sicher erst das 1. und 2. Examen und die Anstellung in der bayrischen Landeskirche abgewartet werden. Das Ergebnis fiel schließlich positiv aus. So waren die Rosen nicht umsonst gekauft, Marianne erhielt den roten und die angehende „Schwiegermutter" den gelben Strauß. Dann wurde mit der ganzen Familie an diesem 17. September 1952 in der „Loggia" zur „Vorfeier" angestoßen.

Großmutter Wolffhardts 80. Geburtstag und unsere Verlobung am 17. Januar 1953 in der Himmelreichstraße am Englischen Garten waren dann ein wunderschönes Fest, nur im Familienkreis beim Kaffeetrinken, doch bis zum heutigen Tage in dankbarer Erinnerung.

Als Verlobungsringe erhielten wir die Eheringe der verwitweten Großmutter mit dem Familienwahlspruch der Wolffhardts „Deus providebit" (1. Mose 22,8.14), einem sehr hintergründigen Bibelwort, das sich etwa so übersetzen lässt: Gott sieht voraus, Gott wird sorgen, du bist in Gott geborgen. Das hat uns lebenslang begleitet, verbunden, getragen.

Für uns beide gingen nun die Lehrjahre zu Ende. Marianne schloss die Frauenfachschule in München ab und wurde als Wirtschaftsleiterin in Weyarn in Oberbayern tätig. Für mich stand das theologische Examen in Ansbach und die baldige Anstellung in Bayern bevor.

In unseren Familien spiegelte sich die Lage Deutschlands nach dem verlorenen Zweiten Weltkrieg wider. Familie Rusam erlebte den Einmarsch der amerikanischen Truppen im fränkischen Oberampfrach. Heinrich konnte als blutjunger Soldat von der „Ostfront", die schon bei Berlin und im östlichen Mecklenburg war, sich gen Westen absetzen und kam so Anfang Mai in Schleswig-Holstein in englische Kriegsgefangenschaft.

Schleswig-Holstein, Hamburg und das heutige Niedersachsen sowie Nordrhein-Westfalen wurden zur britischen Besatzungszone. In Malchow in Mecklenburg hatten Mutter Rathke mit Tochter Waltraut den Einmarsch der sowjetischen Truppen erlebt, mit viel Schrecklichem. Der Ostteil Mecklenburgs (bis zur Linie Wismar-Schwerin-Parchim) und Vorpommern sowie Brandenburg, Sachsen-Anhalt, Sachsen und der Ostteil Thüringens wurden die Sowjetische Besatzungszone, meist kurz als „Ostzone" oder auch „Russische Zone" bezeichnet, ab 1949 DDR.

So wurde ich ein Grenzgänger.

Als ich 1949 mein Theologiestudium in Kiel begann, meldete ich mich als Kandidat für den künftigen Pfarrdienst bei der Schleswig-Holsteinischen Landeskirche. Nach dem Studienwechsel nach Erlangen und der Verlobung mit Marianne Rusam wurde ich Kandidat der Bayrischen Lutherischen Landeskirche, bestand mein 1. Theologisches Examen in Ansbach und wurde mit Beginn des Vorbereitungsdienstes (Vikariat) in Heilsbronn in den Dienst der Evangelisch-Lutherischen Landeskirche Bayerns übernommen.

In wenigen Monaten änderte sich diese Perspektive radikal. Nach den Unruhen in der DDR im Sommer 1953 und dem blutig niedergeschlagenen Aufstand vom 17. Juni 1953 zeigte sich die DDR-Führung im Rahmen der „weichen Welle" für kurze Zeit kompromissbereit. Dazu gehörte u.a., dass wegen des großen Pfarrermangels in der DDR auch Theologen aus dem Westen im Osten Dienst tun durften. Wer war dazu bereit? Es fand sich eine kleinere Schar, ich gehörte dazu, und meine Marianne war bereit, mit mir den Weg in eine sehr ungewisse Zukunft zu gehen (Rut 1,16: „Wo du hingehst, will ich auch hingehen."). So fand ich mich schon im Dezember 1953 im mecklenburgischen Predigerseminar in Blücher wieder, um dort noch drei Monate lang mit den mecklenburgischen Verhältnissen vertraut zu werden.

Die Grenzen zwischen den vier Besatzungszonen waren mehr oder weniger gut kontrolliert und bewacht. An sich brauchte man einen Passierschein oder

„Interzonenpass", um von einer Zone in die andere zu reisen. Doch gab es auch die „Grüne Grenze", wo man vor allem durch den Wald und übers Feld sich durchschlich oder sich führen ließ. Als Vater Rathke mich, den Sohn Heinrich, 1946 in Lübeck heimlich besuchte, ging ich bei seinem Rückweg zusammen mit ihm noch ein Stück ostwärts, sprang mit ihm über den Grenzgraben bei Herrnburg und verabschiedete mich erst am Dorfrand.

Nachdem ein großer Teil der Malchower Jugend nach dem Einmarsch der sowjetischen Truppen verhaftet, zu langen Haftstrafen oder auch zum Tode verurteilt und hingerichtet war, wagte ich erst ab 1950 (von Lübeck und Kiel aus) Besuche bei meinen Eltern, die nun in Wismar lebten. Gleich beim ersten Besuch musste ich ein längeres unangenehmes Verhör in der sowjetischen Kommandantur in Wismar über mich ergehen lassen. Sehr genau erinnere ich mich, wie ich bei einem dieser Besuche, wohl 1951, Pastor Robert Lansemann von der Heilig-Geist-Gemeinde in Wismar begegnete. Er hatte schon in der Hitlerzeit als Vikar der Bekennenden Kirche eine unerschrockene Haltung gezeigt. Diese behielt er auch gegenüber der neuen kommunistischen Diktatur. Wenige Monate nach der Begegnung mit ihm hat ihn der DDR-Staatssicherheitsdienst verhaftet, später dem sowjetischen Militärtribunal übergeben.

26./27. Mai 1952 beginnt eine massive Sperrung der Westgrenzen der DDR, schon mit „Säuberung" der Bevölkerung im Grenzstreifen (Aktion „Ungeziefer"). In diese Zeit fällt auch die Gründung der Kasernierten Volkspolizei. Die Bischöfe aller Kirchen legen scharfen Protest ein.

Die Struktur der DDR wird grundlegend geändert. Die Zeit der Länder, darunter auch Mecklenburg, mit ihren Regierungen geht zu Ende. Es werden 15 Bezirke eingerichtet mit ihren entsprechenden Organen: Rat des Bezirkes, Bezirksleitung der SED, Bezirksleitung der Stasi, Volkspolizei usw. In den Bezirken ist der erste Stellvertreter des Vorsitzenden auch für Kirchenfragen zuständig. Die Evangelisch-Lutherische Landeskirche Mecklenburgs ist drei Bezirken zugeordnet: Rostock entlang der Ostseeküste, Schwerin mit dem Westteil (zugleich der sogenannte „Leitbezirk" für die Kirche) und der Bezirk Neubrandenburg für den Ostteil.

Nach der Bodenreform von 1945 wird erneut entscheidend in die Besitzverhältnisse eingegriffen: Enteignung von Privatbetrieben oder Überführung in Genossenschaften. Zunächst trifft es besonders Hotelbesitzer an der Ostseeküste (Aktion „Rose"). Die erste Landwirtschaftliche Produktionsgenossenschaft (LPG) wird 1952 in Marxleben gegründet, bald folgt eine weitere LPG in Althof bei Bad Doberan (wo ich später tätig war). Nach einigen Jahren dann die Zwangskollektivierung aufgrund des LPG-Gesetzes. Es folgt eine Einstufung der Dörfer in A = Zentraldörfer, B = Nebendörfer, C = Abrissdörfer, zum Aussterben bestimmt. Das alles hat natürlich erhebliche Konsequenzen für die kirchliche Struktur und Arbeit.

Nach Kriegsende war in der SBZ christliche Jugendarbeit auf Vereinsebene, wie vor der Nazizeit, nach ersten Versuchen so nicht wieder möglich, z.b. CVJM, Schülerbibelkreise, christliche Pfadfinder usw. Jugendarbeit wurde eng an Kirche und Kirchgemeinde gebunden. Erste Ansätze, christliche Impulse in die neue Staatsjugend FDJ mit einzubringen, scheiterten (von Jüchen), Oberkonsistorialrat Erich Andler von der Jugendkammer Ost war sogar Gründungsmitglied der Freien Deutschen Jugend (FDJ).

Auf der 2. SED-Parteikonferenz vom 9. bis 12. Juli 1952 proklamierte Walter Ulbricht den „Planmäßigen Aufbau des Sozialismus" und damit verbunden eine „Verschärfung des Klassenkampfes". Dazu gehörten die Kollektivierung der Landwirtschaft, Maßnahmen gegen den bürgerlichen Mittelstand sowie ein „verschärftes Vorgehen" gegen die Kirchen. Der Landesjugendtag in Rostock und Bibelrüsten der Jungen Gemeinden wurden verboten, ebenso die Tätigkeit der Studentenpfarrer. Diakonische und landwirtschaftliche Einrichtungen der Kirche wurden beschlagnahmt, mehrere Pfarrer verhaftet. Im Januar 1953 beschloss das Politbüro eine Reihe von Maßnahmen gegen die Junge Gemeinde.

1953 schien sich dennoch ein gewaltsamer Wandel der Verhältnisse in Deutschland anzubahnen. Am 5. März 1953 war Stalin gestorben. Würde nun der politische Druck auf die Menschen im Osten geringer werden? Das Gegenteil war offenbar der Fall. In der DDR wurden die Norm und das Soll für die Leistung der Landleute und der Arbeiter immer mehr heraufgesetzt. Auch der Druck auf die Kirche und die Verfolgung der Christen wuchsen. Zwei Mitarbeiter in der Jugendarbeit, der Diakon Herbert Büdke und die Katechetin Margarete Reuter, wurden zu langen Zuchthausstrafen verurteilt. Diese Verfolgungswelle stieg an. 1952/53 wurden Tausende junger Christen von den Oberschulen und Hochschulen verwiesen, viele wurden verhaftet. In der Zentralzeitung der kommunistischen Parteijugend FDJ, der „Jungen Welt", war im April 1953 zu lesen: „Junge Gemeinde – Tarnorganisation für Kriegs-hetze, Sabotage und Spionage im USA-Auftrag ... Schändlicher Missbrauch des christlichen Glaubens ... Die Leiter der ‚Jungen Gemeinden' wollen in unserer Republik ein gleiches System des Terrors aufrichten wie in West-deutschland ... sie besorgen die schmutzige Sache Adenauers, des Todfein-des der deutschen Jugend ..."

Im Juni 1953 kam aus Moskau Bescheid an die ostdeutschen Herrscher, nicht so brutal mit Kirche und Christen umzugehen. So gab es eine gewisse Ent-spannung. Etliche junge Christen konnten wieder zur Oberschule gehen oder studieren.

Konnten wir auf bessere Zeiten hoffen? Das Ende des Aufstandes der Bauar-beiter am 17. Juni 1953 in Ostberlin und dann auch an vielen anderen Orten in der DDR musste diese Hoffnung schon dämpfen. Sowjetische Panzer grif-fen ein, viele Menschen wurden erschossen, andere wanderten jahrelang ins Gefängnis.

Die Regierung sah sich zu einigen Erleichterungen gezwungen. Dazu gehörte, dass Pfarrer aus dem Westen im Osten tätig werden durften. Im dem Sinne wandte sich auch Bischof Niklot Beste aus Mecklenburg an Bischof Hans Meiser in Bayern, ob man nicht Heinrich Rathke zum Dienst in den Osten entsenden könnte.

So gehörten wir zu diesem Häuflein junger Theologen, die sich im Herbst 1953 auf den Weg gen Osten machten. Marianne hat sich sehr bald auch mit die-sem Gedanken vertraut gemacht, während die Eltern Rusam und manche an-deren Verwandten und Freunde das wie einen Weg ins sowjetische „Sibirien" empfanden. Für uns beide bedeutete das zunächst eine längere Trennung. Denn im November 1953 zog Heiner zunächst allein nach Mecklenburg, um dort das Predigerseminar zu besuchen und die erste Pfarrstelle anzutreten. Irgendwann sollte dann mal die Hochzeit und damit auch Mariannes Umzug nach Meck-lenburg erfolgen. Heiner hat in diesen eineinhalb Jahren der Trennung oft darum gebangt, dass die Grenzen zwischen Ost und West ganz dicht gemacht werden könnten. Was dann??

Der Weg nach Warnkenhagen
(1953-1962)

Landpastor mit vier Kindern

Der Dienst in Mecklenburg begann mit drei Monaten Predigerseminar in Blücher nahe der „Zonengrenze".
Wir erlebten dort gewissermaßen den „Probelauf" eines Predigerseminars in dem abgelegenen Dorfpfarrhaus Blücher mit zwölf Vikaren, dem Rektor Martin Lippold und seiner Ehefrau, die auch die gesamte wirtschaftliche Seite des „Unternehmens" zu bewältigen hatte.
Elf Vikare kamen dann sofort auf eine Dorfpfarre. Heinrich Rathke wurde für ein Jahr als „Hilfsprediger" nach Althof-Bad Doberan eingewiesen. So konnte er das eine Jahr bis zur geplanten Hochzeit überbrücken.

Althof ist für unsere mecklenburgische Kirche ein geschichtsträchtiger Ort. Im Jahre 1164 war der Wendenfürst Pribislav getauft worden. Als Zeichen seiner Wandlung ließ er die Götzenbilder in Althof verbrennen. Bischof Berno von Ratzeburg erlaubte ihm, an diesem Ort ein Kloster zu gründen. 1171 kamen die ersten Zisterzienser-Mönche aus Amelungsborn. 1172 ließ Pribislav seine verstorbene Frau Woizlava in Althof beisetzen. Eine Grabplatte vor dem Altar bezeugt es.
Auf dieser Platte stand ich, als ich am Ostermontag, 19. April 1954, in Althof durch Landessuperintendent Heinrich Behm ordiniert wurde. Der Ordinierte hatte dann über das Evangelium vom Ostermontag zu predigen (Lukas 24,13-35). Da gehen die zwei Männer nach der Kreuzigung Jesu ratlos und verzweifelt nach Hause, nach Emmaus. Und dann kommt der dritte, unbekannte, Weggefährte, geht und spricht mit ihnen und bringt sie neu auf den Weg. Erst rückblickend begreifen sie, dass Jesus mit ihnen ging und sie so zu seinen Zeugen machte. „Diese Geschichte war immer wieder gegenwärtig in unserem Leben,

wenn da dieser oder jener Weggefährte war, mit dem wir Freude und Leid geteilt haben, wenn wir uns manches Mal gefragt haben, wie es denn weitergehen solle bei uns und in der Kirche – wenn wir oft unerwartet und an unscheinbarem Ort etwas spürten von der Kraft des Glaubens und der Nähe Jesu." So haben meine Frau und ich es 2005 in unsere Familienchronik geschrieben, die wir anlässlich unserer Goldenen Hochzeit unseren sieben Kindern geschenkt haben.

Damals war es üblich, dass der ordinierte Pastor vom Bischof eine Bibel in großem Altarformat erhielt mit dem Ordinationsspruch. Bei mir hatte Bischof Niklot Beste das Wort aus Jeremia 1,12 gewählt: „Ich will wachen über mein Wort, dass ich's tue", spricht Gott, der Herr. Von dieser Bibel existiert nur noch dies erste Blatt mit dem Ordinationsspruch. – Als ich nach einer der vielen Reisen zu den nach Kasachstan verschleppten evangelischen Russlanddeutschen von der Laien-Predigerin Dina Meier aus Novaja-Schulba bei Semipalatinsk (Atombomben-Testgebiet) dringend um eine großgedruckte Bibel in gotischer Schrift gebeten wurde, war nur diese Bibel zur Hand. Sie ging nach Kasachstan, sicher ganz im Sinne des Ordinationsspruches.

Kloster Althof wurde schon 1179, acht Jahre nach der Gründung, von heidnischen Wenden aus der Umgebung geplündert und zerstört, 78 Menschen wurden erschlagen. 1186 wurde dann das Nachfolge-Kloster im Sumpfgebiet von Doberan gegründet.

Ein Jahr lang Gemeindearbeit in einer so übersehbaren Gemeinde mit nur drei Dörfern war eine gute Einübung für spätere größere Anforderungen. Jedes Haus der Gemeinde wurde besucht. Die Küsterin „Oma Krüger" war eine gute Stütze, ebenso die Witwe Lauterlein mit ihren sechs noch kleinen Kindern auf dem Bauernhof ihres verstorbenen Mannes, eines Dänen. Die beiden ältesten Mädchen, Ludwiga und Lore-Lisa, waren so krank, dass sie ein Jahr lang im Bett Konfirmandenunterricht erhielten. Daneben konnte ich eine Schar von Konfirmanden neu sammeln, sogar in der Schule eines Außendorfes unterrichten. Und in der „Landeszeitung" der Sozialistischen Einheitspartei war damals als Schlagzeile zu lesen: „Warum wir die Jugendweihe ablehnen!" Man wolle nicht in die Fußstapfen der Jugendweihe aus der Hitlerzeit geraten und man wolle auch nicht einen Affront gegenüber den christlichen Kirchen schaffen.
Das sollte sich bald ändern!

Neben Gottesdienst und Gemeindearbeit in Althof waren auch im Seebad Heiligendamm alle zwei Wochen Gottesdienste zu halten. Vom Glanz eines Seebades war damals nichts mehr und noch nichts zu spüren. Es gab Erholungsheime des sozialistischen Gewerkschaftsbundes; mancher suchte bei der Kur gern die Gelegenheit, mal in den Gottesdienst zu gehen.

Natürlich sollte der „Hilfsprediger" auch den Propst Ehlers in seiner großen Gemeinde Bad Doberan entlasten, vor allem in der Jugendarbeit mit der „Jungen Gemeinde" und im Konfirmandenunterricht. So hatte ich jede Woche etwa 120 Vorkonfirmanden, nur Jungen, zu unterrichten. Ich hatte sie in zwei Gruppen geteilt. Es war eine große Mühe für einen unerfahrenen Vikar, sie wenigstens eine Stunde einigermaßen ruhig zu halten. Was mögen sie nur für ihren Glaubensweg mitgenommen haben?

Wir hatten damals noch eine sehr volkskirchliche Situation, verstärkt auch durch die Flüchtlinge aus dem Osten. Propst Ehlers hat sich dem voll gestellt, mit den vielen Konfirmanden, vielen Beerdigungen, bei denen ich oft aushelfen musste, und stimmgewaltig beim Predigen und Singen im Doberaner Münster.

Doch dann war es endlich soweit. Es kamen unsere Hochzeit und der Dienstbeginn in Warnkenhagen. All die Mühseligkeiten, zueinander zu kommen, waren schließlich ausgestanden. Wir konnten am 23. Juli 1955 in Sulzbach-Rosenberg in der Oberpfalz eine wunderschöne Hochzeit feiern. Am Polterabend sang uns der Kirchenchor, in dem auch die Braut mitsang, die Bachmotette „Jesu, meine Freude", in der auch unser Trauspruch anklang: „Denen, die Gott lieben, muss auch ihr Betrüben lauter Freude sein" (Römer 8,28). Und dann reisten wir mit dem Nötigsten, was man mitnehmen durfte, in einige Koffer verstaut aus dem Bayern- und Frankenland mit dem „Interzonenzug" über Berlin bis nach Malchin (die Kreisstadt Teterow erreichte der Zug nicht mehr). Dorthin hatte sich unser Pfarrpächter Rademann mit seinem Ackerwagen auf den Weg gemacht, um uns 20 Kilometer „heimwärts" zu kutschieren.

Die Pfarre Warnkenhagen im Kirchenkreis Güstrow bestand aus 16 Ortschaften. Davon waren nur zwei sehr kleine Bauerndörfer. Dazu kamen elf ehemalige Güter. Sie waren nach Kriegsende bei der Bodenreform aufgeteilt und an die ehemaligen Landarbeiter, vor allem an Flüchtlinge aus dem Osten verteilt worden.

In Warnkenhagen stand eine der typischen mecklenburgischen Dorfkirchen, um 1280 erbaut, durch Blitz und Sturm und Kriegszeiten mehrfach geschädigt, nur noch mit einem stumpfen Kirchturm. Der Kirche gegenüber auch ein typisch mecklenburgisches Fachwerkpfarrhaus. Besser gesagt: ein Pfarrhof mit großer Scheune, gegenüber der Viehstall, dazwischen der Wirtschaftshof mit Misthaufen und allem, was dazugehört, auch einem riesigen Pfarrgarten. Davon lebte die Pfarre bzw. der Pastor in früheren Zeiten. Einer der Vorgänger hatte den Hof noch selbst bewirtschaftet. Nun hatte ein Flüchtling aus Pommern den Hof als Pächter übernommen. Er wohnte mit im Pfarrhaus (außerdem etliche Flüchtlingsfamilien). Der Pfarrhausboden war Kornspeicher.

Im Pfarrhaus gab es für die Pfarrfamilie neben dem Dienstzimmer noch zwei Wohnräume und zwei Kammern. Im „Bad" stand zwar eine Badewanne und ein Toilettenbecken, Wasser musste man aber von der Pumpe auf dem Hof holen, wo außerdem auch die Kühe getränkt wurden. Und über den Hof ging es auch zum richtigen Klo („Plumpsklo") im Viehstall bei den Kühen.

Unsere Warnkenhäger Gemeinde hat uns rührend empfangen: Girlanden vor dem Pfarrhaus, „Herzlich willkommen". Die Pfarrwohnung war noch Baustelle, weil einige alte Kachelöfen umgesetzt werden mussten. Trotzdem war alles geschmückt, ein Tisch gedeckt und der gesamte Kirchgemeinderat hatte schon lange auf uns gewartet. Überaus herzlich wurden wir empfangen. Und am folgenden Sonntag hatten die Kirchenältesten alles vorbereitet, damit die junge „Fru Paster" im Gottesdienst an den Altar kam, der Gemeinde vorgestellt und „eingeführt" wurde. Ähnlich verlief es in der Kapelle in Diekhof. Wie würde sich Marianne in dies völlig ungewöhnliche Leben hineinfinden? Es gab noch Lebensmittelmarken. Nur Brot gab es einmal in der Woche im Ort, sonst musste man zum Einkaufen mit dem Fahrrad in einen Konsum im Nachbardorf oder in die Kreisstadt. Und das ganz andere Leben der DDR in so vielen Bereichen, auch mit all den Bedrängnissen, kam hinzu. Nach einem Jahr sagte mir Marianne einmal: „Allmählich begreife ich, was hier wirklich vorgeht."

Wir haben es schmerzlich bei anderen erlebt, dass Ehepartner den Weg vom Westen in den Osten nicht überstanden haben …

Wir haben es all die Jahre durchgestanden und können dafür nur danken. Und danken es vor allem den Menschen in den Gemeinden, die uns so aufgenommen haben, auf die wir uns einlassen und verlassen konnten. Sie sind uns „Weggefährten" geblieben.

Schaut man auf alte Fotos zum Umzug von Heiner aus Doberan nach Warnkenhagen im März 1955, meint man Bilder von der Flucht bei Kriegsende zu sehen. Einige alte Ackerwagen, von Pferden gezogen, mit wenigen Möbeln und Hausrat vollgepackt, quälen sich durch die winterliche Gegend, oft bis an die Achsen im Schlamm versunken. Das Lastauto mit Möbeln war nur bis zur letzten festen Straße gelangt, nun wurde auf die Ackerwagen umgeladen.

Die Gemeinde und die Gemeindearbeit warteten auf uns, nicht nur im Kirchdorf Warnkenhagen mit seinen umliegenden zehn Ortschaften. Auch die Filialgemeinde Diekhof mit einer Schlosskapelle und fünf weiteren Dörfern war mit zu verwalten. Diekhof war ein großes Gut derer von Bassewitz gewesen, mit einem prächtigen Schloss. Bevor die Gutsbesitzer und andere mit ihnen bei Kriegsende 1945 vor den anrückenden sowjetischen Truppen flohen, hatte der ehemalige Landesbischof von Mecklenburg, Heinrich Rendtorff, in der Schlosskapelle noch über Psalm 23 gepredigt und ein Kind getauft. Er war zufällig auf der Flucht von Pommern am Ort. (1934 war er von den „Deutschen Christen" aus Mecklenburg vertrieben worden.) Die Russen zündeten das Schloss an, es brannte völlig ab. In einem Seitengebäude blieb die Schlosskapelle erhalten. Als aber die Kommunisten dann mit der Bodenreform das „Junkerland in Bauernhand" gaben, also das Land und vorhandene Gebäude an Neubauern verteilten, erhielt einer von ihnen, der mitten im Schlosspark sein Siedlerhaus baute, die Schlosskapelle als Scheune und Stall.

Zunächst waren wir voll mit der laufenden Gemeindearbeit in Anspruch genommen: jeden Sonntag Gottesdienst im Kirchdorf Warnkenhagen, vierzehntägig in Diekhof. Sehr bald hat Marianne in Warnkenhagen den Organistendienst übernommen und dazu noch Orgelunterricht bei Domkantor Winfried Petersen in Güstrow genommen. Jede Woche kamen 30 bis 50 Vorkonfirmanden, dazu eine gleich große Gruppe von Hauptkonfirmanden zum Unterricht. Kleinere Gruppen von Konfirmanden gab es in Diekhof. Auch hatten wir jede Woche an einem Abend die Jugendlichen zur „Jungen Gemeinde" eingeladen. Mit den Jugendlichen sangen wir begeistert Kanons, spielten, behandelten aber auch ernste Themen. So entwickelte sich dann ein richtiger Chor, den Marianne gern leitete und der bei vielen Anlässen auftrat. In der Weihnachtszeit studierten wir mit der Jugend ein Krippenspiel ein, das wir am Heiligabend in Diekhof und Warnkenhagen aufführten. Bald sammelte sie auch die Frauen zur „Frauenhilfe" – einmal monatlich. Gebraucht zu werden, dieses Gefühl war damals sehr wichtig für sie.

Wichtig war uns die Verbindung von Mensch zu Mensch. Im Kirchdorf Warnkenhagen war dies schon durch das alltägliche Miteinander gegeben. In den Außendörfern haben wir wenigstens die Kirchenältesten gemeinsam besucht, waren auch immer wieder nach Trauungen, Taufen oder auch Beerdigungen in die Häuser eingeladen.

Der Pastor hatte sich das Ziel gesetzt, in den ersten zwei Jahren jedes Gemeindeglied wenigstens einmal besucht zu haben. Das waren dann schon aufwendige Unternehmungen, zu Fuß mit Gummistiefeln in die bis zu zehn Kilometer entfernten Außendörfer zu wandern, bei guten Wegen und gutem Wetter auch mit dem Fahrrad.

Manchmal aber fehlte auch der Mut, sich erneut auf den Weg zu den Menschen und in die Dörfer zu machen. Oder der Lehm verklebte sich so im Fahrrad, dass sich kein Rad mehr drehte, und man musste umkehren. Hatte man es dann doch zu Fuß oder mit Fahrrad nach Diekhof geschafft, kehrte man beim Straßenwärter Johannsen ein. Da gab es dann eine heiße Tasse Malzkaffee und ein Honigbrot und ein paar gute Worte. Er war einer dieser geistlichen Väter oder auch Mütter, denen wir zu danken haben. Sie haben uns durchgetragen.

An sich sagt man von den Mecklenburgern, dass sie nicht sehr kirchlich seien, vor allem in den ehemaligen Gutsdörfern, wo ihnen der Gutsherr oft zumutete, nur am Sonntag in ihrer eigenen Hauswirtschaft zu arbeiten. Eine starke kirchliche Belebung haben unsere Gemeinden damals durch die Flüchtlinge aus Ostpreußen und Pommern bekommen.

Nach zwei Jahren kannten wir wohl jedes Haus. Dazu halfen auch die in Mecklenburg seit 1930 üblichen Bibelwochen. Da hielt der Pastor in jedem seiner Dörfer eine Woche lang oder wenigstens drei bis vier Tage lang Bibelabende zu einem bestimmten Text oder Thema. Dazu versammelte man sich in einer größeren Wohnstube oder Küche, manchmal reihum im Dorf. Tagsüber besuchte der Pastor im Lauf der Woche möglichst alle Leute im Dorf, auch Katholiken oder Ausgetretene. Die ließen sich das in der Regel gefallen, kamen oft auch zu den sehr gut besuchten Abenden. Der sozialistischen Obrigkeit war diese kirchliche Aktivität ein Dorn im Auge. Wir wurden bespitzelt; die Familien, die uns einen Raum zur Verfügung stellten, wurden schikaniert, es kam immer wieder zum radikalen Verbot solcher Veranstaltungen außerhalb der Kirche.

Da hatten wir es in Warnkenhagen leichter mit den Räumen in der Kirche und im Pfarrhaus. Allerdings war die Kirche im Winter kaum zu erwärmen, obwohl der Küster morgens um 5.00 Uhr das Holzfeuer anlegte. Kohlen waren rationiert, die Kirche bekam nichts. Im Pfarrhaus war leider nur ein kleiner Gemeinderaum im ersten Stock, da neben der Pastorenfamilie auch noch die alte und die junge Pfarrpächterfamilie und die Küsterfamilie und andere Mieter im Pfarrhaus wohnten, zeitweise mehr als 20 Personen.

Hinter dem Pfarrhaus sah es aus wie auf einem Bauernhof. Denn in Mecklenburg hatte man seit Jahrhunderten das Einkommen eines Pastors dadurch gesichert, dass ihm ein kirchlicher Bauernhof zur Verfügung stand, mit Stall und Scheune hinter dem Pfarrhaus. Noch unser Vorvorgänger hatte selbst diese Landwirtschaft betrieben. Früher stellte sich der Pastor dazu auch einen Knecht oder eine Magd an, wenn das Geld dafür reichte. Meist aber war das Kirchenland verpachtet; der Pastor konnte oft kaum von der Pacht oder anderen Naturalabgaben leben. Die Landeskirche versuchte das auszugleichen. Bei uns in Warnkenhagen bewirtschaftete ein Pfarrpächter das Kirchenland. Da fiel dann auch jeden Morgen ein Liter Milch für uns ab, bei knapp rationierten Lebensmitteln in der DDR eine willkommene Zugabe.

Nun soll aber doch noch etwas ausführlicher von dem „stetigen Wachsen" unserer Familie erzählt werden ... und von mancherlei Begebenheiten, die unser Leben in Warnkenhagen so reich gemacht haben.
Unser Matthias ist am 13. Juli 1956 in Güstrow geboren – zwei Wochen später als erwartet. Er war ein strammer, gesunder Bub. Die Oma Rathke aus Wismar stand von Anfang an mit Rat und Tat zur Seite. Zur Taufe reisten dann die stolzen Großeltern, Tanten und Onkel aus Bayern an. Sie alle wollten doch auch die neue Heimat ihrer Tochter und Schwester kennenlernen. Sie konnten sich überzeugen, dass Warnkenhagen ein wunderbarer Ort war für eine junge Pastorenfamilie. Da war der große Pfarrgarten mit den vielen Obstbäumen und dem Gartenland, auf dem alles Gemüse und Kartoffeln für die vielen hungrigen Gäste geerntet werden konnten. Mit dem schmalen Gehalt des Pastors konnte man sich nicht viel nebenbei leisten. So waren wir auch in den folgenden Jahren sehr dankbar, wenn der Postbote auf dem Fahrrad Pakete von den „Westverwandten" heranschleppte, die Zucker, Margarine, Nudeln und ab und an auch Bohnenkaffee oder etwas Süßes enthielten.

Am 26. August 1957 kam unser Wolfhard zur Welt, unter recht dramatischen Umständen wurde die Mutter ins Krankenhaus nach Güstrow gebracht. Das Krankenauto blieb einen Kilometer hinter Warnkenhagen im Lehmboden stecken und drohte, in einen Hohlweg zu stürzen. Da musste unser Pfarrpächter Rademann mit dem Pferdefuhrwerk zur Hilfe geholt werden. Da es schon dunkel geworden war, musste Vater nebenher mit dem Motorrad leuchten. Pferde und Fuhrwerk wurden vor das Krankenauto gespannt und so ging es im Schritttempo drei Kilometer bis an die feste Straße und weiter nach Güstrow. Alles kam noch zu einem guten Ende. Als Matthias nach einer Woche sein Brüderchen in Warnkenhagen begrüßte, schaute er fragend um sich: „Mäh, mäh? – Ök, ök?" Er kannte bisher nur Schafe, Schweine und andere Tiere auf dem Pfarrhof und ordnete seinen Bruder hier ein. Wolfhard kostete reichlich Nerven in den ersten Wochen und wollte nicht durchschlafen. Konsequent, wie wir jungen Eltern damals waren – er bekam nichts zu trinken in der Nacht. Und eines Tages hatte er das dann endlich begriffen. Heute tut es uns fast leid!

Die Nummer drei meldete sich an, Hans-Christoph wurde am 9. Mai 1959 in Güstrow geboren. Er war von Anfang an ein ganz ruhiges Kind. Seine Mutter erinnert sich: „War ich von den großen Brüdern mal so richtig genervt, nahm ich unseren Christoph auf den Arm, und die Ruhe, die von ihm ausstrahlte, ging auf mich über." So verschieden können Kinder sein!

1960 kam Heinrich Andreas.

Die Kinder hatten in Warnkenhagen wirklich ein herrliches Umfeld: der Hof hinter dem Haus mit Viehstall und Scheune; die Kühe kamen zum Tränken an die Pumpe, Hühner, Enten und Gänse und auch Schweine liefen herum. Zu gern saßen die Kinder bei „Onkel Rademann", dem Pfarrpächter, auf dem Wagen oder sie buddelten mit ihrem Vater große Löcher im Garten. Verkehr gab es damals so gut wie gar nicht. Autos waren selten und sie kamen wegen der schlechten Wege schon gar nicht in unser Gebiet.

Wir hatten in der Jungen Gemeinde auch immer wieder junge Mädchen, die mit anpackten, wenn gar zu viel los war. So etwa bei „Gemeindefesten" oder bei der Glockenweihe. Sehr gern feierten wir in unserem großen Garten Gemeindefeste, andere Höhepunkte kamen hinzu, so Ausflüge an die Ostsee.

Die schlichten Lebensverhältnisse der damaligen Zeit sowie die Bedrängnisse der Christen durch Staat und Partei haben uns eng mit unserer Gemeinde verbunden. Zur Verbundenheit mit der Kirchgemeinde kam eine enge Gemeinschaft mit den Familien der Nachbarpastoren. Da waren Wittes in der Nachbargemeinde Belitz. Wenn bei ihnen oder bei uns wieder ein Kind geboren wurde, haben wir uns gegenseitig ausgeholfen.

Zu den besonderen Erfahrungen im Osten gehörte aber auch die offene und noch mehr heimliche Einflussnahme von Staat und Partei auf das gesamte Leben.

So kam bald nach unserem Einzug an einem Abend im Dunkeln Siedler Schütt aus Gottin ins Pfarrhaus. Er hatte Friseur gelernt und versuchte es nun als Neubauer. Da er das Ablieferungssoll nicht schaffte, setzte ihn der Staat unter Druck: „Entweder sperren wir dich ein oder du bespitzelst den Pastor!" Nun kam er in seiner Not heimlich zum Pastor.

Jedenfalls haben wir sehr bald auch durch andere Erfahrungen gemerkt, wie sehr man auch heimlich auf uns sah und uns unter Druck zu setzen suchte. Gleich am ersten Geburtstag, 12.12.1955, waren es zwei bewaffnete Polizisten, die den Pastor wegen der vom Staat eingeführten „Jugendweihe" bedrohten. „Das müssen Sie unterstützen, denn der Staat hat Ihr Studium bezahlt und Sie haben diese Regierung gewählt!" Die Drohung kam nicht ganz an: Das Studium hatte sich der Pastor als Werkstudent selbst verdient, die letzte Wahl hatte er noch im Westen als wirklich freie Wahl erlebt.

Also gingen wir gar nicht erst zur Wahl. Es dauerte nicht lange, dass „Wahlhelfer" ins Pfarrhaus kamen und die Pastorsleute zunächst freundlich, meist aber drohend aufforderten, zur Wahl zu kommen. Fruchtete es nicht, stand ein Lautsprecherwagen, vielleicht auch schon das Überfall-Kommando der Polizei vor dem Pfarrhaus und es dröhnte über das ganze Dorf: „In diesem Haus wohnen die Feinde unseres Staates. Sie treiben ‚Boykotthetze'" (wurde mit Zuchthaus bestraft). Da konnte man schon weich werden, wenn dann mit Tränen in den Augen Kirchenälteste ins Haus kamen: „Herr Pastor, gehen Sie doch! Sonst holt man Sie morgen ab!" Wir gingen nicht und kamen meist auch glimpflich davon.

Im Frühjahr 1960 haben wir mit den Bauern und Siedlern unserer Landgemeinde erlebt und erlitten, wie die Staatsorgane des sogenannten „Arbeiter- und Bauernstaates" DDR unmenschlich und brutal mit ihren Bürgern umsprangen, um die Ziele der „Partei" zu erreichen. Erst wenige Jahre vorher hatte man den Neusiedlern Land als ihr Eigentum gegeben. Nun wollte man sie nach sowjetischem Muster in die staatlichen Kolchosen zwingen. Erste Muster-LPGs (Landwirtschaftliche Produktionsgenossenschaften) hatte man vorher schon an wenigen Orten (z.B. in Althof) gegründet. Aber nur Landwirte, die nicht wirtschaften konnten, sahen dort ihre letzte Rettung. Nun versuchte man es mit Druck, besonders brutal ging man dabei im Bezirk Rostock, aber auch bei uns im Bezirk Neubrandenburg vor. Lautsprecherwagen fuhren durch die Dörfer und forderten die Bauern auf, „freiwillig" in die Genossenschaft einzutreten. Dann kamen Werbetrupps in die Häuser, um die Zögernden zur Unterschrift zu zwingen. Wer nicht bereit war, wurde durch die Stasi oder durch das Überfallkommando der Polizei an einen geheimen Ort gebracht. In Diekhof machte man das Dorf dadurch gefügig, dass man die vier größten Bauern sofort verhaftete und in einem Schnellprozess wegen angeblichen „Schwarzschlachtens" nach Kriegsende zu je vier Jahren Zuchthaus verurteilte. Überall herrschte Terror und Angst. Mancher Bauer nahm sich das Leben. Viele kamen in ihrer Not ins Pfarrhaus oder wir versuchten, ihnen zu Hause nahe zu bleiben und zu helfen. So kam es, dass auch aus der Nachbarpfarre Thürkow angerufen wurde: „Bei uns ist die Stasi beim Pfarrpächter und setzt ihn unter Druck. Er ist schwer herzkrank. Könnt ihr uns nicht helfen?!" Also schwang sich Heinrich Rathke in seiner alten Lederjacke aufs Motorrad. In Thürkow sah er gerade noch den dunklen EMW der Stasi mit dem Pfarrpächter vom Hof fahren. Er fuhr hinterher (> Foto 2) und kam so an den geheimen Ort, wo man die Widerspenstigen fertigmachte. Kaum war der Pfarrpächter abgeführt, packte man auch mich. Man hielt mich auch für einen Bauern. Ich hatte nun mit anderen „Bösewichten" zuzusehen, wie mitten in einem Raum einsam ein Bauer auf einem Hocker saß, umgeben von etwa 20 Leuten der Geheimpolizei (Stasi), von der Polizei und vom Rat des Kreises, die ihn beschimpften und bedrohten, bis er endlich doch unterschrieb. Diese Prozedur musste ich mir nun auch gefallen lassen. Schließlich kam ich frei: Man merkte, dass man bei mir als Pastor an den Falschen gekommen war. Auch der Pfarrpächter kam wieder frei. Das Potsdamer Abkommen der Alliierten von 1945 hatte Kirchenland für tabu erklärt.

Diese schweren Erfahrungen und mancherlei Bedrängnis haben die kirchliche Arbeit nicht an den Rand drängen können. Sie haben den inneren Zusammenhalt eher gestärkt. So hatte man in Warnkenhagen mehrfach versucht, attraktive Angebote der „Freien Deutschen Jugend" (FDJ), der Partei-Jugend, zu inszenieren. Doch unsere kirchliche Jugendarbeit, die „Junge Gemeinde", hielt sich und wuchs. Es gab aber auch Zeiten, in denen wir wegen des Drucks von außen und wegen der zuweilen mühseligen Gemeindearbeit den Mut verlieren wollten. So wurde die Möglichkeit, den kirchlichen Unterricht, die „Christenlehre", in den Schulräumen abzuhalten, verboten. Vor allem in der Schule Diekhof wurde zudem jedes Kind unter Druck gesetzt, das noch zum kirchlichen Unterricht ging und sich auch konfirmieren ließ. Lehrer Feller, der trotzdem den Mut hatte, in den Gottesdienst zu gehen, musste den Schuldienst verlassen. Zunächst hat er bei der Kirche als Katechet gearbeitet, schließlich ging er heimlich in den Westen.

Unsere tüchtige Katechetin Christiane Richert hat die anstrengende Christenlehre nur ein Jahr lang durchgehalten. Dann wechselte sie die Stelle. Sie war bald danach im Reisedienst des Landesjugendpfarramtes vor allem für die Mädchenarbeit unterwegs. Als im Bund der Evangelischen Kirchen der DDR im neuen Ausbildungskonzept der Dienst des Gemeindepädagogen in den Blick kam, hat sie als Ausbildungsleiterin des Seminars für Gemeindepädagogen in Potsdam diesen neuen Berufszweig entscheidend mit geprägt.

Nun hatte der Gemeindepastor in Warnkenhagen auch die Christenlehre mit zu übernehmen. Dann kam für längere Zeit wieder eine Katechetin oder ein Diakon dazu. Bald wurde auch vom Oberkirchenrat bzw. vom Landessuperintendenten in Güstrow für ein Jahr lang der eine und andere Lehrvikar in die Gemeinde entsandt, der mit im Pfarrhaus wohnte und versorgt wurde.

Wichtig und hilfreich war, dass wir in unserer abgelegenen Gemeindesituation uns nicht isoliert fühlten. Schon im ersten Jahr sah der Rektor des Predigerseminars nach uns. Bald sagte auch Bischof Beste seinen Besuch an, blieb aber bei der Anreise mit dem Auto in den lehmigen Wegen stecken und musste von einem Trecker der LPG herausgezogen werden.

Auch für unsere „Junge Gemeinde" war dieser Kontakt mit anderen wichtig. Da waren die Landesjugendsonntage und Rüstzeiten mit „PW", dem Landesjugendpastor Friedrich-Franz Wellingerhof und seinen Mitarbeitern, die immer wieder in unsere Gemeinde kamen. Zuweilen reisten sie noch zu Fuß oder mit Fahrrad von der nächsten Bahnstation an, dann aber auch schon mit dem Motorrad.

In jenen Jahren hat für uns in Mecklenburg die „Landjugendarbeit" von Pastor Siegfried Köster und seinen Mitarbeitern im Pfarrhaus Benthen viel bedeutet. Bei diesen Rüstzeiten wurden die Jugendlichen auch darauf vorbereitet, in ihren Heimatgemeinden eine tragende Gruppe zu werden; außerdem wurde die in Benthen erlebte Gemeinschaft mit anderen weitergeführt. Man könnte von einer Art Kommunität sprechen, einem verbindlichen Zusammenhalt, wie sie sich auch in anderen Bereichen entwickelt haben (Dobbertiner Bruderschaft; verbindliche Gruppen um Orte wie Bad Doberan, Bellin, auch Taize oder bei den Katecheten die Lukas-Schwestern). Wir werden auch noch vom „Wustrower Kreis" in der Rostocker Jugendarbeit hören.

Der Druck der DDR-Behörden und Schulen auf Kinder und Eltern, an der Jugendweihe teilzunehmen, hat sich in unserer Warnkenhäger Zeit in der Gemeinde kaum bemerkbar gemacht. Ich erinnere mich allerdings sehr gut, wie schwer es mir fiel, in einem Einzelfall die Regelung von Synode und Kirchenleitung durchzuhalten, einen Jungen für ein Jahr zurückzustellen und bis dahin vom Abendmahl auszuschließen. Man hatte die alleinstehende Mutter von den Behörden erpresst. Sollte das nun auf dem Rücken der Kinder ausgefochten werden? Aufsehen erregt hatte damals das Verhalten von Propst Maercker in Pampow, der sehr rigoros bis zur Verweigerung einer Beerdigung reagiert hatte. Die Partei organisierte eine „Protestversammlung", im Ergebnis kam Propst Maercker für 3½ Jahre ins Zuchthaus Bützow, wurde dann vorzeitig in die Bundesrepublik abgeschoben. Umgekehrt endete eine solche versuchte „Protestversammlung" in einer unserer Nachbargemeinden, Klaber. Dort erschienen Hunderte von bewussten Christen, evangelisch wie katholisch, und meldeten sich zu Wort. Landessuperintendent Schmitt unterstützte sie und musste schlichten, damit es nicht zu einem Sturm auf das Podium der Genossen kam.

Auch der weitere Rahmen der „Jungen Gemeinde" in der Landeskirche war wichtig. Die Jugendlichen sollten sich in der größeren Gemeinschaft verbunden fühlen: Teilnahme an Rüstzeiten; Landesjugendsonntage; Besuche der Jugendmitarbeiter in unseren so abgelegenen Gemeinden; Frau Elisabeth Frahm von der Jungmädchenarbeit, später Christiane Richert; Diakone, Landesjugendwarte Gerhard Lukow und Eberhard Beyer; Landesjugendpastoren Friedrich-Franz Wellingerhof und Walter Schulz.

Der junge Pastor von Warnkenhagen wurde bald auch über die Grenzen der Gemeinde hinaus in Anspruch genommen. Jedes Jahr nahm er an einer der Dorfmissionswochen hier und da im Lande teil. 1960 kam die Dorfmission auch nach Warnkenhagen. Es kamen so viele Pastoren, wie die Gemeinde Ortschaften hatte, dazu die gleiche Zahl Laien. So konnte auch in dem kleinsten Ort eine Woche lang ein Abend gehalten werden, der in Anlehnung an ein Bibelwort oder ein Stück aus dem Katechismus (Vaterunser usw.) sehr offen gestaltet wurde, natürlich auch mit Gespräch. Manchmal lud die gastgebende Familie danach auch noch zu einem Imbiss ein. Morgens versammelte sich die ganze Mannschaft zur Vorbereitung im Pfarrhaus. Dort aß man auch noch gemeinsam Mittag. Dann wanderten alle je zu zweit in ihre Dörfer, um dort nachmittags Besuche zu machen. Wer nicht im Außendorf Quartier fand, kam auch noch zur Nacht ins Pfarrhaus zurück.

Festlicher Abschluss war dann ein Gottesdienst für alle Dörfer in der Kirche und anschließend Auswertung der Woche im Kirchgemeinderat.

Wegen der mancherlei Fahrten, auch über die Gemeindegrenzen hinaus, kamen wir nach einigen Jahren zu einem Motorrad, schließlich sogar zu einem Auto. Es war der ausgediente „P 70" des Leiters der Dorfmission, Heinrich Baltzer, mit dem er schon 100.000 km unterwegs gewesen war.

Neben den Dorfmissionswochen gab es seit 1959 auch mehrere Sitzungen der Landessynode, zu denen der Pastor von Warnkenhagen nach Schwerin anreisen musste. Er war damals mit 30 Jahren als jüngster Synodaler gewählt worden und kam über die mecklenburgische Landessynode bald auch in die gesamtdeutsche lutherische Generalsynode.

Bei den Tagungen der Landessynode in Schwerin lernte Landessuperintendent Heinz Pflugk aus Rostock den jungen Pastor aus Warnkenhagen kennen. In der schnell wachsenden Großstadt Rostock brauchte er Mitarbeiter für die Neubaugebiete. Dafür wollte er uns gewinnen.

Wir konnten uns eine Trennung von der Gemeinde in Warnkenhagen nicht vorstellen. Auch der erste Besuch zum Kennenlernen der Situation in Rostock war für uns nicht ermutigend. Landessuperintendent Pflugk tat zwar alles, um uns durch ein gutes Essen und dergleichen freundlich zu stimmen. Wie aber sollte kirchliche Arbeit möglich sein in dem Neubaugebiet Südstadt, das gerade im Entstehen war, voll schlammiger Baustellen? Pflugk fand sich selbst dort kaum zurecht. Eine Wohnung stand nur fünf Kilometer entfernt zur Verfügung. Keiner konnte uns sagen, wie in einem Gebiet ohne kirchlichen Raum und wie bei der Ablehnung staatlicher Behörden kirchliche Arbeit überhaupt möglich sein sollte. War es die Herausforderung, es einmal ganz anders zu versuchen, die uns bewogen hat, schließlich doch zuzusagen??

So wurde der Gottesdienst zur Einweihung der restaurierten Kapelle in Diekhof im Herbst 1962 zugleich unser Abschiedsgottesdienst. Zwei Jahre lang hatten wir bei den staatlichen Behörden darum gekämpft, dass die Kapelle Diekhof in kirchlichem Besitz bleiben durfte und dass Genehmigungen zur Renovierung gegeben wurden. Um Material und um das Geld für die Renovierung mussten wir uns selbst kümmern. Doch die Gemeinde hat viel gespendet, Holz besorgten wir selbst aus dem Wald, Blattgold und das Öl zur Befestigung kamen auf Umwegen aus dem Ausland. In Rostock fanden wir schließlich auch einen Experten, der den komplizierten Rokoko-Stuck wiederherstellen konnte.

Nun hieß es Abschied nehmen, von der uns so ans Herz gewachsenen Gemeinde. Wie würde sich in der Rostocker Südstadt eine neue Gemeinde sammeln können? Wie würden wir uns mit unseren vier kleinen Kindern in der Großstadt Rostock einleben können?

In Rostock endete dann auch mein langer Weg zum Doktor der Theologie. Es war schon berichtet, wie Professor Stählin in Erlangen eine Arbeit des Werkstudenten über Neues Testament und Patristik (Paulus und Ignatius von Antiochien) als so gut befunden hatte, dass er ihn überredete, darüber zu promovieren. Schon vor dem 1. Theologischen Examen war die Arbeit so weit gediehen, dass eine kurze Zeit als Assistent an der Universität in Mainz genügt hätte, sie abzuschließen. Doch als der Wechsel in die DDR bevorstand, hatten die Zuständigen kein Einsehen, doch noch eine kurze Frist zum Abschluss in Mainz zu geben.
So suchte ich mir in Rostock meinen „Doktor-Stiefvater", Prof. Konrad Weiß. Ich reichte dort meine Doktorarbeit ein. Erst von meiner ersten Pfarrstelle Warnkenhagen aus wurde ich dann zur mündlichen Abschlussprüfung, dem Rigorosum, bestellt: eine Stunde im Hauptfach (Neues Testament), je eine halbe Stunde in den vier weiteren Fächern (Altes Testament, Systematische Theologie, Kirchengeschichte, Praktische Theologie).
Nun schien doch noch alles „schief" zu gehen. Ich reiste mit dem Motorrad von Warnkenhagen an, kleidete mich in der Uni-Toilette standesgemäß um und erschien vor vier mir nahezu unbekannten Professoren. Prof. Weiß kannte ich natürlich schon recht gut. Alle prüften ihre Zeit voll durch – mit welchem Ergebnis? Dann begann Prof. Quell, als besonders eigen bekannt, mit seiner

tiefen sonoren Stimme Altes Testament zu prüfen: Jeremia. Es ging voll ins Hebräische. Ich fühlte mich gut. Hebräisch lag mir, mit Jeremia kannte ich mich aus. Nach zehn Minuten erklärte Quell tiefsinnig: „Danke, das reicht mir!" Ein böses Omen? Lange musste ich nach der Beratung der Fakultät warten. Dann erschienen die Herren, Dekan Peschke schoss auf mich zu, drückte mir die Hand: „Herr Rathke, ich gratuliere Ihnen zum Doktor der Theologie!" Quell stand dabei und schüttelte nur den Kopf. – Also doch durchgefallen?? Dann zu Peschke gewandt: „Herr Kollege, Sie machen alles falsch! Sie müssen Herrn Rathke erst offiziell *zum Doktor der Theologie promovieren.*" – Peschke tritt zurück, nimmt einen neuen Anlauf, promoviert mich ordnungsgemäß, und dann Händeschütteln. Geschafft, der Doktor der Theologie!

Dieses Thema hat später für mich viel bedeutet bei den Verbindungen zur Russisch-Orthodoxen Kirche im Blick auf die Kirchenväter der Ostkirchen und ihre Theologie. Ebenso blieb die Frage des Übergangs vom Urchristentum zur frühen Kirche und der weiteren Entwicklung bis heute aktuell. Der römisch-katholische Theologe Alfred Loisy bemerkte einmal kritisch: Jesus hat das Reich Gottes verkündet, aber es kam die (Institution) Kirche.
Wohin gehen wir?

Rostock Südstadt
(1962-1969)

Kirche im Kalten Krieg und im Zirkuswagen

In der DDR wird der „Aufbau des Sozialismus" zielstrebig und auch mit Druck weiter vorangetrieben. Vor allem die Jugend ist dem ausgesetzt, die kirchliche Jugendarbeit wird von staatlicher Seite weiter bedrängt: durch Behinderung und Verbot von Rüstzeiten, durch die Anprangerung von Jugendlichen in der Schule, durch die staatliche Förderung der Jugendweihe, ohne die der Besuch der Oberschule und ein Studium nahezu unmöglich werden. So ist es nicht verwunderlich, wenn schließlich 1963 in Jena ein Lehrstuhl für Atheismus mit Professor Olaf Klohr eingerichtet wird. Diese Entwicklung hin zum Sozialismus und Kommunismus zeigt sich auch in der sozialen Struktur und im äußeren Bild von Land und Stadt. Sozialistische Siedlungsstädte entstehen, viele Dörfer, oft auch Kirchdörfer, veröden und sterben. Neue Hochhausbauten sollen die noch durch Kirchen geprägten Stadtsilhouetten bestimmen, sozialistische Neubaugebiete sollen nicht nur baulich, sondern auch ideologisch prägend sein.

Wo findet da die Kirche ihren Platz und ihren Weg?

Wir erleben diese Entwicklung hautnah mit, nachdem wir von unserer Kirchenleitung gebeten wurden, von der Landgemeinde Warnkenhagen in das sozialistische Neubaugebiet Südstadt nach Rostock zu kommen.

Über das neue „sozialistische Rostock" gab es damals eine Schrift: „Rostock – wie wir es planen". Darin war auch der neue sozialistische Stadtteil Südstadt zu finden (Kirchenland war ersatzlos mit eingeplant). – Gleich hinter Biestow der neue Flughafen. Anstelle der damals noch nicht weggesprengten katholischen Christuskirche ein neues Theater. Um die Silhouette der Kirchen zu verdecken, waren vier gewaltige Hochhäuser geplant (von denen nur das Stasi-Hochhaus in der August-Bebel-Straße gebaut werden konnte).

Die Rostocker Behörden suchten auch den Zuzug neuer Pastoren dadurch zu verhindern, dass sie beim Pfarrwechsel die freiwerdende Pfarrwohnung versiegelten und anderweitig besetzten (so geschehen bei Fortzug von Pastor Horst Gienke von der Johannis-Gemeinde, sodass Nachfolger Albrecht von Maltzahn „auf der Straße saß"). So machten wir mit dem (Wohnungs-)Vorgänger Günther Goldenbaum einen fliegenden Wechsel, Möbelwagen neben Möbelwagen für Fortzug und Zuzug.

Im Rostocker Komponistenviertel hält so im November 1962 vor der Tschaikowskistraße 1a ein Lastauto mit Anhänger, voll beladen mit Brennholz, Briketts, alten Brettern, Kartoffeln. Familie Rathke zieht von Warnkenhagen in die Stadt und bringt schon einmal in einem ersten Schub alles mit, was in der Stadt nötig sein könnte. Mit tüchtigen Helfern vom Michaelshof ist schließlich alles im kleinen Keller bis unter die Decke verstaut. Kurz danach folgt in einem Möbelauto mit Anhänger der zweite Schub, die ganze Wohnungseinrichtung der Rathkes, dazu die Eltern mit ihren vier kleinen Buben. Nun soll die Wohnung in der 1. Etage ihre Heimstatt werden. Darunter wohnt Familie Fönings, die dort auch eine Poststelle bedient, rechts und links völlig fremde Nachbarn. Nun hieß es, sich einzuleben in der ganz neuen Umgebung.

Wer erwartete uns schon in der Großstadt Rostock? Kommt sonst ein Pastor in eine neue Gemeinde, so bereitet man ihm einen freundlichen oder gar festlichen Empfang. In Rostock wartete keine Gemeinde auf uns, kein Blumenstrauß von Kirchenältesten, kein Begrüßungsbesuch von erwartungsvollen Gemeindegliedern. So saßen wir schon ein wenig verlassen mit unseren sieben Sachen in der Rostocker Wohnung.

Fünf Kilometer von unserer Wohnung entfernt entstand seit 1961 zwischen dem Rostocker Hauptbahnhof und dem Kirchdorf Biestow der neue „sozialistische Stadtteil" Rostock-Südstadt (> Foto 3). Mehr als 20.000 Menschen sollten hier einmal wohnen, um in der rasch wachsenden Bezirksstadt zu arbeiten: in den Werften, als Seeleute, im Dieselmotorenwerk und vielen anderen Betrieben, an der Universität, aber auch in den staatlichen Behörden, angefangen beim Rat des Bezirkes bis hin zum Staatssicherheitsdienst.

Wer erwartete dort in der Südstadt schon einen Pastor? Im Gegenteil! Die Partei hatte deutlich gemacht, dass in einem „Sozialistischen Stadtteil" wie der Südstadt für die Kirche kein Platz mehr sein werde. Und obwohl ein Drittel des neuen Stadtteils auf Kirchenland gebaut war, war da kein Raum für die Kirche. Man hatte es nicht einmal für nötig befunden, das Kirchenland zu enteignen oder zu entschädigen. Es wurde trotz Protestes der Kirche bebaut. Umso erstaunlicher war es, dass der Rostocker Landessuperintendent Heinz Pflugk für dieses Gebiet kirchliche Arbeit im Blick hatte. Wir, die jungen Pfarrersleute vom Dorf, sollten das anpacken. Kein Superintendent und kein Oberkirchenrat und auch die Rostocker Kollegen konnten uns sagen, wie das nun gehen sollte. Immerhin waren einige äußere und rechtliche Voraussetzungen geschaffen worden: Es gab für den Pastor, wenn auch weit entfernt in der Tschaikowskistraße, eine Wohnung. Es wurde pro forma in Reutershagen eine 2. Pfarrstelle geschaffen, auf die der neue Pastor berufen wurde, so konnte er seine Besoldung bekommen. Zu predigen hatte er in einem Saal der Rostocker Stadtmission in der Innenstadt, im Friedhofsweg: Aber wer wusste schon davon in der Südstadt?

Wie sollte dies Abenteuer von „Gemeinde", diese „Fahrt ins Blaue" aussehen und ausgehen? Auf einige Erfahrungen in der Volksmission und der Dorfmission konnten wir zwar zurückgreifen. Aber was half uns das schon in den vielen Neubaublocks? Wir haben uns sehr besonnen auf die Anfänge der christlichen Gemeinden, wie sie im Neuen Testament in der Apostelgeschichte geschildert werden (> Foto 4). Von daher haben wir auch Zuversicht bekommen, dass das wohl ein Weg für uns sein werde. Manchmal hatten wir solche Ermutigung schon sehr nötig. Denn sogar von anderen Rostocker Gemeinden und ihren Pastoren wurden wir skeptisch betrachtet mit unseren „Neuerungen". Man konnte uns nicht einmal sagen, wer wohl aus ihrer Gemeinde in die Südstadt verzogen war. Auch das Verzeichnis der Rostocker Gemeindeglieder, die noch freiwillig ihr Kirchgeld („Kirchensteuer") zahlten, brachte kaum Hinweise. Welche Freude, als dann schon bei einem der ersten Gottesdienste im Friedhofsweg sich eine junge Arztfamilie bei uns meldete: Dr. Friedrich und Dr. Renate Schwarz mit zwei kleinen Mädchen.

Was blieb nun weiter übrig, als im Sinne des Missionsbefehls von Matthäus 28 zu handeln: „Geht hin in alle Welt …!" Ich, der Pastor, fühlte mich mehr als Missionar und klingelte in den gerade bezogenen Neubaublocks der Südstadt mutig und mit Herzklopfen auch bei unbekannten Türschildern. Dann musste ich Farbe bekennen: „Ich bin der neue evangelische Pastor in der Südstadt. Darf ich Sie besuchen und einladen?" Oft ging die Tür sofort und ohne Antwort wieder zu. Andere lachten mich aus oder verspotteten mich. Oft wurde ich auch zudringlich gefragt, wer mir das Recht gebe, bei ihnen zu klingeln. Ab und an fand sich eine christliche Familie, die mich einließ. Mancher war ängstlich – die Nachbarn könnten etwas merken! Es war wohl so. Nicht nur böse Nachbarn bekamen etwas mit. Mich hatten offenbar auch staatliche Funktionäre und Leute von der „Stasi" erlebt und sofort Alarm geschlagen. Ich wurde zum Oberbürgermeister zitiert und bedroht: „Wir werden kirchliche Arbeit in einem sozialistischen Stadtteil nicht dulden!! Besuche dürfen Sie nicht machen, denn dazu müssten Sie die Leute nach ihrem Glauben fragen. Das ist verboten!" Wir haben es lernen müssen, immer wieder mit solchen Drohungen und auch staatlichen Eingriffen zu leben.

Nun wurde ich vorsichtiger und findiger. Ich habe nie mehr bei Besuchen *gefragt*, sondern es hieß nun: „Ich würde Sie gern besuchen, *falls Sie evangelisch sind.*" Das war ja keine Frage. Und auch viele, die nicht evangelisch waren, bekamen so Kontakt mit der Kirche. Ich habe zudem die Besuche immer so gemacht, dass der Nachbar nichts mitbekam. Also bei mehreren Etagen im Haus immer von oben nach unten besucht. Nie auch die gegenüberliegende Wohnung besucht. Wenn im Treppenhaus Bewegung war, ging ich sofort weiter. Eine ganze Liste von Besuchskniffen haben sich ergeben und wurden auch anderen Besuchern empfohlen. So haben wir bald eine Schar von wackeren Christen, aber auch interessierten Menschen entdeckt. Manche sind bis heute unsere Freunde geblieben.

Wie aber konnte nun unsere Südstadt-Gemeinde erleben, was das Wort sagt: „Gemeinschaft"? Mit dem Gottesdienst alle 14 Tage zusammen mit der Jakobigemeinde im entfernten Friedhofsweg war es nicht getan. Eigene Räume in der Südstadt wurden uns verweigert. So kamen wir auf das uralte Rezept der Apostelgeschichte, „hin und her in den Häusern" zusammenzukommen. Aber auch da waren Staat und Stasi mit wachsamem Auge dabei. Wieder wurde der Pastor zitiert und bedroht: „Sie dürfen keine Veranstaltungen in Privaträumen halten!" Der staatliche Druck hat uns letzten Endes nur geholfen: Wir haben die Gemeindeglieder zugerüstet, selbst kleine Gruppen in ihren Wohnungen zu sammeln, mit ihnen über die Bibel zu sprechen und andere Themen zu behandeln. So sind die „Hauskreise" entstanden. Vom Hauskreis Dr. Schwarz wissen wir, dass er bis heute, also jetzt schon 40 Jahre lang, zusammenkommt. Wir hatten allerdings auch die ideale Vorstellung, dass sich die Hauskreise nach einigen Jahren teilen, neue Kreise entstehen und die Gemeinde so noch stärker wachsen würde.

Diese verborgene Gemeinde der Hauskreise suchte aber auch nach einem gemeinsamen Ort und Treffpunkt. Nun gab es am Rand der Südstadt noch eine

Reihe von Kleingärten in kirchlicher Verwaltung. Eine Parzelle war so groß, dass sich dort eine kleine Gärtnerei eingerichtet hatte. Ein Wohnhaus mit kleiner Scheune und Schuppen gehörten dazu. Gab es hier „Beim Pulverturm 4" vielleicht eine Möglichkeit, Fuß zu fassen? Die Gärtnerswitwe ließ mit sich reden, hatte allerdings in ihren Gebäuden keinen Raum frei. Auf dem Hof sei aber vielleicht ein Plätzchen. Was tun? Es war völlig aussichtslos, eine Baugenehmigung zu erhalten, und sei's nur für eine Baracke. Wir hatten eine Idee, die sich schon in Wismar bewährt hatte. In einer großen DDR-Zeitung wurde unter einer Nummer eine Anzeige aufgegeben: „Möglichst großer Zirkuswohnwagen gesucht!" Etliche Antworten gingen beim Pastor ein. Dabei wurde er auch als „Schaustellerkollege" angeredet. Die Wahl fiel auf einen acht Meter langen Schausteller-Wohnwagen mit drei bunt gestrichenen Räumen (Wohnzimmer, Schlafzimmer, Küche) aus Schwerin (Karussell Plaenert). Ein Trecker zog uns das Gefährt von Schwerin nach Rostock. Die Gärtnerswitwe staunte nicht schlecht, als er nach einer Nacht-und-Nebel-Aktion nun ihren Hof zierte. Unsere Männer der ersten Stunde hatten in zwei Tagen aus drei Zimmern einen einzigen Raum gemacht, ihn neu gemalert und mit alten zersägten Kirchenbänken aus St. Marien ausgestattet.

Zum ersten Gottesdienst am 12. Mai 1963 hatten wir die uns bekannten Christen der Südstadt eingeladen. Landessuperintendent Pflugk sollte den „Kirchwagen" einweihen. Eine halbe Stunde vor Beginn warteten wir schon auf die ersten Besucher. Keiner zeigte sich. Schließlich, zehn Minuten vorher, kam *eine* Gestalt: der Landessuperintendent! Etwas betreten musste ich ihm gestehen, dass die „Weihe" wohl ausfallen müsse, weil keiner kommt. (Man fühlte sich erinnert an das biblische Gleichnis von dem großen Gastmahl, zu dem keiner kommt, Lukas 14,15-24.) Doch bald strömten sie. Städter machen sich eben später auf den Weg als die Leute auf dem Dorf! So hielten wir mit 53 Leuten den ersten Kirchwagen-Gottesdienst. 60 bis 65 Leute fasste notfalls der Wagen. Später hielten wir sonntags zwei bis drei Gottesdienste, am Heiligabend bis zu fünf Gottesdienste. Doch so weit waren wir noch lange nicht! Gleich nach dem Gottesdienst wurde wieder der Pastor zum wütenden Oberbürgermeister zitiert: „Sie haben trotz strengem Verbot doch einen Raum errichtet!! Das werden wir nicht dulden!!" Mir war schon sehr mulmig zumute. Ich erklärte: „Wir haben überhaupt nicht gebaut, brauchen daher auch keine Baugenehmigung. Wir haben nur an einer Stelle, wo kein Parkverbot besteht, ein

Fahrzeug geparkt!" Ich habe diesen Standpunkt wegen erneuter Drohungen oft wiederholen müssen. Doch der Kirchwagen blieb uns erhalten.

Der „Kirchwagen" ist keine Südstadterfindung.

Es wird ja im biblischen Text auch vom Mann aus dem Morgenland berichtet, der im Wagen nach Jerusalem kam (Apg. 8). Als etwa 1965 der äthiopische Bischof Abuno Boulos uns besuchte, konnten wir ihm stolz zeigen, wie seine geistlichen Vorfahren (mit dem Prediger Philippus auf dem Wagen) bei uns Nachahmung gefunden haben. Die kirchliche Arbeit in Stalinstadt hatte mit einem Bauwagen begonnen. In Wismar hatte Pastor Martin Dürr schon einige Jahre vorher einen Schausteller-Wagen aufgestellt, allerdings kleiner. Und die Südstadtgemeinde brachte es schließlich sogar zu zwei Kirchwagen.

In den Stasi-Berichten konnten wir nach der Wende lesen, wie die Stasi die Besuche der Südstadtgemeinde registriert hatte. Wir haben nicht absichtlich die Wohnblocks der „bewaffneten Organe" besucht, es allerdings meist gemerkt, dass wir uns in solch ein Haus „verirrt" hatten. Meist schroffe Abweisung oder auch Drohungen. Zuweilen auch scheinbar freundliche Aufnahme, um uns auszuhorchen. Und dazwischen, vor allem bei den Besuchen in „normalen Blocks", dankbare Aufnahme, dass man besucht wurde. Christen sagten häufiger, dass sie weit und breit die einzigen Christen seien. Dabei stellten wir oft fest, dass schon drei Treppen tiefer ein anderer Christ wohnte. Man gab sich nicht zu erkennen.

So konnte man die Gemeinde zusammenführen. Und auch Nichtchristen waren oft dankbar, dass da jemand kam, mit dem man sich offen aussprechen konnte. Ähnlich erging es uns in den Hauskreisen. Da konnten sicher hier und dort IMs eindringen. Wie sollten wir es verhindern? Es fanden sich aber in den Hauskreisen auch Nichtchristen bis hin zu einer Dozentin für Marxismus-Leninismus, die dort einen Freiraum des Vertrauens gegenüber dem sozialistischen System fanden.

Ausführlicher könnte über die Zusammenarbeit mit den verschiedenen Mitarbeitern in der Südstadtgemeinde berichtet werden, auch von denen, die man heute „Ehrenamtliche" nennt, etwa in der Kinder- und Elternarbeit usw. Besonders zu erwähnen ist die Mitarbeit von Dietlind Glüer, die von der Güstrower Domgemeinde kam.

Der Kirchwagen wurde für uns zum Symbol einer „Gemeinde unterwegs".

Vor dem ersten Gottesdienst fand im Kirchwagen, der noch umgebaut wurde, schon eine Kinderstunde, die „Christenlehre" statt. Als Sitzgelegenheit hatten wir nur den riesigen Reservereifen.

Das Südstadt-Gemeindeleben hat auch unser Familienleben mit bestimmt. Bald nach dem Mittagessen machte sich Vater mit dem Fahrrad auf in die Südstadt. Dort hatte er eine feste Sprechzeit beim Pulverturm 4, traf dort Verabredungen, hatte die Kinder und Konfirmanden im Kirchwagen zu unterrichten. Vor allem aber ging er immer wieder zu Besuchen durch die Wohnblöcke, nach der schon beschriebenen Methode. So entstand, in kleinen Notizbüchlein festgehalten, eine gute Übersicht, wie die einzelnen Besuche ausgingen, eine Art Gemeindekartei. Wir haben auch viele Helfer für die Gemeindearbeit entdecken können, schließlich sogar eine Gruppe, die selbst mit Besuche machte. Es gab Tage, wo einem der Mut sinken wollte. Da stellte ich noch ein Besuchsziel: Wenn ich heute fünfmal nacheinander abgewiesen oder rausgeschmissen werde, mache ich nicht weiter. Wenn ich mich dennoch zum 6. Besuch aufraffte, gab es manchmal eine Überraschung und große Freude: doch noch einen Christen oder interessierten Menschen entdeckt!

Am Sonntagmorgen pilgerte die ganze Familie mit ihren vier Kindern, später sogar mit sechs Kindern, in die Südstadt zum Kirchwagen. Der Vater fuhr schon früher mit dem Fahrrad. Die Mutter folgte dann mit den Kindern im „Trabant". In der Südstadt-Gemeinde waren wir wie eine große Familie. Vor und nach dem Gottesdienst waren die meist jungen Familien auf dem großen Gärtnerei-Grundstück beisammen. Eine oder auch mehrere Mütter betreuten die Kinder während des Gottesdienstes. Bald kam der Wunsch, dass auch während der Woche die Kinder zusammenkommen und dass auch Mütter ihre Kinder für einen Nachmittag abgeben konnten, um in der Zeit Besorgungen zu machen. So wurde Marianne die Fach-Frau für die Kinderarbeit. War sie nicht als Mutter von vier, später sogar sechs Kindern, dazu prädestiniert? Trotzdem waren wir dankbar, dass wir dann nach einigen Jahren mit Dietlind Glüer eine tüchtige Gemeindehelferin bekamen, vor allem auch für die Kinder-, Jugend- und Elternarbeit. In das Rostocker Neubaugebiet Südstadt mit etwas größeren Wohnungen zogen damals vor allem junge Familien mit Kindern. Wir hatten auf dem „Höhepunkt" pro Jahr etwa 1.000 Geburten. Ungefähr 10% fanden den Weg in die Gemeinde, also jährlich bis zu 100 Taufen. Zu unserer Freude wurde im Haus der Gärtnerswitwe bald ein Zimmer frei, wir konnten es für kleine Gemeindeversammlungen nutzen. Als später die Witwe starb, konnten wir durchsetzen, dass nun ihre Wohnung für eine Mitarbeiterfamilie zur Verfügung stand. Schritt für Schritt fassten wir in der Südstadt Fuß.

Eine Hilfe war die Verbindung zur Theologischen Fakultät: neben Martin Kuske auch der Assistent Eberhard Winkler, ihr Absolvent Jens Langer, dazu ca. zehn Vikare und Vikarinnen im Lauf der Jahre. Professor Kiesow war 1968 der einzige Professor (Dekan), der die Resolution der Universität gegen den „Prager Frühling" nicht unterschrieb. Wir hatten durch unsere Kontakte der Stadtjugendarbeit in die ČSSR einen engen Bezug zu den Ereignissen und Personen des Prager Frühlings. Die Johannis-Gemeinde mit Pastor Albrecht von Maltzahn hatte Kontakte geknüpft zu Antonin Vorisek in Děčín. Er war Studiendirektor, verhaftet, dann zum Hafenarbeiter nach Děčín strafversetzt. Nebenher war er Laienprediger seiner Kirche. Seine Kinder Sam und Dan arbeiteten in seinem Sinn in Čim an der Moldau, nahe Prag. Dort hielten wir gemeinsame Rüstzeiten, auch mit Kanufahrten.

Aus dem Kreis der in der ersten Zeit entdeckten Christen wuchs dann der erste Kirchgemeinderat mit dem Eisenbahner Kurt Simon als Vorsitzendem. Sehr engagiert haben diese Frauen und Männer die Gemeindearbeit mitgetragen, neue Wege entdeckt und praktiziert. Die Raumfrage blieb all die Jahre spannend. Hans Meier trieb eines Tages eine alte Baubaracke auf und meinte: „Wenn wir die ‚über Nacht' neben der vorhandenen kleinen Waschküche aufstellen, merkt das kein Mensch!" Gesagt – getan! Und es klappte. Daraus wurde ein Unterrichtsraum und bei überfülltem Kirchwagen konnte man auch dort über Lautsprecher am Gottesdienst teilnehmen. Dann war da in der einen Hälfte der Scheune noch ein Stall, den früher ein Ziegenzüchterverein benutzt hatte: Es roch auch danach! Den wollten wir nun auch heimlich ausbauen. Es geschah (> Foto 5). Der in der DDR bekannte Graphiker Matthias Klemm hatte sogar die Ausgestaltung zugesagt. Kaum hatten wir den Raum einmal benutzt, kam die Polizei und versiegelte ihn. Hinzu kam die Sorge, dass auf dem Gelände unserer kirchlichen Kleingartenkolonie die neue Universität gebaut würde. Nebenan standen ja schon die Schiffbaufakultät, die Mensa und die Studentenwohnheime. Von Jahr zu Jahr wurde damit gedroht. Bis heute ist es nicht eingetreten. Heute hat die Südstadtgemeinde auf dem Gelände einen schönen Gemeindesaal, Unterrichtsräume und das alte Gärtnerhaus als Pfarrhaus.

Die Gemeindearbeit ist weiter gewachsen: Arbeit mit jungen Erwachsenen, Gemeinderüstzeiten, ein Posaunenchor unter Leitung des Werftarbeiters Herbert Spee entstand (> Foto 6). Mit dem Heranwachsen der Kinder wurde die Jugendarbeit, vor allem nach unserer Zeit, ein Schwerpunkt.

Neben den ständigen Mitarbeitern, Gemeindehelferin und Katechetin sowie Diakon wurden zunehmend Lehrvikare und auch Praktikanten aus anderen Kirchen in unsere Gemeinde entsandt. Oft wohnten sie mit bei uns in der Wohnung Tschaikowskistr. 1a. Als der Pastor der benachbarten Landpfarre, Otto Türk, für zwei Jahre erkrankte, war auch diese Pfarrstelle von der Südstadt aus mit zu versorgen.

So fehlte es wahrlich nicht an Arbeit und die große Familie hatte das mit zu verkraften. Dennoch kamen weitere Aufgaben hinzu. Der Pastor der Johannis-Gemeinde, Horst Gienke, war gleichzeitig Stadtjugendpastor. Er ging als Rektor des Predigerseminars nach Schwerin. Nun musste einer der jungen Pastoren sein Nachfolger werden: Heinrich Rathke. Die Jugendarbeit war damals noch sehr geprägt durch die Verfolgung der „Jungen Gemeinde" in der DDR in den 50er-Jahren. Auf dem Höhepunkt der Verfolgung, 1953, wurden viele junge Christen verhaftet, von den Oberschulen verwiesen, vom Studium ausgeschlossen. Etliche flohen in den Westen. Sammelpunkt der „Jungen Gemeinde" war neben den Veranstaltungen in ihrer Rostocker Heimatgemeinde an jedem ersten Sonnabend im Monat die „Monatsrüste" in der Johannis-Gemeinde mit 200 bis 400 Jugendlichen, die der Stadtjugendpastor zu halten hatte. Dabei erhielten diejenigen, die neu zur „Jungen Gemeinde" gekommen waren, das „Kugelkreuz" überreicht, ein Zeichen zum Anstecken. Jede Monatsrüste schloss wie seinerzeit in den 50er-Jahren mit dem Lied von Otto Riethmüller: „Herr, wir stehen Hand in Hand, / die dein Hand und Ruf verband … Herr, wir gehen Hand in Hand, / Wandrer nach dem Vaterland: Lass dein Antlitz mit uns gehn, / bis wir ganz im Lichte stehn."

Die Stadtjugendarbeit in Rostock wurde vor allem durch die Stadtjugendwarte getan, zu unseren Zeiten Martin Herrbruck und danach Kurt Ahlhelm, zwei tüchtige Diakone. Sie organisierten jedes Jahr eine Jugendwoche mit Hunderten von Teilnehmern. Das christliche Musical von Ernst Lange „Halleluja, Billy!" mit etwa 50 Spielern wurde in der Petri-Kirche aufgeführt. Ernst Lange hat mit seiner „Ladenkirche" in West-Berlin und seinen Schriften und Impulsen zu kirchlicher Arbeit in säkularisiertem Umfeld damals viel bedeutet. Da Verbindung zu jungen Christen in anderen Ländern zu DDR-Zeiten, auch solche nach Westdeutschland, unmöglich waren, fanden wir in Rostock ein besonderes Schlupfloch. Die DDR wollte in den skandinavischen

Ländern für den Sozialismus werben und veranstaltete dazu jeden Sommer die „Ostsee-Woche". Da wurde Rostock für die Ausländer herausgeputzt, in den Läden gab es plötzlich Mangelware wie etwa Klopapier. Und für die nordischen Gäste gab es erleichterte Einreisepapiere. Das nutzten wir für unsere Freunde aus Norwegen, Finnland, Schweden und Dänemark und luden auch junge Christen aus der Tschechoslowakei und anderen Ostblockländern dazu. Das hat uns viele gute Freundschaften gebracht.

Während der Ostseewoche war in unserer Wohnung ein Kommen und Gehen, weil uns öffentliche Räume meist verwehrt waren. Außerdem konnten wir dort unauffälliger mit auswärtigen Gästen zusammen sein. Das galt auch für viele andere Besucher, etwa die Amerikaner von der Gruppe „Fellowship" mit dem amerikanischen Pastor Ted Shapp in West-Berlin als Mittelsmann zu den Fellowship-Leuten in Kalifornien, die sich sehr um Partnerschaften zu evangelischen Gemeinden und Gruppen in der DDR bemühten.

Es hat zu heftigen Reaktionen geführt, als sofort nach dem Bekanntwerden der Ermordung von Martin Luther King wir von der Stadtjugendarbeit einen Friedensgottesdienst in der überfüllten Heiligen-Geist-Kirche hielten.

Viele Verbindungen aus der Rostocker Zeit sind in den folgenden Jahren erhalten geblieben. Mit Dr. Peter Heidrich von der Theologischen Fakultät und Studentenpastor Gustav Scharnweber hatten wir mit den besonders verantwortlichen Jugendlichen der „Jungen Gemeinde" den „Wustrower Kreis" begonnen. Den „Wustrower Kreis" kann man als eine Art „Laien-Bruderschaft" bezeichnen mit sehr wenigen verbindlichen Regeln: sich den „2. Mann suchen" – sich wöchentlich treffen: Gebet, Bibellese – eine Aufgabe (des Dienstes an/für andere/n) – bei Umzug/Wechsel sich am neuen Ort wieder solche Mini-Gemeinde suchen. Das Anliegen dieser Gruppe wirkt bis heute nach. Peter Heidrich hat später oft in der Pfarrfrauenarbeit mitgearbeitet. Zur „Jungen Gemeinde" in Rostock gehörten auch die vier Kinder des Kapitäns und Lotsen Gauck. Mit unseren Mitarbeitern und Weggefährten, insbesondere Dietlind Glüer, sind wir bis heute eng verbunden.

Ein anderer Mitarbeiter, der Diakon Manfred Bertling, brachte uns persönlich und der Rostocker Südstadtgemeinde große Probleme. Er war vom Brüderhaus in Berlin-Weißensee zu uns gekommen. Er war mit seiner Familie in die frei gewordene Wohnung beim Kirchwagen eingezogen. Seine Frau, von Beruf Bibliothekarin, war Mitglied der Sozialistischen Einheitspartei (SED).

Hatte man auf diese Weise ihren Mann unter Druck gesetzt? Hatten da hinter den Kulissen schon die Partei und die Stasi mitgespielt? Bertling zeigte plötzlich politische Ambitionen, begeisterte sich in der Zeitung für den Marxismus und Sozialismus und war plötzlich auch Abgeordneter im Stadtparlament. Eines Tages gestand er mir, dass der Geheimdienst, die „Stasi", ihn umwarb. Bei einer „Ostseewoche" war es Erich Honecker selbst, damals noch zuständig für die FDJ und die Stasi, der Diakon Bertling zu einem geheimen Treffen mit der Stasi einlud. Die Zustände wurden unerträglich. Mehrfach versuchte ich, Bertling von seiner Stasi-Mitarbeit abzubringen. Einmal schlug ich ihm vor, ein heimlich mit der Stasi vereinbartes Treffen nicht wahrzunehmen. Ich würde statt seiner gehen. So geschah es. Am „konspirativen Treff" warteten zwei Stasi-Leute auf Bertling, stattdessen erschien der Pastor! Es war eine explosive Situation. Es war von uns verhindert worden, dass die Spitzeltätigkeit der Stasi geheim blieb. Vielleicht hat es mitgeholfen, dass Bertling schließlich seine kirchliche Tätigkeit beendete. Als wir nach der Wende in die Stasi-Akten Einsicht nehmen konnten, zeigte sich, wie sehr wir in Rostock von der Stasi überwacht worden waren. Da war zum Beispiel der Friedhofsarbeiter, der sich in unserer Gemeinde eingefunden hatte, sich sehr interessiert zeigte und überall dabei sein wollte. U.a. hat er über eine Gemeinde-Rüstzeit in Güstrow ein seitenlanges Protokoll an die Stasi geliefert.

Wie erlebte die Familie die Rostocker Zeit?

Für unsere Kinder war die Umstellung vom idyllischen Dorfleben in die Großstadt nicht leicht. Waren sie doch gewohnt, vom Morgen bis zum Abend draußen auf dem Hof zu toben und zu spielen. In Rostock gab es weder einen Sandkasten noch einen Spielplatz vor dem Haus, sondern nur lärmende Autos und unter unserer Etagenwohnung empfindliche Mieter. „Haben Sie denn keinen Teppich? Unsere Lampen wackeln!!" – so jammerte unter uns Frau Fönings. Wir hatten wirklich keinen Teppich. Die Gehälter der Pastoren waren so gering, dass wir sehr rechnen mussten. Also kauften wir billige Läufer, um den Lärm, den die Buben nun eben mal im Kinderzimmer machten, etwas zu dämpfen. Waren sie mal so richtig in Rage, dass sie Stühle umwarfen oder dergleichen, mussten sie nach unten zu Fönings, um sich zu entschuldigen. Nach Aussage der Kinder war dies immer die größte Strafe für sie.

Lebensmittelkarten gab es inzwischen nicht mehr, aber wir lebten doch sehr bescheiden. „Bechamelkartoffeln und Rotwurst" war ein Standardgericht. Die Grundnahrungsmittel gab es relativ preisgünstig. Auch Milch durften die Kinder trinken, soviel sie wollten. Brause aber gab es nur an Festtagen! In der Apotheke holte Mutter regelmäßig die großen Flaschen mit Lebertran, den die Kinder tapfer jeden Tag „genossen". Liebe Verwandte und Freunde beglückten uns gelegentlich mit einem „West-Päckchen" oder einem „West-Paket", in denen dann Bohnenkaffee, Kakao, Schokolade, Tempotaschentücher und andere köstliche Dinge waren. Aber all diese äußeren Probleme empfanden wir als nicht so beschwerlich. Wir lebten froh und unbekümmert.

Der erste Winter in Rostock 1962/1963 war bitterkalt. Die Kohlen waren rationiert und wir mussten sie Zentner für Zentner von der Kohlenhandlung mit dem Handwagen abholen. Doch die Zimmer wurden nur mäßig warm. Das viele aus Warnkenhagen mitgebrachte Hotz war uns da eine große Hilfe. Große Freude aber bereitete den Kindern der viele Schnee, in Norddeutschland eine Seltenheit. Da übten sich die Buben im Schneeballwerfen und schafften es, eine riesige Schaufensterscheibe unten bei Familie Fönings einzuwerfen. Damals war es nicht so leicht, einen Handwerker zu bekommen. Und der musste auch das nötige rationierte Glas zur Hand haben. Nun, auch dies Problem haben wir mit unseren „Unter-Mietern" bewältigt. Zum Glück hatten wir auch nette Mieter im Haus. Frau Ette gleich nebenan hat abends auf die Kinder aufgepasst, wenn Marianne mit zu Veranstaltungen in die Südstadt wollte. So waren wir miteinander in unserer Südstadt-Gemeinde verwurzelt. Oft war es nicht leicht, das mit dem Familienleben zu vereinbaren.

Wie konnte unsere Familie beweglich bleiben bei den mancherlei Entfernungen in der großen Stadt und vor allem den fünf Kilometern zwischen Wohnung und Südstadtgemeinde? Mit den öffentlichen Verkehrsmitteln und den Fahrrädern der Eltern war es kaum zu schaffen. Ein kleines Auto, den „Trabant" hätten wir schon gebrauchen können. Da haben uns die Eltern Rusam und Patentante Justi aus Bayern mit einem über Genex beschafften „Trabant" geholfen (1/3 des Preises in Westgeld bezahlt). So stand sehr bald unser „grüner Laubfrosch", der in Zwickau abgeholt werden musste, vor dem Haus. Marianne aber konnte noch nicht Auto fahren, traute sich auch nicht recht. Doch vorsorglich hatte ich sie schon zu einem Fahrschulkurs angemeldet. Nach einigen Monaten flatterte die Einladung zur ersten Fahrkurs-Stunde für Marianne Rathke ins Haus. Nun musste sie fleißig nicht nur die Straßenverkehrsordnung und die Verkehrszeichen, sondern auch Motorkunde und allerlei über Reparaturen im Notfall lernen. Das gehörte damals dazu, dann kamen die Fahrstunden. Das war oft schwer einzurichten bei vier kleinen Kindern und den dienstlichen Verpflichtungen vom Vater. Als wieder einmal eine Fahrschulstunde schon um 17.30 Uhr anstand und kein „Babysitter" verfügbar war, stellte Marianne alle Uhren eine Stunde vor, zog die Gardinen zu, aß mit den Kindern schon um 16.30 Uhr Abendbrot – es war im Winter und schon dämmrig – und brachte sie eine Stunde früher ins Bett. Sie haben's nicht gemerkt. Die Fahrschule wurde mit Erfolg abgeschlossen, die Prüfung fand am Karfreitag morgens um 7.00 Uhr statt.

Dann kam die Schulzeit. Die Kinder und wir Eltern ahnten nicht, welche harten Jahre auf uns alle zukommen sollten. Das Lernen bereitete keinem der Kinder Schwierigkeiten. Doch dann kam das Problem „Junge Pioniere", der Kinderorganisation der marxistischen Parteijugend. Wir Eltern wollten, dass unsere Kinder in keiner Weise politisch eingebunden werden. Also sagten wir gleich in der 1. Klasse den Lehrern deutlich: „Unsere Kinder werden nicht das blaue Halstuch der Pioniere tragen." Das war für Matthias, der das zuerst durchzustehen hatte, nicht einfach. Häufig fühlten sich die Kinder schon ausgeschlossen, weil sie auch an harmlosen Schulveranstaltungen, etwa am Roller-Fahren, nicht teilnehmen durften. Später lockerte es sich etwas. Wenn die übrige Klasse einverstanden war, ließ man auch die „Nicht-Pioniere" teilnehmen, wir Eltern waren damit einverstanden.

Auch sonst spürten die Kinder oft genug, dass sie „Einzelgänger" waren. In ihren Klassen gingen nur wenige in die „Christenlehre", später waren sie meist die Einzigen, die sich konfirmieren ließen und nicht an der „Jugendweihe" teilnahmen. Matthias trug alles mehr im Stillen mit sich herum. Wolfhard hingegen sagte von jeher unverblümt, was er dachte. Oft kam er heulend von der Schule: „Christbengel" hatten seine Schulkameraden hinter ihm hergerufen. Er dagegen: „Lies doch mal in der Bibel, dann wirst du schon sehen, was richtig ist!"

Wichtig war uns jedes Jahr der Sommerurlaub mit allen Kindern. Da hatten wir viel Zeit miteinander und auch der Vater schaltete alles Dienstliche ab. Doch wurde es immer schwieriger, einen geeigneten Urlaubsplatz für die große Familie zu finden.

Seitdem am 13. August 1961 in Berlin die Mauer gebaut und die ganze DDR vom Westen abgeschottet worden war, waren uns sämtliche Reisen nach Westdeutschland total untersagt. All unsere Verwandten konnten wir nicht mehr besuchen, nicht einmal bei besonderen Festen oder im Todesfall zur Beerdigung. Und auch in die Tschechei und nach Polen zu fahren war uns unmöglich. Wir waren ganz darauf angewiesen, unseren Urlaub in der DDR zu verbringen. So haben wir zunächst einige Jahre lang in kirchlichen Heimen an der Ostsee Urlaub gemacht, weil auch andere Urlaubsplätze nur staatlichen Stellen und Betrieben vorbehalten waren. Unsere Kinder nahmen immer mal wieder an kirchlichen Rüstzeiten teil. Schließlich waren auch die kirchlichen Heime für eine Familie mit vier und mehr Kindern nicht bezahlbar. Hinzu kam, dass wir von Rostock aus immer wieder an die Ostsee nach Warnemünde fahren konnten.

So kamen wir aufs Zelten. Wir hatten es bei Familie Witte, unseren Nachbarn aus der Warnkenhäger Zeit, kennengelernt, die schon seit Jahren am Plauer See in Zislow zelteten. Warum sollten wir's nicht probieren? Im nächsten Jahr richteten wir uns auch in Zislow hinten am Hang ein. Wir hatten preisgünstig ein großes Zelt erworben, ein Paddelboot kam hinzu. Nie hätten wir vorher gedacht, dass diese Art Urlaub uns in den folgenden Jahren so viel Spaß machen könnte. Viele Jahre hintereinander zelteten wir am Plauer See. Dort konnten wir richtig „untertauchen".

Dachten wir! Aber so ganz unbeobachtet blieb diese Ansammlung von mehreren Zelten und einer großen Kinderschar auch nicht. In späteren Jahren, als die DDR-Herrscher die kirchliche Arbeit immer mehr einschränken wollten und Versammlungen außerhalb der Kirche nicht erlaubt wurden, ging bei den für Zislow zuständigen Stellen eine Anzeige ein wegen einer unerlaubten „Rüstzeit" auf dem Zeltplatz. Man reichte das gleich weiter an die höchste Stelle, den Rat des Bezirkes in Schwerin. Dort gebot man Zurückhaltung, das sei doch nur der Bischof mit seinen vielen Kindern. Es gab aber auch tatsächlich heimliche kirchliche Rüstzeiten auf dem Zeltplatz. So fiel uns auf, dass täglich eine Schar von Leuten in ein größeres Zelt strömte. Es zeigte sich, dass es eine katholische Kirchgemeinde aus der Nähe von Magdeburg war. Wir lernten uns kennen und wurden mit zur Abendandacht eingeladen. Dabei wurde dann im großen Kreis bei Kerzenschein auf dem Boden sitzend vom katholischen Priester Versteege nach den Abendmahlsworten der Bibel Brot und Traubensaft für alle herumgereicht. Da haben wir Ökumene wirklich erlebt! Interessant war auch, dass Priester Versteege ein farbiges Kind adoptiert hatte, mit dem er auf dem Zeltplatz herumtollte. So kehrten wir jedes Jahr erholt zurück nach Rostock.

Inzwischen hatte sich unsere Familie vergrößert. Am 10. Februar 1965 wurde unsere Uta geboren: ein Mädelchen – welche Freude! Stolz waren die vier großen Brüder und überglücklich wir Eltern. Uta war ein eigenwilliges Persönchen: Sie wusste genau, was sie wollte. Sehr bald lehnte sie das Fläschchen ab, sie war mehr für reelle Kost. Sie konnte sich wunderbar allein beschäftigen und war ein liebes Kind, bis am 13. Juli 1967 unser Volker geboren wurde. Da meldete sich die Eifersucht – obwohl wir alles versuchten, Uta nicht zu vernachlässigen.

Gern wollten wir, dass die Kinder Musikunterricht bekamen. So erhielt Matthias in der Musikschule Klavierunterricht, später dazu auch Waldhorn. Wolfhard spielte Geige, Christoph Cello und Heiner Querflöte. Das war jeden Nachmittag eine Strapaze mit dem Üben, denn ohne Üben kommt man nicht weiter.

Mancherlei „Erfolgserlebnisse" hatten sie aber auch: Wir spielten gelegentlich am Heiligabend oder zu anderen Veranstaltungen in Altenheimen. Sie spürten, wieviel Freude man auch anderen mit dem Musizieren machen kann. In der Schule konnten sie, wenn nach „gesellschaftlicher Tätigkeit" gefragt wurde, sagen: „Wir sind in der Musikschule." Das war für die Nicht-Pioniere wichtig.

Es gab aber auch schwierige Zeiten. So musste Marianne einmal für vier Wochen ins Krankenhaus und Vater war voll im Stress mit der Südstadtgemeinde und als Stadtjugendpastor. Da durften wir sehr spüren, was „Freunde" und „Nachbarschaftshilfe" bedeuten.

Die Südstadt war ein Stadtteil mit jungen Familien, da konnte Marianne ihre Erfahrungen mit ihren vielen Kindern einbringen. So hat sie zuerst ein Programm für die noch nicht schulpflichtigen Kinder in Gang gebracht. Frauen, denen diese Arbeit am Herzen lag, trafen sich mit ihr „Beim Pulverturm" am Kirchwagen und ließen sich von einer erfahrenen Kindergärtnerin allerlei Lieder, Spiele und Basteleien beibringen. So entstand der „Kindernachmittag" jeden Freitag 14.00 bis 17.00 Uhr. Zunächst gestaltete Marianne selbst den Nachmittag. Nach und nach aber übernahmen auch andere Mütter diese Aufgabe. Es war ja das Ziel, eine selbstständige Gemeinde zu bauen. Ähnlich ging es mit dem Kindergottesdienst, der während der Predigt durchgeführt wurde. Über die Kinder erreichten wir viele Eltern. Als dann Dietlind Glüer als Gemeindehelferin zu uns kam, übernahm sie die Verantwortung. Was mühsam entstanden war, konnte sie nun kompetent und mit neuen Ideen ausbauen. Da war Marianne sehr entlastet und machte von Stund an mehr Besuche bei alten Menschen in der Gemeinde.

Die etwas außergewöhnliche Gemeindearbeit in der Rostocker-Südstadt mit ihrem Kirchwagen sprach sich herum und zog mancherlei Aufmerksamkeit auf sich. Sogar Gäste aus Japan und Ägypten besuchten uns. Bischof Schönherr von Berlin-Brandenburg bat uns, sie bei der Neubauarbeit zu beraten. In der Gemeinde-Kommission des Bundes der Evangelischen Kirchen in der DDR hatte ich zusammen mit Pfarrer Dietrich Mendt aus Karl-Marx-Stadt den Vorsitz. Lutz Borgmann hat in einem Buch über die evangelischen Kirchen in der DDR („Zwischen gestern und morgen", 1969, S. 32 ff.) über unsere Gemeinde und die Stadtjugendarbeit berichtet. Ich habe selbst 1979 ein Büchlein über die Erfahrungen der Südstadtarbeit geschrieben: „Gemeinde heute und morgen" in der Reihe „Im Blickpunkt. Theologische Informationen für Nichttheologen", Berlin 1979.

1 Frühjahr 1935: Heinrich Rathke kommt in Malchow zur Schule.

2 Als Dorfpastor in Warnkenhagen unterwegs.
So erwischte die Stasi Heinrich Rathke und er wurde „zugeführt".

3 Der Neubaustadtteil Südstadt in Rostock.

4

Erster ökumenischer Jugendgottesdienst im Januar 1968 in der katholischen Christuskirche von Rostock, die bald darauf vom SED-Staat gesprengt wurde. Der evangelische Stadtjugendpastor Rathke und der katholische Vikar Krüger segnen die Gottesdienstbesucher.

5 Erster und zugleich letzter Gottesdienst im umgebauten Ziegenstall im Jahr 1964. Die Polizei versiegelt den Raum umgehend.

6 Der Posaunenchor der Südstadtgemeinde vor dem Kirchwagen im Jahr 1968.

7

März 1971:
Heinrich Rathke wird
im Schweriner Dom
als mecklenburgischer
Landesbischof eingeführt.

8

Bischöfliche Schlüssel-
übergabe anlässlich der
Wiedereinweihung der
zuvor abgebrannten
Dorfkirche in Sülstorf.

9 US-Vizepräsident Walter Mondale (M.) empfing 1980 den Leitenden Bischof Heinrich Rathke (r.) und Pfarrer Ralf Zorn (l.) im Weißen Haus. Das Treffen fand anlässlich eines Besuchs bei den Lutherischen Kirchen in den USA statt.

10 Jeden Mittwoch tagte der Oberkirchenrat in der Münzstraße: Landesbischof Rathke (r.) mit Oberkirchenrat Hermann Timm (l.) und Präsident Siegfried Rossmann (M.).

11 Familie Rathke mit ihren sieben Kindern im Jahr 1975.

12 Einführung von Papst Johannes Paul II. am 21. Oktober 1978: Am Tag darauf begrüßte der neue Papst in einer Privataudienz Bischof Heinrich Rathke und Carl Mau, den Generalsekretär des Lutherischen Weltbundes.

13 Einführung als Leitender Bischof der VELK-DDR im September 1977 in der Stadtkirche Neustrelitz. LWB-Generalsekretar Carl Mau (l.) aus Genf und die Landesbischöfe Heinrich Rathke aus Schwerin (2.v.l.), Ingo Braecklein aus Eisenach (3.v.l.) und Johannes Hempel aus Dresden (r.).

14

Lehrgespräche mit der Russisch Orthodoxen Kirche im Mai 1981 in Güstrow: Heinrich Rathke (l.) mit Metropolit Juvenali (r.) vom Außenamt in Moskau.

15 Unterwegs 1976 in der DDR mit einer Delegation der Russisch-Orthodoxen Kirche. Kirchenältester Lutz Danke (stehend) begrüßt Erzbischof Antonin (3.v.l.), Bischof Rathke und Metropolit Juvenali (M.) im Kirchenwagen der Rostocker Südstadtgemeinde.

16 Bei den lutherischen Gemeinden in Kirgistan 1996: Heinrich Rathke, Stefan Reder und Marianne Rathke besuchen einen Hausgottesdienst in Ananjewo.

17 Zu Besuch bei den lutherischen Gemeinden in Kasachstan: Bischof Heinrich Rathke, Prediger Jonathan Stahl, Superintendent Harald Kalnins und LWB-Generalsekretär Carl Mau (v.l.n.r.).

18 Mit Medikamenten-Hilfssendungen bei den katholischen Schwestern der Mutter Teresa in Duschanbe in Tadschikistan. Mit dabei: Priester aus Argentinien, Schwester Christa aus Sachsen, drei Schwestern aus Indien sowie Marianne und Heinrich Rathke.

19 Am 13. Dezember 1981 im Dom zu Güstrow: Landesbischof Heinrich Rathke (l.) und Domprediger Erich Michaelsen (2.v.l.) begrüßen Bundeskanzler Helmut Schmidt (M.) und Staatsratsvorsitzenden Erich Honecker (r.).

20 Von Schwerin nach Crivitz:
Marianne und Heinrich Rathke in der mecklenburgischen Kleinstadt.

21 Pfingsten 1988: Gemeindepastor Heinrich Rathke mit Konfirmanden.

22
Die Leiter der „Politischen Bürgerinitiative Crivitz" beratschlagen: Gerhard Apelt (Augustenhof), Helmut Schröder jun. (Crivitz), Heinrich Rathke (vorn) und Peter Meier (Krudopp), v.r.n.l.

Landespastor in Güstrow
(1970-1971)

Gastrolle im Amt für Gemeindedienst

Mit den Menschen in einer Kirchgemeinde leben und arbeiten, darum ging es uns in unserem Leben und im Dienst als Pfarrersleute. Das hatten wir in der Dorfgemeinde Warnkenhagen und ebenso in der Rostocker Südstadt intensiv erlebt. Dabei hatten wir weder in Warnkenhagen noch in der Südstadt daran gedacht, diese Arbeit in der Gemeinde bald zu verlassen. Doch dann kam zweimal die dringende Bitte, an anderer Stelle in der Kirche zu wirken. So haben wir uns nach sieben Jahren auf dem Dorf in die Großstadt rufen lassen. Und nun kam wiederum nach sieben Jahren der Ruf in eine übergemeindliche Aufgabe als „Landespastor für Volksmission" im Amt für Gemeindedienst in Güstrow.

Wie kam es dazu? Für diese Aufgabe in Güstrow wurde jemand gesucht, der nach „Aufbrüchen" und neuen Wegen in der Kirche sucht und dies mit anderen versucht. Da war man wohl auf Heinrich Rathke gekommen, der dazu schon Erfahrungen in der Dorfmissionsarbeit gesammelt hatte und dann auch im Rostocker Neubaugebiet Südstadt mit seiner Gemeinde neue Wege und Möglichkeiten entdeckt hatte. Hinzu kam, dass dieser Mann schon zehn Jahre lang durch die Mitarbeit in der Landessynode bekannt war. Als Dorfpastor von Warnkenhagen war er zunächst das jüngste Mitglied der Synode. Bald wurde er dann Vorsitzender des Theologinnen-Ausschusses, der dazu half, dass mit dem neuen Theologinnengesetz Frauen in Mecklenburg gleichberechtigt und wie jeder andere Pastor ordiniert wurden und eine Gemeinde leiten konnten.

Der Abschied von der Rostocker Südstadt-Gemeinde fiel sehr schwer. Die Kinder hatten in Rostock Freunde gefunden, sich an die Schulen gewöhnt, an die Musiklehrer. Rostock war für sie Heimat geworden. In Güstrow wartete keine Kirchgemeinde auf uns. Durch die übergemeindliche Arbeit hingen wir da etwas in der Luft. Durch den Wohnsitz in der Hansenstraße 5 gehörten wir zur Domgemeinde. Dort sangen dann vier unserer Kinder in der Kurrende mit. Matthias wurde noch in der Güstrower Zeit im Dom konfirmiert. So saßen wir als Familie zunächst doch etwas verlassen in unserer halbfertigen Wohnung in der Hansenstraße 5, mussten uns wieder an Ofenheizung gewöhnen. Nebenan sorgte eine Gaststätte immer mal für Unruhe und gleich in der ersten Nacht kamen wir nicht zum Schlafen, weil gegenüber auf dem Schulhof bis spät in die Nacht lautstark gefeiert wurde.

So haben wir kaum ein Heimatgefühl für Güstrow bekommen, obwohl unsere vier ersten Kinder bei den Diakonieschwestern im Güstrower Krankenhaus geboren wurden und wir von Warnkenhagen aus immer wieder zu Terminen bei unserem zuständigen Landessuperintendenten und zu Einkäufen nach Güstrow gefahren waren. Dennoch hat Güstrow für uns in mancher Beziehung eine bleibende Bedeutung gewonnen, obwohl durch die Wahl zum Landesbischof unser Wirken bald ein Ende fand und wir kaum ein Jahr lang in Güstrow gewohnt haben.

So haben wir in Güstrow noch den Landessuperintendenten Sibrand Siegert (sen.) erlebt. Seine Rolle im Kirchenkampf, bei der friedlichen Übergabe der Stadt Güstrow 1945, bei der Einführung der Bodenreform ist unvergessen. Güstrow war und blieb auch Bezugspunkt durch das „Haus der Kirche", später „Sibrand-Siegert-Haus", als zentraler Tagungsort der Kirche. Im Kirchenkampf wurde Siegert mit der Bekennenden Kirche aus der Pfarrkirche „verbannt" in das Haus im Grünen Winkel.

Zunächst aber ging es frisch ans Werk als Landespastor für Volksmission. In Mecklenburg gab es damals drei Pastoren in übergemeindlicher Arbeit: für die Jugendarbeit, für die Diakonie und für die Volksmission. Dabei hatte die „Volksmission" die längste Tradition. Es hatte um 1835 mit der Arbeit von Johann Hinrich Wichern begonnen, der in Hamburg das „Rauhe Haus" und bald danach in Rostock den „Michaelshof" gründete. „Innere Mission" nannte sich diese Arbeit, mit der man Menschen am Rand von Kirche und Gesellschaft erreichen wollte. Nicht nur die sozial Schwachen waren damit gemeint, denen heute die diakonische Arbeit der Kirche gilt. Auch Kirchenferne sollten angesprochen werden. Das kam in den Jahren nach dem 1. Weltkrieg neu ins Bewusstsein, als vor allem in den Großstädten die Säkularisierung rapide wuchs. 1925 wurde Theodor Rohrdantz erster Pastor für Volksmission. In Mecklenburg hat sich der damalige Landesbischof Heinrich Rendtorff (1930-1934) sehr um die „Volksmission" bemüht. Er begann mit kirchlichen Aufbauwochen. Er dachte aber auch an die vielen unkirchlichen Landgemeinden und begann für diesen Bereich mit der Einrichtung von „Bibelwochen". Dabei hielt der Pastor eine Woche lang Bibelstunden in einem Dorf, lud möglichst alle Gemeindeglieder dazu auch persönlich ein und gestaltete die Abende volkstümlich. Dazu lud man dann gelegentlich auch einen geeigneten Redner ein, einen „Volksmissionar" oder einen „Evangelisten". Im großen Stil hat Rendtorff dies dann mit dem ersten Kirchentag Mecklenburgs 1932 in Güstrow mit 15.000 Teilnehmern umgesetzt. Unter der deutschchristlichen Kirchenführung und den Bedingungen des 2. Weltkrieges war die volksmissionarische Arbeit nahezu zum Erliegen gekommen. Pastor Ernst Michaelis in Neustrelitz wurde am 22. Okt. 1943 wegen Angriffen auf Staat und Partei verhaftet. Nach Kriegsende war er dann zusammen mit Werner de Boor als Evangelist tätig.

Nach dem 2. Weltkrieg stand die „Volksmission" vor neuen Herausforderungen. Durch die kirchenfeindliche Haltung des Nationalsozialismus hatten sich große Teile der Bevölkerung vom christlichen Glauben verabschiedet, im Osten Deutschlands kam die atheistische Propaganda und Politik der neuen marxistisch-leninistischen Regierung hinzu. Zum anderen hatten der Zusammenbruch des Hitlerreichs und die schlimmen Folgen des verlorenen Krieges viele Menschen zum Nachdenken gebracht. Hinzu kam, dass sehr viele bewusst kirchliche Menschen aus Pommern und Ostpreußen mit dem Flüchtlingsstrom ins Land kamen. Musste da nicht neu angeknüpft werden?

Dieser neue Aufbruch der Volksmission zeigte sich bei uns in Mecklenburg in verschiedener Weise. Da gab es die „Evangelisation" in pietistisch erwecklicher Form. Der Pastor und spätere Oberkirchenrat Werner de Boor, selbst ein Flüchtling aus Pommern, wurde zusammen mit Ernst Michaelis als Evangelist tätig. Seine Schrift „Evangelisation lutherisch" zeigt die besondere Prägung dieser volksmissionarischen Arbeit.

Daneben entwickelte sich die für unsere mecklenburgische Kirche typische und prägende „Dorfmission". Sie war dadurch entstanden, dass einige Pastoren in der englischen Kriegsgefangenschaft dankbar erlebt hatten, wie sie in ihrer Isolierung von Gefangenen-Seelsorgern von Lager zu Lager besucht und in ihrem christlichen Glauben bestärkt wurden. Das haben die Pastoren

Heinrich Baltzer, Herbert Bliemeister, Fridolf Heydenreich (sen.) und andere nach der Entlassung als ein „Modell" für die weit verstreuten Landgemeinden und Außendörfer in Mecklenburg erkannt und umgesetzt.

Wichtig war dabei, in einer Gruppe von Laien und Hauptamtlichen zu arbeiten, gemeinsame Gruppenvorbereitung im Pfarrhaus, dann hinaus in die Außendörfer, immer zu zweit (Laie und Pastor), sowohl bei Besuchen als auch in der Gestaltung der Abende. Jährlich gab es eine Vorbereitungsrüste, meist in Röbel. Prof. Konrad Weiß von der Theologischen Fakultät in Rostock war häufig dabei. Vorbereitungshefte hielten sich meist an Themen vom Kleinen Katechismus, oft evangelistisch gestaltet. Ich habe auch über die Zeit des Gemeindepfarramts hinaus daran teilgenommen.

Da ich Heinrich Baltzer schon aus meiner Malchower Zeit kannte, war ich sehr früh mit dabei in der Dorfmission, 25 Wochen wohl insgesamt, auch in der Zeit als Bischof. Da musste ich auch als „Nothelfer" einspringen: Schon in früheren Jahren hatte die Staatsmacht immer wieder Dorfmissionswochen verboten, sogar die ganze Mannschaft abtransportieren lassen u.Ä. Nun gab es bei der Dorfmission in Boltenhagen Schwierigkeiten und nach wenigen Tagen striktes Verbot. Der Leiter, Jens Langer, rief den Bischof an, der stellte sich sofort als Leiter zur Verfügung, es wurde weitergemacht und die staatlichen Stellen ließen es zu. Das soll den Zulauf zu den Veranstaltungen noch gefördert haben.

Als Pastor Heinrich Baltzer (als Nachfolger von Propst Otto Maercker in Pampow) selbst 1½ Jahre in Haft war, haben wir zeitweise im Leiterkreis die Dorfmission weitergeführt.

Diese Erfahrungen brachte ich dann in die Arbeit als Landespastor für Volksmission mit. Das galt auch für die Arbeit in den neu entstehenden sozialistischen Neubaugebieten. Da hatten wir in der Südstadt viel erlebt und entdeckt: die „Hauskreise"; Besuchsdienst, auch mit geschulten Gemeindegliedern; die Einbeziehung der Gemeindeglieder in den Gottesdienst bis hin zur Predigt und anderes mehr. Mein Vorvorgänger im Amt für Gemeindedienst in Güstrow, Otto Schröder, hatte weitere neue Akzente gesetzt. Vor allem in den größeren Orten hatte er kirchliche Aufbauwochen gehalten. Er hatte den aus Amerika kommenden Gedanken der „Haushalterschaft" (stewardship) in unsere Verhältnisse umgesetzt: Jeder in der Gemeinde hat seine besonderen Gaben, die eingesetzt werden können. Dazu gehörte dann die Schulung zum

Besuchsdienst, die Einbeziehung von „mündigen" Gemeindegliedern in alle Aufgabengebiete einer Gemeinde. Schließlich auch die „Haushalterschaft des Geldes". Dadurch hatten wir es in der Südstadt geschafft, dass ein zusätzlicher Mitarbeiter durch zusätzliche Mittel aus der Gemeinde angestellt werden konnte.

In seinem Buch „Auf schmalem Grat. Aus dem Leben eines Pastors in der DDR" (1994) gibt Otto Schröder einen sehr eindrucksvollen Einblick in die damalige volksmissionarische Arbeit, auch in weitere Arbeitsbereiche wie den Kirchentag.

Einmal im Jahr, eine Woche nach Ostern, nach dem Sonntag Quasimodogeniti, fand im „Haus der Kirche" in Güstrow eine Rüstzeit statt für alle, die in der Arbeit der Volksmission engagiert waren. Aber auch darüber hinaus war das „Haus der Kirche" Zentrum kirchlicher Arbeit und Treffpunkt für viele Anlässe. Wir hatten von Warnkenhagen aus dies Haus noch als kirchliches Lehrlingswohnheim kennengelernt. Diese Nutzung ließ der sozialistische Staat nicht mehr zu. Also diente es nur noch rein kirchlichen Zwecken. Beim dafür notwendigen Umbau hat sich Eberhard Beyer, Diakon und Jugendwart, sehr verdient gemacht. Mit ihm und seiner Familie blieben wir lebenslang verbunden. Wir hielten dann von Rostock aus schon unsere Gemeinderüsten im „Haus der Kirche". Viele andere kirchliche Tagungen erlebten wir dort, vor allem in der Bischofszeit. Auch familiäre Anlässe kamen hinzu. Als Landespastor für Volksmission war man auch direkt für das „Haus der Kirche – Sibrand Siegert" verantwortlich als Vorsitzender des Kuratoriums.

Dieses weite Feld der Aufgaben wartete nun auf den neuen Pastor für Volksmission. Dazu war es wichtig, sich zunächst einmal im Land umzusehen, welche Möglichkeiten es gab und wo sich Mitstreiter in der Arbeit fanden. Das spürte auch die Familie. Vater war viel unterwegs. Er war mit seinem neuen Dienstwagen, einem „Polski Fiat", beweglicher.

Ein anderer besonderer Ort wurde auch schon in der Güstrower Zeit entdeckt: Kirche und Pfarrhaus in Bellin bei Güstrow und das ganze Pfarrgelände in einer außergewöhnlichen, schönen Landschaft. Bellin hat eine der schönsten mecklenburgischen Dorfkirchen weithin; noch aus Feldsteinen erbaut, mit einer romanischen Apsis, gotischem Chorraum und Kirchenschiff und schließlich einer barocken Turmhaube. Die mittelalterliche Ausmalung der Kirche ist eindrucksvoll und weithin erhalten, inzwischen auch restauriert. Um 1970 war die Pfarrstelle schon nicht mehr besetzt, im baufälligen Pfarrhaus wohnte ein

Ruheständler, Pastor Karl Timm mit Frau Elfriede. Das ganze Gelände sah etwas verwahrlost aus. Sollte man es weiter verfallen und verkommen lassen? Mit uns hatten auch andere den Eindruck, dass dieser Ort für eine besondere Aufgabe in unserer Kirche vorbestimmt und geeignet sei: ein Ort der Besinnung, ein Haus für Studium und Stille. So haben es damals Christoph Stier, Pastor für Weiterbildung und Akademiearbeit in Rostock, unser Kirchenbaurat Gisbert Wolf, der katholische Jesuitenpater Peter Kegebein, unsere Freunde Eva und Folker Hachtmann und andere empfunden. Es ist daraus ein geistliches Zentrum geworden. Peter Kegebein, sein evangelischer Namensvetter Peter Voß, unsere Freunde Eva und Folker Hachtmann empfanden dies. Und das letzte Lied in unserem Gesangbuch, Nr. 544: „Am Abend steigt unser Gebet ...", widmete Walter Schulz mir und uns für die Arbeit in Bellin. Bellin wurde uns ein wichtiger Ort, etwa für die Ordinationsrüsten. In meinem Bischofsbrief zur Passionszeit vom 15. Februar 1980 an alle Mitarbeiter, also auch Pastoren, geht es um dieses Anliegen: Einen Ort der Besinnung, um verbindende und verbindliche Gemeinschaft – im Sinne des Lutherwortes: „Auf dem Weg Gottes vorankommen heißt: immer neu anfangen." Bellin war auch für uns als Eltern ein willkommener Rückzugsort bis hin zum Zelten bei Timms im Pfarrgarten.

Auch von Ernst Barlach müssen wir reden, wenn wir an Güstrow denken. Wann sind wir ihm eigentlich bewusst begegnet? Schon beim ersten Besuch der Eltern Rusam in Warnkenhagen 1956 haben wir mit ihnen einen Ausflug zum Barlach-Atelier am Inselsee in Güstrow gemacht. Damals lebte noch Friedrich Schult, der Freund und langjährige Wegbegleiter des 1938 verstorbenen Ernst Barlach. Sehr eindrucksvoll hat er uns damals durch die Räume geführt und von seinen Begegnungen und Gesprächen mit Barlach erzählt.
Nach unserem Umzug nach Güstrow sind wir bald dem Architekten Kegebein begegnet, der am Domplatz neben der Landessuperintendentur wohnte. Er hatte das Atelier Barlachs am Inselsee entworfen und Barlach ganz persönlich erlebt. Mit diesem persönlichen Hintergrund haben uns die Plastiken und Grafiken Barlachs noch mehr beeindruckt. Eine besonders schöne Auswahl findet sich in der Gertrudenkapelle von Güstrow u.a. mit der Plastik „Das Wiedersehen" zur biblischen Geschichte vom verlorenen Sohn. Eine besondere Beziehung haben wir auch zur Plastik „Bettler auf Krücken". Sie findet sich im „Fries der Lauschenden" am Giebel der Katharinenkirche in Lübeck.

Wenn ich nach 1946 auf dem Schulweg zum Katharineum dort vorbeikam, hat sich diese Gestalt mir eingeprägt. 32 Jahre später habe ich miterlebt, wie ein Abguss des „Bettlers" durch Vermittlung von Barlachs Sohn Nikolaus im Domhof von Ratzeburg aufgestellt wurde (28. April 1978).

Der damalige Domprobst Uwe Steffen schrieb dazu später in seinen „Erinnerungen": „Zu meiner großen Freude war der damalige Bischof der Mecklenburgischen Landeskirche Heinrich Rathke gekommen, der für eine kirchliche Tagung in Hamburg eine Einreisegenehmigung erhalten hatte und damit den Besuch in Ratzeburg verbinden konnte. Wir standen bei dem festlichen Akt nebeneinander und ich werde nie vergessen, wie er erst nach links und dann nach rechts blickte und dann sagte: ‚Wenn ich nach links auf den Dom blicke, denke ich ‚Ein feste Burg ist unser Gott', und wenn ich nach rechts auf den Bettler blicke, denke ich ‚Mit unsrer Macht ist nichts getan, wir sind gar bald verloren'.'"

Schließlich gehört zu Barlach in Güstrow der „Schwebende" im Dom, das Gesicht trägt die Züge von Käthe Kollwitz. Die Nazis entfernten dies Mahnmal an die Toten des Ersten Weltkriegs als „entartete Kunst". Nach dem Zweiten Weltkrieg konnte ein Abguss davon wieder im Dom aufgehängt werden.

Dort standen wir dann am 13. Dezember 1981 zusammen mit dem Staatsratsvorsitzenden der DDR Erich Honecker und dem Bundeskanzler Helmut Schmidt, als Landesbischof Heinrich Rathke sie eine Stunde lang durch den Güstrower Dom begleitete. Wir werden später mehr dazu erfahren.

Sehr beeindruckt haben uns auch die sicher nicht leicht zu lesenden Prosawerke und Dramen von Ernst Barlach, vor allem das unvollendete letzte Werk „Der Graf von Ratzeburg". Es ist weithin ein Dialog zwischen dem Grafen Heinrich und Christoffer, der dem Grafen den wirklichen „Weg", den tiefsten Sinn des Lebens zu zeigen sucht. Dabei hören wir Christoffer sagen: „Ich bin der Knecht des Kindes, das Gewalt hat über die Gewalt. Diene du mit mir dem Herrn, dessen Weg eins ist seinem Ziel, dem Herrn, der Ketten löst und dessen Wort den dürren Stab deines Weges grünen macht." Und gegen Ende hören wir Graf Heinrich: „Ich habe keinen Gott – aber es sei gepriesen, dass es an dem ist, wie es ist: Ich habe keinen Gott, aber Gott hat mich."

Die Bischofszeit in Schwerin
(1971-1984)

Verantwortung für 400 Kirchgemeinden

L andesbischof D. Niklot Beste erklärte 1970 mit 70 Jahren nach 26 Jahren Dienst als Bischof seinen Rücktritt. Am 28. November 1970 wählte die Landessynode in Mecklenburg einen neuen Landesbischof als Nachfolger von Niklot Beste. Drei Kandidaten waren aufgestellt: der Landessuperintendent von Parchim, Otto Schröder, der vorher als Landespastor für Volksmission die Arbeit in der Landeskirche sehr geprägt hatte; der Landessuperintendent von Schwerin, Horst Gienke, der nach Jahren in den Kirchgemeinden Blankenhagen und Johannis, Rostock zunächst Rektor des Predigerseminars geworden war; Heinrich Rathke, erst kurze Zeit als Landespastor für Volksmission in Güstrow, also fast unmittelbar aus der Gemeindearbeit kommend. Ein Jahr zuvor hatten wir uns diese ungewöhnliche Wendung in unserem Leben noch nicht vorstellen können. Wir hatten mit Spannung die anstehende Bischofswahl verfolgt. Ich war von vielen Seiten bestürmt worden, doch als ein Mann aus der Gemeinde, der durch seine Südstadtarbeit auch neuen Wegen aufgeschlossen sei, mich mit zur Wahl zu stellen. Nun wurde ich am 28. November 1970 durch die Landessynode im dritten Wahlgang gewählt. Ich erinnere mich noch gut. Ich war damals schon seit zwölf Jahren Mitglied der Synode. Während der Wahl machte ich einen Spaziergang auch auf den Alten Friedhof zu den Gräbern meiner Eltern. Nach der Wahl hatte ich ein paar Worte an die Synode zu richten. Ich nannte dabei manchen Weggefährten auch unter den Laien, auf den ich auch künftig angewiesen sei. Ich sprach von mancherlei Erwartungen. Ich könne aber nicht mehr, als was bisher auch meinen Dienst als Pastor bestimmt habe: dort zur Stelle sein, wo ich im Dienst Christi gebraucht und gerufen werde. „Ich bin bisher Pastor gewesen und sehe darin eine Verpflichtung, die ich für mein Leben eingegangen bin." Dann habe ich deutlich gesagt, dass ich deshalb auch in absehbarer Zeit mein Amt wieder zur Verfügung stellen würde (obwohl auf Lebenszeit gewählt). Ich dachte damals an zehn Jahre. 13 Jahre sind dann daraus geworden. Am Ende meiner kurzen Rede hieß es: „In die neue Aufgabe nehme ich ganz besonders das mit hinein, was mich bisher in der Arbeit der Volksmission und als Gemeindepastor besonders bewegt hat: offen zu sein für alle Menschen, offen zu sein für das, was Christus mit uns neu anfangen will in unserer gebrechlichen Kirche."

Am 1. März 1971 sollte der neue Dienst in Schwerin beginnen. Eine Übergangswohnung in Schwerin stand erst im Herbst 1971 zur Verfügung, eine schwierige Übergangszeit. Ein beunruhigendes Vorspiel aber gehört noch in die Güstrower Zeit.

Natürlich waren schon zwischen November 1970 und März 1971 allerlei Vorbereitungen auf die Bischofszeit zu treffen: Gespräche mit dem Oberkirchenrat in Schwerin, Vorbereitung der Einführung im Schweriner Dom, allerlei Kontaktbesuche und anderes mehr. So stand noch im November 1970 ein erster Kontaktbesuch beim Staatssekretär für Kirchenfragen Hans Seigewasser in Berlin an in Begleitung des Präsidenten des Oberkirchenrats Siegfried Rossmann.

Nach dem Gespräch verabschiedete sich noch im Hof des Staatssekretariats der Präsident Siegfried Rossmann; er habe noch etwas zu erledigen. Ich fuhr allein über Neustrelitz zurück, um dort noch einen Besuch zu machen.

Heimgekehrt sagte Marianne, am Telefon habe sich ein Herr gemeldet, der mich sprechen wolle, er würde später noch einmal anrufen. So kam es. Ein Herr Roßberg meldete sich, er wolle mich unbedingt sprechen. Bald erschien er in Begleitung eines anderen Herrn. Gleich an der Tür zeigten sie ihre Ausweise vom Staatssicherheitsdienst, außer Herrn Roßberg war es ein Herr Martin. Schnell kamen sie zur Sache: Ich würde nun bald mein Amt als Bischof beginnen. Da gäbe es ein Problem mit einem mecklenburgischen Pastor, der mit seiner Frau auf eigenartige Weise über Prag in den Westen gelangt war. Mein Vorgänger Beste habe das Problem nicht mehr aus der Welt schaffen können. Doch solle ich mir deshalb und auch bei anderen späteren Problemen keine Sorgen machen. Ich könne immer mit der Unterstützung des Staatssicherheitsdienstes rechnen. – Es hat mich doch sehr überrascht, wie direkt sich die Stasi bei mir anbiederte und anbot. Entsprechend meine sehr knappe Reaktion: „Meine Herrn, ich gedenke unsere kirchlichen Angelegenheiten ohne

Ihre Mitarbeit zu regeln!!" Sofort änderte sich der Ton. Herr Roßberg drohte massiv. Man kenne meine Vergangenheit im Krieg, als Student im Westen (Studentenverbindung), man wisse auch um meine feindlich-negative Haltung zur DDR, z.B. bei der Kollektivierung auf dem Lande, als Südstadt- und Jugendpastor in Rostock und in der Landessynode. Es konnte einem schon bange werden. Da muss ich sehr erregt geworden sein, Marianne hörte es im Nebenzimmer: „Meine Herren, ich sehe keinen Anlass, mich mit Ihnen weiter zu unterhalten. Ich bitte Sie, meine Wohnung sofort zu verlassen." So fanden Besuch und Gespräch ein jähes Ende. Damit waren aber auch für alle Zukunft die Weichen in Sachen Staatssicherheitsdienst gestellt. Rückblickend bin ich dankbar dafür. Herr Roßberg, einer der höchsten Stasi-Offiziere der DDR und jahrelang Kontaktmann von Manfred Stolpe, hat einige Jahre nach der Wende von 1989 ein Buch geschrieben: „Das Kreuz mit dem Kreuz". Darin wird auch der Besuch bei Heinrich Rathke in Güstrow geschildert. So etwas sei ihm so nie wieder passiert, einfach vor die Tür gesetzt zu werden.

Der erste Tag im Dienst als Bischof

Offiziell und rechtskräftig war der Landesbischof erst im Amt mit seiner Einführung am 27. März 1971, nachdem die Wahl durch die Landessynode bereits am 28. November 1970 erfolgt war. Doch seine Dienstaufgaben sollte er schon am 1. März 1971 übernehmen; von dem Tag an wurde auch das neue Gehalt bezahlt.

Also bestellte mich der bisherige Landesbischof Niklot Beste am 1. März 1971 um 9 Uhr in das Dienstgebäude des Oberkirchenrats in Schwerin, Münzstraße 8, in das Dienstzimmer des Landesbischofs. Er sagte mir in seiner nüchternen Art ein paar freundliche Worte, wies auf den großen Schreibtisch hin: „Das ist Ihr Arbeitsplatz", wünschte mir Gottes Segen und verließ den Raum. In einer Viertelstunde war alles erledigt. Keinerlei Hinweise auf die künftigen Aufgaben, auf die Verhältnisse im Hause des Oberkirchenrats oder auf all das, was mich hier im Bischofszimmer umgab. Da saß ich nun hinter dem Schreibtisch auf einem riesigen handgeschnitzten Stuhl mit überhoher Rückenlehne – wie auf einem Thron, vor mir eine Sitzecke mit nicht gerade bequemen Biedermeier-Möbeln. Darüber an der Wand eine museale Kostbarkeit, ein großes Bild von Lucas Cranach mit „Maria unter dem Apfelbaum", erst wenige Jahre zuvor in der Kirche von Groß Gievitz entdeckt und nun im Bischofszimmer „sichergestellt". Das empfand ich tröstlich und vertraut, da die Cranachs in den Stammbaum meiner Frau Marianne gehören und sowohl der ältere als auch der jüngere Cranach wie meine Frau am 4. Oktober geboren wurden.

Im Bischofszimmer hat sich allerdings in der nächsten Zeit allerlei verändert. Der „hohe Thron" wurde gegen einen praktischen drehbaren Bürosessel ausgewechselt. Die Biedermeier-Möbel wurden gegen eine moderne bequeme Sitzgarnitur aus weichem Leder eingetauscht, gestiftet von dem Möbelfabrikanten Bruchhäuser aus Güstrow. Marianne sorgte für freundliche Gardinen, hübsche Blumen und das nötige Geschirr, um Gäste bewirten zu können.

Nun war ich der 5. Landesbischof in der Reihe derer, die seit der neuen Kirchenverfassung von 1922 durch die Synode zum Bischof gewählt worden waren. Es waren Heinrich Behm 1922 bis 1930, Heinrich Rendtorff 1930 bis 1934, Walther Schultz (von den Hitler-treuen „Deutschen Christen") 1934 bis 1945, Niklot Beste 1946 bis 1971. Ich war gewissermaßen Heinrich III. in dieser Reihe.

Da saß ich nun in meiner bischöflichen Einsamkeit! Es hatte sicher sein Gutes, dass mein Vorgänger mich nicht mit guten Ratschlägen überschüttet hatte. Ich sollte mir nun selbst meinen Weg suchen. Hätten mir nicht doch einige Hinweise für all die anstehenden Aufgaben gut getan? Zum anderen waren wir ja längst miteinander auf dem Weg und wussten voneinander. Wir haben schon von seinen Besuchen bei uns in der Landgemeinde Warnkenhagen berichtet. Durch meine Arbeit in der Landessynode kamen wir uns näher. Als ich bei der Zwangskollektivierung in der Landwirtschaft dies auch öffentlich in der Synode ansprach, hat Bischof Beste mich vor den staatlichen Angriffen massiv abgedeckt. Bei anderen Themen, etwa der Frauenordination oder der Neuordnung der Kirchenverfassung, wurden die verschiedenen Standpunkte deutlich. Bei einem Altersunterschied von 30 Jahren wurde auch deutlich, wie sich hier zwei verschiedene Generationen begegneten, auch in der Art, wie wir „lutherische" Kirche verstanden und verständlich zu machen suchten. Als ich vier Wochen später am Nachmittag der Bischofseinführung meinen ersten Bischofsbericht vor der Synode zu geben hatte, habe ich diese Verbundenheit mit einem „Wort an den Altbischof" zum Ausdruck gebracht.

Ich hatte nicht lange auf meinem Bischofsstuhl zu warten. Es kam Präsident Siegfried Rossmann, ein Jurist und früherer Richter im Staatsdienst, der mich im Oberkirchenrat in der Münzstraße 8 in Schwerin herumführte und mich in den einzelnen Abteilungen vorstellte. Es waren etwa 65 Mitarbeiter, auf die ich nun sehr unmittelbar angewiesen war. Es gab keine eigene Bischofskanzlei, keinen persönlichen Referenten für den Bischof, kein Vorzimmer mit einer Sekretärin. Aus dem Flur im Treppenhaus konnte man schnell ins Bischofszimmer gelangen. Die Sekretärin, die schon etliche Jahre bei Bischof Beste gearbeitet hatte, musste sich am anderen Ende des Gebäudes einen kleinen Raum mit einer anderen Sekretärin teilen. Es war für beide Seiten nicht leicht, sich auf die neuen Umstände einzustellen. Ich habe es im Lauf der Jahre immer mehr zu schätzen gelernt, Mitarbeiter zu finden, auf die ich mich verlassen konnte, mit denen man sich auch persönlich verbunden wusste.

Der „Oberkirchenrat", ein vielschichtiges Wort.

Der Oberkirchenrat war schon seit Großherzogs Zeiten der oberste kleine Leitungskreis der Kirche, mit 4-5 Mitgliedern, eine Art „Ministerium" für geistliche Angelegenheiten. Die einzelnen Mitglieder führten auch den Titel „Oberkirchenrat". Gemeinhin aber dachte man bei „Oberkirchenrat" an die kirchliche Verwaltungsbehörde in Schwerin in der Münzstraße 8. Und dabei hatte man vor Augen das große gelbe Gebäude, früher einmal Sitz des mecklenburgischen Ministerpräsidenten und davor die „Münze".

Der Bischof führte 1971 in dem kleinen obersten Leitungskreis den Vorsitz, unterstützt durch einen Juristen als „Präsident", Siegfried Rossmann, der für den Geschäftsbetrieb in der Behörde zuständig war. Hinzu kamen drei „Oberkirchenräte", zwei Theologen, Wilhelm Gasse und Hermann Timm, und ein Jurist, Johann-Georg Schill. Während in anderen Landeskirchen der Bischof getrennt von der obersten Verwaltung der Kirche (Oberkirchenrat bzw. Konsistorium) seine Aufgaben wahrnahm, mutete man in Mecklenburg dem Bischof auch noch einige umfangreiche Aufgabengebiete in der Kirchenbehörde zu. Er hatte die Personalaufgaben, also die Pfarrstellenbesetzung zu bearbeiten; er sollte sich um den theologischen Nachwuchs kümmern und war auch noch der zuständige Mann für die Diakonie. Während Bischof Beste mit diesen Verwaltungsaufgaben gut und gern umzugehen wusste, lag mir sehr daran, genug Freiraum für die Aufgaben in den Kirchgemeinden und mit den Menschen und Mitarbeitern in der Kirche zu haben.

Die Anfänge in der Behörde des „Oberkirchenrats" wurden auch noch dadurch erschwert, dass die beiden theologischen Oberkirchenräte Timm und Gasse länger erkrankt waren. Gasse schied bald aus und wurde durch Oberkirchenrat Sibrand Siegert (vorher in Waren/Müritz, St. Georgen) ersetzt.

Bischof Beste hatte dafür gesorgt, dass der neue Bischof am ersten Tag seines Dienstes auch den staatlichen Stellen vorgestellt wurde. Am Nachmittag des 1. März 1971 ging er mit mir zum Rat des Bezirkes Schwerin in der Schloßstraße. Der Erste Vorsitzende, Rudi Fleck, war früher Oberbürgermeister von Rostock gewesen und hatte von daher sicher schon seine Vorstellungen von Heinrich Rathke. So meinte er bei diesem Antrittsbesuch kritisch bemerken zu müssen, dass ich „kein eifriger Wahlgänger" sei (Recht hatte er ja!). Ansonsten verlief das Gespräch in freundlicher Atmosphäre. Später hatten wir es bei Gesprächen mit dem Bezirk meist mit dem „Stellvertreter für Inneres", Herrn Hinz, und seinen Nachfolgern, zu tun, die für die Kirchenfragen zuständig waren. Bischof Beste hielt es für nötig, mich später auch noch beim 1. Sekretär der SED im Bezirk Schwerin, Bernhard Quandt, vorzustellen. Der hatte immer einen gewissen Draht zur Kirche gehalten, war auch als Kind in Gielow konfirmiert; zu Hitlers Zeiten saß er einige Jahre im Konzentrationslager. Mit dem früheren Landesbischof Tolzien von Mecklenburg-Strelitz (bis 1934) war er befreundet gewesen und schaffte es, an dessen Todestag zusammen mit dem Ortspastor Heinz Pulkenat in der Kirche von Basedow von der Kanzel zu sprechen. Trotzdem haben wir es als Kirche immer abgelehnt, mit der SED offiziell zu verhandeln.

Der erste Bischofstag ging bescheiden zu Ende. Zur Familie nach Güstrow konnte ich nicht täglich fahren. Ich ging in meine „Schlafstelle" zur Witwe Anning Priesemann in der Rathenaustraße. Dort hatte ich meine Bleibe in den nächsten Monaten. Der Oberkirchenrat zahlte für den zusätzlichen Aufwand dieser Monate eine Entschädigung von insgesamt 150,- Mark der DDR!

Weitere Antrittsbesuche folgten, so beim Rat des Bezirkes Rostock. Der Empfang war sehr kühl. Er brachte ein Wiedersehen mit dem Referenten für Kirchenfragen Macht, den ich in der Südstadt als „IM" bei einem konspirativen Treff „erwischt" hatte. Nun musste er mich an der Tür empfangen und geleiten.

Ein Antrittsbesuch bei den ökumenischen Gremien in Genf wurde erst nach einem Jahr zusammen mit dem auch gerade neu gewählten Landesbischof Johannes Hempel aus Sachsen möglich. Wir mussten, typisch für die damalige Lage im „Kalten Krieg" zwischen Ost und West, für die Anreise unbedingt das Gebiet der Bundesrepublik meiden. Also flogen wir von Berlin über Prag und Wien und entlang der schneebedeckten Alpen nach Genf (mein erster Flug!). In Genf durfte ich mich nur heimlich in einem Hotel mit dem Ratsvorsitzenden der Evangelischen Kirche in Deutschland, Bischof Kurt Scharf aus Berlin, treffen. Die weiteren Vorstellungsbesuche beim Ökumenischen Rat der Kirchen und beim Lutherischen Weltbund waren dann offen und offiziell möglich.

Mit welchen Vorstellungen kam ich als Bischof in meinen Dienst?

Als Pastor absolviert man für den künftigen Dienst ein Studium und wird als Vikar in der Praxis weiter vorbereitet. Wie aber ergeht es einem in den Leitungsämtern, als Bischof? Mancher konnte sich schon in anderen Leitungsämtern umsehen und vorbereiten. Für mich fing der Dienst als Bischof recht unerwartet und unvorbereitet an.

„Vorbilder" gab es ja, die Bilder im Sitzungssaal zeigten Großherzöge von Mecklenburg, die seit der Reformation und bis 1918 „summus episcopus" der mecklenburgischen Kirche waren: Höchster Bischof! Und dann hatte in der Kirchenbehörde des Großherzogs seit dem 19. Jahrhundert Theodor Kliefoth als Präsident des Oberkirchenrats schon eine gewisse bischöfliche Funktion. Schließlich wurde Heinrich Behm nach dem Ersten Weltkrieg der erste von der Landessynode gewählte Bischof, laut Kirchenverfassung vom 20. September 1921 der „oberste Geistliche", der aber auch noch Vorsitzender des Oberkirchenrats blieb. Er hatte die Landeskirche nach außen zu vertreten.

Also blieb mir noch das, was mir durch meinen bisherigen Weg mit der Kirche, durch das Studium und die Erfahrungen als Pastor für den Dienst eines Bischofs vor Augen stand: nun auch weiter als Pastor, aber für einen größeren Bereich, tätig zu werden. So wurde es schon nach der Bischofswahl und auch nach der Einführung im ersten Bericht vor der Synode gesagt.

Das Wort Bischof, Griech. episkopos, trägt auch schon in sich eine Bedeutung: nach den anderen zu sehen, sie zu suchen und zu besuchen. Schon in der frühen Christenheit sollte der Bischof für die Einheit und Gemeinschaft der Gemeinde (Kirche) stehen und sich einsetzen. Ebenso gehört es zu solchem Dienst, sich vor anderen und für andere einzusetzen. Bischof Werner Krusche sprach dabei oft von der „Pro-Exi-Stenz" im Dienst der Kirche. Die alte mecklenburgische Kirchenverfassung drückte es sehr allgemein so aus: „Er vertritt die Landeskirche nach außen." (§ 45)

Die Einführung als Landesbischof
im Schweriner Dom

Den Einführungstag haben wir als sehr spannungsreich in Erinnerung, hin- und hergerissen zwischen einer Woge von Zuneigung und Festlichkeit und einem persönlichen, inneren Gefühl von Verzagtheit (> Foto 7). Die Mecklenburgische Kirchenzeitung vermeldete wenige Tage später: „2.500 waren dabei." Da wurde berichtet vom festlichen Einzug in den Dom mit fast allen anderen DDR-Bischöfen; die aus dem Ausland und aus dem Westen durften nicht kommen. Da saß ein Großteil der mecklenburgischen Pastorenschaft im Talar im Dom, dazu viele auch uns bekannte Gemeindeglieder. Das gab uns das Gefühl: Viele stehen zu uns und hinter uns. Mittenzwischen die noch kleinen Rathke-Kinder mit ihrer Mutter. Was kam auf sie zu? War es überhaupt verantwortbar, mit einer Familie von sechs kleinen Kindern sich auf den Dienst eines Bischofs mit all seinen großen Anforderungen einzulassen? Dieses Empfinden zwischen eigener Schwachheit und dem Mut, sich trotzdem zuversichtlich ans Werk zu machen, wurde in der Predigt deutlich, ausgehend von dem Bibelwort aus 2. Korinther 12,9: Christus spricht: „Lass dir an meiner Gnade genügen; denn meine Kraft ist in dem Schwachen mächtig." Dies Wort hatte unser Freund Folker Hachtmann an mich nach meiner Wahl zum Bischof geschrieben. Es wurde ein Leitwort durch all die kommenden Jahre. Folker Hachtmann gehörte dann auch zu den Assistenten, die dem neuen Bischof die Hand auflegten, während ihm der bisherige Bischof Niklot Beste das Bischofskreuz umlegte und den Segen über ihn sprach. Dass neben den anderen Assistenten, Bischof Schönherr vom Bund der Evangelischen Kirchen in der DDR (Berlin-Brandenburg) und Bischof Bräcklein von der Vereinigten Lutherischen Kirche in der DDR (Thüringen), auch ein Laie dabei sein sollte, musste erst gegen konservativen Widerstand durchgesetzt werden. Es war Hans Meier, unser aktiver Kirchenältester und guter Freund aus der Rostocker Südstadtgemeinde. Sogleich nach dem Gottesdienst hatte die Landeskirche Delegierte aus den Kirchgemeinden, die offiziellen Gäste und die Auswärtigen zu einem Beisammensein in den Wichernsaal in der Apothekerstraße eingeladen. Da ging es munter zu, viele mutmachende Lieder und Reden und auch manch sinnige Geschenke wurden uns zuteil. Die Südstadtgemeinde trug ein selbstgemachtes Lied vor; sie bewirkte damit, dass wir bald eine Zwischenwohnung in Schwerin bekamen.

Besonders berührt hat uns das Grußwort des katholischen Bischofs von Schwerin, Heinrich Theissing. Darin hieß es: „… Dies ist kein Gruß von der anderen Seite des Grabens, der unsere beiden Kirchen jahrhundertelang so schmerzlich getrennt hat. Dies ist ein Gruß zwischen Kirchen, die Weggefährten sind auf das gleiche Ziel hin, das ihnen der gemeinsame Herr gesetzt hat. Getrennt voneinander geht eine jede auf ihrem Weg voran, aber manchmal berühren sich die Wege und kreuzen sich, und manchmal wird aus den zwei Wegen auch ein Stück gemeinsamer Wegstrecke, die wir dann in brüderlicher Zuneigung zusammen gehen können. Der Weg der Christen in dieser Zeit muss immer bestimmt sein von dem Willen, dem Herrn nachzugehen, und darum ist er geprägt von den Segnungen des Kreuzes. ‚Wer mein Jünger sein will, nehme sein Kreuz auf und folge mir.' … Gestatten Sie mir, dass ich diesen Segenswunsch jetzt auch noch etwas persönlicher zum Ausdruck bringe. Sie beginnen nun Ihre bischöfliche Tätigkeit. Auch ich habe mein Amt als Bischof hier in Schwerin erst vor acht Monaten begonnen. Wir sind also sozusagen beide Anfänger. Sie haben sich eben aus den Startlöchern gelöst, und ich bin schon auf den allerersten Metern der Bahn. In dieser Hinsicht ist also kaum ein Unterschied zwischen uns. Aus den Reihen unserer Geistlichen hörte ich neulich die Feststellung einer weiteren Gemeinsamkeit, die in der Erwartung sich ausdrückt: ‚Hoffentlich haben die beiden neuen Bischöfe mehr gemeinsam als ihren Vornamen Heinrich.' Ich wünsche Ihnen von ganzem Herzen das, was das Presbyterium des Bistums Berlin mir für meinen Dienst hier in Mecklenburg im Wort der Fahrensleute mit auf den Weg gegeben hat: ‚ruum Haart un klaar Kinning!' Das heißt: ein weites Herz und eine klare Sicht!"

Dies Grußwort des katholischen Bischofs war das Vorzeichen für die kommenden Jahre: Es war eine ganz enge Gemeinsamkeit, wie Freunde und Brüder gingen wir miteinander um und vertrauten einander.

Manch anderes gute Wort und manchen der vielen Briefe könnte man zitieren, die alle zeigten, dass wir viele Menschen hatten, die zu uns standen. Da wäre noch Professor Konrad Weiß aus Rostock zu nennen. Er war zum „Doktor-Stiefvater" geworden, als Professor Stählin in Erlangen nach unserem Wechsel von West nach Ost meine Dissertation von Mainz aus nicht weiter begleiten konnte. Weiß erinnerte im Wichernsaal an das Thema und die Hauptperson der Dissertation: „Bischof Ignatius von Antiochien" (gestorben um 110 n. Chr.). Der habe damals schon die dialektische Einheit in der Person des Bischofs betont: Auf der einen Seite die unbedingte Einheit zwischen Gemeinde und Bischof, die Stärke bedeutet, auf der anderen Seite die unbedingte Niedrigkeit und Nichtigkeit, der die bischöfliche Person ausgesetzt sei.

Der Staatssekretär für Kirchenfragen Hans Seigewasser aus Berlin hatte es sich nicht nehmen lassen, bei der Bischofseinführung auf die große sozialistische Zukunft unseres Volkes hinzuweisen und die Kirche zu ermahnen, ihre Position unter den Bedingungen der sozialistischen Umwelt neu zu bedenken.

Die Bischofseinführung war in eine Tagung der Landessynode eingebettet, die vom Freitag bis Sonntag in Schwerin tagte. Der neue Landesbischof hatte nun am Sonnabend, nachmittags, gleich nach der Einführung im Dom und nach dem Empfang im Wichernsaal seinen ersten Bischofsbericht vor der Landessynode zu geben. Die Kirchenzeitung schrieb dazu: „Mit dem Satz ‚Die Arbeit geht weiter!' gab der Bischof den Ton an für das, was zu tun und zu sagen sei. Er sagte: ‚Es geht nicht um ein neues Programm, als ob eine neue Epoche beginne. Unser Programm steht fest: den Weg des Christus mitzugehen, um Menschen zu retten und zu helfen. Dieser Christus geht mit uns weiter … Wir haben nüchtern nach unseren Aufgaben zu fragen.'" Und das wurde nun in dem einstündigen Bericht, den die Kirchenzeitung in Auszügen druckte, erläutert.

Es war ein übervoller Tag. Ein wenig wollten wir ihn doch auch noch im familiären Kreis begehen. Dazu hatten wir einen Raum in Wöhlers Weinstuben gemietet. Dort warteten die Kinder mit Mutter und Opa Rathke, bis endlich zum Abend auch Vater erschien. Man hätte an diesem Tag auch ein Jubiläum feiern können, an das aber wohl keiner dachte: 800 Jahre vorher, 1171, hatten zwölf Mönche und ein Abt auf Betreiben des damaligen katholischen Bischofs Berno (in Ratzeburg) das erste Kloster Mecklenburgs in Althof gegründet. Als dem ehemaligen Hilfsprediger von Althof kam mir das in den Sinn. Wenige Jahre später haben die Bischöfe Theissing und Rathke in

Althof den ersten gemeinsamen ökumenischen Gottesdienst Mecklenburgs gefeiert. Mit all dem, was den Tag der Einführung ausmachte, wurden schon die verschiedenen Bereiche deutlich, in denen sich das Wirken des Bischofs bewegen würde: die Verantwortung für die etwa 400 Gemeinden in Mecklenburg, die Verbundenheit mit und die Sorge um all die Mitarbeiter in dieser Kirche, die ständige Verantwortung für die Leitung der Kirche bis hin zum „Bund der Evangelischen Kirchen in der DDR", die öffentliche Verantwortung gegenüber Staat und Gesellschaft. Schauen wir zunächst auf das Land und die Leute, denen dieser Dienst galt.

Land und Leute Mecklenburgs
und die kirchliche Landschaft

In unseren Kirchgemeinden Warnkenhagen und Rostock-Südstadt hatten wir in einem übersehbaren Bereich gearbeitet. In Rostock änderte sich das schon, da wir mit unserer Südstadtgemeinde in 20 andere Rostocker Stadtgemeinden eingebunden waren. Hinzu kam Jugendarbeit in der ganzen Stadt, die uns mit Christen anderer Länder, vor allem in Skandinavien und der Tschechoslowakei, verband. Dann haben auch die Dorfmissionsarbeit und die Mitarbeit in der Landessynode seit 1959 uns schon mit vielen anderen Kirchgemeinden und Menschen in Mecklenburg in Verbindung gebracht. So war auch die Volksmissionsarbeit von Güstrow aus auf ganz Mecklenburg ausgerichtet. Doch in den ersten Monaten dieser Tätigkeit waren wir noch nicht sehr weit gekommen. – Nun aber hatte sich der Bischof auf ganz Mecklenburg und all seine kirchlichen Bereiche einzustellen. Etwa 400 Kirchgemeinden gehörten dazu. Einige waren inzwischen zusammengelegt, so auch unsere Kirchgemeinde Warnkenhagen mit der Nachbargemeinde Thürkow, mit einem einzigen Pastor. Es waren insgesamt 350 Pastoren in Mecklenburg tätig. Für sie sollte der Bischof der „pastor pastorum" sein – einer von ihnen, ihr Seelsorger und doch besonders für alle miteinander verantwortlich. Nun kam mit Heinrich Rathke einer, der lieber von den „Mitarbeitern" sprach, zu denen nicht nur die Pastoren zählten. Ebenso auch die Katecheten, Kirchenmusiker, Diakone, Küster und allerlei andere kirchliche Angestellte: Mitarbeiter auf den vier Kirchengütern, Kirchenförster, Mitarbeiter in der Verwaltung, im kirchlichen Bauwesen. Insgesamt waren es etwa 1.000 Mitarbeiter in Mecklenburg. Hinzu kamen noch die Mitarbeiter in den vielen diakonischen Einrichtungen: das Krankenhaus „Stift Bethlehem" in Ludwigslust, der „Michaelshof" für Behinderte in Rostock und an anderen Orten. Nicht zu vergessen all die „Ehrenamtlichen", wie man heute sagt, die oft in aller Stille wirkten, zu denen auch die vielen mitarbeitenden, weiterhin nicht bezahlten Pfarrfrauen gehörten. Heinrich Rathke schrieb 1983 über Land, Leute und Landschaft Mecklenburgs:

„An die alte Wendenzeit mit Fürsten wie Niklot und Pribislav wird man erinnert, wenn man in Dorf Mecklenburg bei Wismar nahe der Kirche den alten Burgwall entdeckt. Den deutlichen Unterschied der Missionierung von Westen mit dem damaligen Bistum Ratzeburg und einer Missionierung von Süden, vom Bistum Havelberg her, kann man bis heute in den Kirchgemeinden des Landes erkennen. Im westlichen und mittleren Mecklenburg überwiegen die großen Zentralkirchen, denen oft zehn und mehr Ortschaften zugeordnet sind, während im Südosten der Landeskirche, vor allem im Kirchenkreis Stargard, fast jedes Dorf bei der Missionierung seine eigene Kirche erhielt. Die alten, meist gotischen, zum Teil noch romanischen Dorfkirchen sind ein besonderer Schatz, ,die Schönen im Lande', wie man heute gerne sagt. Daneben dann die gewaltigen Stadtkirchen, Pfarrkirchen und Dome in den Hansestädten Wismar und Rostock, in Güstrow und Schwerin, bis hin zu dem weitbekannten Doberaner Münster. Als nach den schrecklichen Jahren des 30-jährigen Krieges viele Kirchen zerstört waren, hat man vielerorts schlichte Fachwerkkirchen gebaut, in denen sich heute eine Kirchgemeinde oft wie in einer großen Wohnstube wohlfühlt.
Mecklenburg hat im 30-jährigen Krieg maßlos gelitten, als die fremden Truppen, Wallenstein und Gustav Adolf von Schweden, mordend und plündernd durchs Land zogen und die Bevölkerung dezimierten. Nicht ganz so verheerend ging es in der ,Franzosenzeit' zu, die Fritz Reuter beschrieben hat (etwa 1800-1815). Dann kam nach dem Zusammenbruch von 1945 der große Zustrom der Flüchtlinge aus dem Osten, vor allem aus Hinterpommern und Ostpreußen. Als wenige Jahre später die Massenflucht aus der ,Ostzone' gen Westen einsetzte, sollten dies 1961 der Bau der Mauer und der ,Eiserne Vorhang' verhindern.
Für den weiteren Weg unserer Kirche wird es darauf ankommen, dass wir als eine solche Kirche unterwegs sind – unterwegs zu den Men-

schen. Es wird darauf ankommen, dass wir eine offene Kirche werden und bleiben für die, die an unsere Tür klopfen, weil sie in innerer und äußerer Not sind. Wir werden von den Vätern des Glaubens lernen müssen, dass es immer wieder heißt aufzubrechen, um auf den neuen Wegen, auf die Gott uns führt, ihn über alle Dinge zu fürchten, zu lieben und ihm zu vertrauen."

Dieser Text findet sich auf der Rückseite einer sehr großen Kirchenkarte von Mecklenburg, auf der Pastor Günter Rein, damals in Basse, viele der schönen Kirchen und Kapellen und deren Wahrzeichen graphisch eingezeichnet hat, etwa 175 Darstellungen.

Verbundenheit mit und Verantwortung für 400 Kirchgemeinden

In diesem Bericht aus unserem Leben haben wir immer wieder erzählt, wie dankbar und wohltuend wir selbst Besuche erlebt und empfunden haben. Ob es nun die Besuche unserer Verwandten und Freunde aus dem Westen hier bei uns in der DDR waren oder die Besuche in unseren Kirchgemeinden oder auch in den Dorfmissionswochen bis hin zu unseren Besuchen bei den Freunden im östlichen Ausland bis nach Kasachstan. Und wenn ich bei einer Dienstreise in die Bundesrepublik gefragt wurde: „Was können wir besonders für euch tun?", habe ich zuerst gesagt: „Besucht uns, wann immer es möglich ist." Folgen wir darin nicht auch ein wenig dem Weg Jesu, der die Menschen dort suchte und aufsuchte, wo sie wirklich lebten?
So steht dies auch am Anfang, wenn wir von dem besonderen Tun in der Bischofszeit berichten: Besuche in unserem Mecklenburger Land. Es ging nicht nur um die ganz persönlichen Besuche bei Gemeindegliedern und Mitarbeitern der Kirche, oft auch mit Seelsorge verbunden. Davon wird später noch mehr zu erzählen sein. Es geht und ging um Besuche, bei denen immer neu die Brücke von einem zum anderen gesucht und gebaut wird, von Mensch zu Mensch, von Christ zu Christ, von Gemeinde zu Gemeinde und auch von den Gemeinden zur Leitung der Kirche. So wird uns bewusst, dass wir nicht allein sind, dass wir zusammengehören. So kann man einander Mut machen, das macht die Gemeinschaft unter Christen aus, in der Kirchgemeinde und der Kirche insgesamt.

Dabei ist der Bischof ja nicht nur derjenige, der diesen Dienst der Einheit und Gemeinsamkeit als wichtigsten Dienst zu tun hat, wie es in unserer Kirchenverfassung steht. Es hat uns selbst in all den Anfechtungen von innen und außen so gut getan zu wissen: Da sind Menschen, die zu uns und hinter uns stehen. So haben wir gern auf manch andere, auch verlockende Angebote und Verpflichtungen, etwa Auslandsreisen und Repräsentation, verzichten können, um genügend Zeit und Kraft für Besuche in unserer Kirche zu behalten. So wurde einmal Pastor Arnold Zarft aus Neustrelitz in Vertretung des Bischofs zu einer Tagung des Lutherischen Weltbundes delegiert. Dort wurde er mitten im Kreis von erlauchten Bischöfen und Oberkirchenräten erstaunt gefragt: „Wo ist denn Bischof Rathke?" Seine Antwort: „Der muss die Brüder besuchen!" Und als ich wenige Jahre nach Dienstbeginn als Bischof einen schwierigen Termin beim Staatssekretär für Kirchenfragen in Berlin hatte, wurde mir sehr vorwurfsvoll vorgehalten: „Herr Bischof, Sie sind zu viel in den Gemeinden!"

Das habe ich doch eher als Lob empfunden.

Als Gemeindepastor hatte ich immer das Ziel, jeden Tag durchschnittlich einen Besuch zu machen. Das wurde in einem Besuchsbuch von mir kontrolliert. Intensive Besuchstage oder auch Besuchswochen, etwa bei der Bibelwoche, halfen, dies Ziel auch zu erreichen. Mit diesem Vorsatz bin ich auch in meinen Dienst als Bischof gegangen. Schaut man in die Berichte, die der Bischof jährlich vor der Landessynode zu geben hatte, so sieht man, was daraus geworden ist. Im Jahre 1980 waren es 198, im Jahre 1981 sogar 262 Gemeinde- und Pfarrhausbesuche. Das wird im Bericht weiter aufgegliedert: 195 Besuche in Pfarrhäusern und bei anderen Mitarbeitern, 45 Besuche bei Gemeindegliedern und 22 Besuche bei Mitarbeitern des Oberkirchenrats in Schwerin. Zudem kann man noch nachlesen, wie sich diese Besuche auf die acht Kirchenkreise verteilten. Wenn der Kirchenkreis Güstrow mit 54 Besuchen im Jahr vertreten ist, heißt das, dass in diesem Jahr dort ein „Kirchenkreisbesuch" stattfand. Davon wird noch zu berichten sein.

Diese Gemeindebesuche hatten sehr verschiedene Gründe. An erster Stelle stand die Absicht, die eigene Kirche direkt vor Ort kennenzulernen. Da standen allen voran solche Gemeinden, die ich bisher weder durch die Dorfmissionsarbeit noch auf andere Weise erlebt hatte. Meist meldete ich mich gleich für mehrere Besuche in einem Bereich an. Oft ergab auch die Einladung zu einem Gemeindefest oder aus anderem Anlass, dass gleich andere Pfarrhäuser in dieser Gegend mit besucht wurden. Es kam manch „zufälliger" Besuch hinzu. Da kam man von einer unerquicklichen Sitzung. Am Weg lag die Gemeinde eines bekannten oder auch noch gar nicht bekannten Mitarbeiters. „Ach, schauen wir da noch mal rein! Der wird sich freuen und mir kann's guttun." Allerdings, nicht immer kamen solche Besuche gelegen. So kam ich einmal kurz vor Mittag zu Pastor Warnke in Buchholz bei Rostock. Etwas verlegen die Pfarrfrau: „Wir würden Sie ja gern zum Mittag einladen. Aber – bei uns gibt's Eintopf, typisch mecklenburgisch: Äpfel und Kartoffeln mit gebratenem Speck." Ich war ganz erfreut. Das würde ich bei meiner aus Franken stammenden Frau nie bekommen. Ich ließ es mir gut schmecken. Kam ich später angemeldet in dies Pfarrhaus, gab es immer „Äpfel und Kartoffeln"!

Es gab aber auch genügend „amtliche" Gründe, die Gemeinden zu besuchen. Diese „amtliche" Seite des Besuchens klingt an in der lateinischen Version: „visitieren" und „Visitation". Da der Bischof im Oberkirchenrat die Personalfragen und Stellenbesetzung der Pfarren zu bearbeiten hatte, musste all das auch vor Ort geklärt werden. Da gab es Besuche beim bisherigen Pastor: Wann würde er in den Ruhestand gehen und wo würde man für ihn eine Wohnung finden? Es gab noch keinen freien Wohnungsmarkt. Wir mussten uns in leerstehenden Pfarrhäusern auf dem Land und gelegentlich auch durch ein vom Westen finanziertes Ruhestandshaus (z.B. Brüel, St. Nicolai Rostock) nach einer geeigneten Wohnung umsehen. Mit dem Kirchgemeinderat musste verhandelt werden, wer für die neue Stelle infrage kommt. Mit den Vikaren wurde überlegt, wer wo am richtigen Platz war und ob auch, wie oft gewünscht, für die Ehefrau sich eine Arbeitsstelle finden ließ. Möglichst schon im ersten Jahr besuchte ich die jungen Pastoren auf ihrer Pfarrstelle, um zu sehen, wie es ihnen erging. Wir hatten selbst auf unserer Landpfarre erlebt, wie gut solche Besuche tun. Als ich einmal das Pastorenehepaar Beyer in Kavelstorf bei Rostock besuchte – sie hatten es nicht leicht mit einem fast eingestürzten Feldstein-Kirchturm und dem größten volkseigenen Zucht-Gut Mecklenburgs, Dummerstorf, in ihrem Gemeindebereich –, war ich gerührt über die Aufnahme. Ich musste wegen folgender Termine im Pfarrhaus übernachten. Man stellte mir eine Flasche Rotwein und einen lieben Brief ans Bett. Wenn ich Pastor Wömpner in Klütz besuchte, wehte zum Empfang des Bischofs eine große violett-weiße Kirchenfahne vor der Pfarrhaustür. Natürlich gab's auch weniger erfreuliche Erlebnisse.

Häufig war ein persönlicher oder auch sachlicher Grund der Anlass, eine Gemeinde oder einen Mitarbeiter zu besuchen. Da war in Sülstorf einen Tag vor Totensonntag die Kirche mit der neu gebauten Orgel, die eingeweiht werden sollte, abgebrannt, wahrscheinlich durch Brandstiftung (> Foto 8). Der verwitwete Pastor hatte gerade wenige Tage zuvor eine Organistin geheiratet. Nun gab es im Pfarrhaus, zusammen mit Marianne, viel zu helfen und zu trösten. Auch in manch anderen Fällen haben wir zusammen Besuche machen können oder Marianne hat sich allein mit dem Trabant auf den Weg gemacht, jemand zu besuchen, der es brauchen konnte. Da musste dann „organisiert" werden, dass die sieben Kinder zu Hause versorgt waren, aufeinander aufpassten oder auch jemand zum „Einhüten" da war. In tragischen und schmerzlichen Fällen sollte der Bischof möglichst schnell zur Stelle sein. So war es kein leichter Weg zu einem Pastorenehepaar in Lübz, deren achtjährige Tochter tödlich verunglückt, von einem Bus überfahren worden war.

Oft war es ärgerlich, mit mancherlei Alltäglichkeiten befasst zu werden, die eigentlich der zuständige Landessuperintendent, der Baubeauftragte oder auch einer unserer „Fachleute" in der Kirchenbehörde in Schwerin hätte regeln können. Ich erinnere einen Besuch bei einem Pastor, der im Ruhestand in einem Pfarrhaus bei Teterow wohnte, das sonst nicht mehr gebraucht wurde. Ein wenig freute er sich wohl über meinen Besuch, nörgelte aber die ganze Zeit herum, dass die Baudienststelle es seit Wochen nicht geschafft habe, einen zerbrochenen Dachziegel zu ersetzen. Wir sahen uns den Schaden an, ein Stapel Ziegel lag unten schon bereit, eine Leiter war auch nicht weit. Kurzentschlossen nahm ich die Leiter und wechselte den Ziegel, der dicht über der Dachrinne fehlte, aus und in zehn Minuten war der Schaden behoben.

Besonders wichtig waren uns die Besuche in den etwa zwölf Sperrgebietsgemeinden an der Grenze gen Westen. Schon vier Kilometer vor der Grenze kam ein Schlagbaum, den man nur mit Passierschein passieren konnte. Unmittelbar an der Grenze kam noch der 400-m-Streifen, nur mit Sonderpassierschein zu betreten, da hier der Grenzbereich schon mit Gitterzaun, Selbstschussanlagen, Minenstreifen und anderen Vorrichtungen gesichert war.

Bewohner im Sperrgebiet durften nur nächste Angehörige als Besuch bekommen und auch dies nur nach vorheriger Antragstellung. Auch sonst brachte der Grenzbereich den Bewohnern viele Beschwernisse. So hatte man schon 1952 unter dem Geheimcode „Ungeziefer" unerwünschte oder politisch verdächtige Bewohner von ihren Höfen und ihrem Besitz mit wenigen Habseligkeiten ins Landesinnere verschleppt und dort unter entwürdigenden Umständen untergebracht.

Wir hatten etwa zwölf Sperrgebietsgemeinden, von Dassow im Norden über Selmsdorf, Lassahn, Zarrentin u.a. bis zu den Gemeinden an der Elbe bis nach Dömitz und dem ursprünglich zu Niedersachsen gehörenden „Amt Neuhaus". Möglichst begleitete mich Marianne als „Organistin" und so kehrten wir nicht nur bei den Pfarrfamilien ein, erfuhren und erlebten all die Probleme: Bespitzelung der Grenzbewohner untereinander, die schwierige Situation, wenn Grenzflüchtlinge Schutz suchten ... Als wir einmal Pastor Krause in Schlagsdorf besuchten, stieg er mit mir auf den Kirchturm und wir sahen zum Greifen nahe den Turm des Ratzeburger Doms. Er erzählte, wie gerade kürzlich zwei Kinder vom nahen Schulhof weg all die schlimmen Grenzanlagen überwunden hatten, um sich in Ratzeburg umzusehen. Doch die schlimme Kehrseite: Es wurden Kinder beim Schlittschuhlaufen in Grenznähe von den Posten „weggeschossen", Jugendliche beim Überschwimmen der Elbe gnadenlos umgebracht, Flüchtlinge kamen durch Minen und Selbstschussanlagen zu Tode und dazu wurden die Angehörigen noch hinters Licht geführt oder zum Schweigen gezwungen. Haben wir genug unternommen, um ihnen beizustehen, Unrecht aufzudecken? Bis heute warten Opfer auf Erinnern und Gerechtigkeit. Zwei Gemeinden im Grenzbereich haben ihre Gebäude verloren. Kirche und Pfarrhaus in Zweedorf und die Kapelle Schwanbeck bei Dassow wurden weggesprengt, um „Schussfreiheit" bei Fluchtversuchen gen Westen zu haben.

Als ich 1971 meinen Dienst begann, übernahm ich von meinem Vorgänger einen Dienstwagen „Mercedes", aus dem Westen geschenkt, schon 150.000 km gefahren, mitsamt dem Kraftfahrer Boghöfer. Bei den vielen Dienstfahrten oft quer durch die DDR wusste ich es dann zu schätzen, wenn ein guter Fahrer – und das waren Herr Boghöfer und auch sein Nachfolger Schröder – das Auto lenkte. Ich konnte indessen im Auto arbeiten, ins Diktiergerät Briefe diktieren, lesen oder einfach mal dösen oder schlafen. Was aber mit dem Fahrer machen, wenn man im Winter in einer beengten Pfarrwohnung Besuch machte und das Gespräch vertraulich sein sollte? So erledigte ich Fahrten in Mecklenburg mit unserem privaten „Trabant". Als ich zu einem Vortrag in Gadebusch eingeladen war, saß ich schon längst im Gemeindesaal, als einer aufgeregt hereinkam: „Der Bischof ist immer noch nicht da!" Man hatte eine „Wache" auf die Straße gestellt, um den Bischof mit seinem „Mercedes" zu erwarten und zu begrüßen. Der aber war längst mit seinem „Trabant" angekommen. Später gab es einen Dienstwagen, einen DDR-„Wartburg", mit dem ich allein, ohne Fahrer, meine Besuche in den mecklenburgischen Gemeinden machen konnte.

Oft wurde mit dem Besuch des Bischofs eine „Festpredigt" oder ein Vortrag erwartet, etwa bei einem Gemeindefest, bei der Einweihung einer erneuerten Kirche, bei Pastoren-Konventen im Kirchenkreis oder einer Propstei oder zu anderen Anlässen. So kamen im Jahr etwa 30 Predigten und meist noch etwa 20 Festvorträge zusammen. Es war oft nicht einfach, die Zeit für die Vorbereitung zu finden neben all den anderen Verpflichtungen des Bischofs. Denn einen Referenten für den Bischof oder gar einen „Redenschreiber" gab es nicht. Es wurde später zwei Jahre lang ein Versuch mit solch einem persönlichen Referenten gemacht. Einer der Referenten, Fiete Scharnweber, ein Vikar, der noch keine Stelle hatte, verunglückte tödlich. Dann wurde mir von der kirchlichen Pressestelle für ein halbes Jahr ein junger Theologe zugeschoben, der bei der Presse vorerst nicht voll angestellt werden konnte, Jürgen Kapiske. Nach der Wende von 1989 stellte sich heraus, dass er ein Ober-Spitzel des Staatssicherheitsdienstes war, den man schon seit seiner Schulzeit über das Theologiestudium in den kirchlichen Bereich eingeschleust hatte. Wie gut, dass er nur ein halbes Jahr bei mir war! Eine große Hilfe war er ohnehin nicht.

Manche Besuche hatten ihren eigenen Reiz. Da gab es die Kirchenförster, die über 500 Hektar Kirchenforst zu bearbeiten hatten. Die freuten sich sehr über den Besuch des Bischofs und grillten und verzehrten mit ihm ein Wildschein-Spanferkel mitten im Wald. Die Kirchengüter in Dehmen bei Güstrow, Weitin und Warlin, die ich besuchte, gehörten auch zum „ökonomischen Bereich" unserer Landeskirche, waren schwer zu bewirtschaften und brachten kaum Gewinn. Sabel konnten wir schließlich in eine diakonische Einrichtung umfunktionieren. Es kam schon vor, dass zu Weihachten mal von dort eine Gans oder Pute der Bischofsfamilie ins Haus „flatterte".

Auch die vielen diakonischen Einrichtungen sollten durch einen Besuch des Bischofs spüren, dass sie in die Gemeinschaft der Landeskirche hineinge-hörten. Das galt besonders für das Diakonissen-Krankenhaus „Stift Bethlehem" in Ludwigslust. Hier gehörte es zur Tradition, dass der Bischof am Heiligabend nachmittags im für die Krankenschwestern weihnachtlich geschmückten Festsaal eine Andacht hielt und Weihnachtsgrüße überbrachte. Da kamen dann gelegentlich auch unsere kleineren Kinder mit: So waren sie bei den Weihnachtsvorbereitungen zu Hause nicht im Weg.

Schon sehr bald nach meinem Dienstbeginn habe ich mit den „Kirchenkreisbesuchen" begonnen. Dabei hatte ich auch die Erfahrungen aus der Dorfmission im Sinn. Für acht bis zehn Tage quartierte ich mich in einem der Kirchenkreise ein. Hinzu kam eine Besuchergruppe aus den verschiedenen Mitarbeiterbereichen: Katecheten, Gemeindeglieder, Verwaltungsleute, auch Mitarbeiter aus anderen Kirchen und vom Bund der Evangelischen Kirchen. Alle Kirchgemeinden eines Kirchenkreises sollten besucht werden, auch mit Gemeindeveranstaltungen, Kirchgemeinderatssitzungen und vielen persönlichen Besuchen. Natürlich sollte dabei der Bischof möglichst in jeder Gemeinde einmal gewesen sein. Wir sind auf diese Weise in 13 Jahren einmal in der Landeskirche herumgekommen.

Eine gute Tradition hatten die Kirchentage. Landesbischof Rendtorff hatte 1932 zum ersten Kirchentag nach Güstrow eingeladen und fast 15.000 Christen aus Mecklenburg kamen. Bischof Beste hatte 1971 noch einmal zu einem Kirchentag in Schwerin eingeladen mit dem Thema „Unser Gott kommt und schweigt nicht". Es hatte sich in den Kirchen der DDR eingebürgert, dass man vor allem Regional-Kirchentage hielt, aber mit einem gemeinsamen Thema. Die Vorbereitung lag weithin bei einem Kirchentagsausschuss. Da waren dann Diakon Eberhard Beyer aus Güstrow und Pastor Joachim Gauck aus Rostock-Evershagen ganz tüchtige Organisatoren, bis heute sind wir ihnen freundschaftlich verbunden. Als wir 1976 einen Kirchentag in Rostock vorbereiteten, verweigerten die staatlichen Stellen alle öffentlichen Räume und Plätze. Alles spielte sich nun in den Kirchen und auf dem Gelände des Michaelshofes ab. Dazwischen hielten wir gemeinsame Kirchentage mit der Greifswalder Nachbarkirche ab. Sehr großen Zulauf hatte im „Lutherjahr", Juni 1983, der Kirchentag in Rostock unter dem Thema „Vertrauen wagen", es kamen fast 25.000 Teilnehmer. Für den Abschlussgottesdienst mit Abendmahl gaben die Behörden das Warnowufer frei. Die Stadthalle wurde auch genutzt.

Es lag uns immer sehr daran, dass die Kirchentage offen und einladend waren. Das Thema des Kirchentages 1988 in Rostock sprach das deutlich aus: „Brücken bauen". So waren auch immer die Katholische Kirche und andere Kirchen mit eingeladen und beteiligt. Es war gegenüber dem Staat nicht leicht durchzusetzen, dass auch die weltweite Ökumene vertreten war, etwa mit Gästen aus unseren Partnerkirchen in Afrika (Tansania) oder vom Lutherischen Weltbund. Auf diesem Wege haben wir dann auch Gäste „gleich von nebenan", aus der Bundesrepublik und aus unserer Partnerkirche in Bayern, unter uns gehabt. Auf dem Kirchentag 1988 in Rostock war sogar der ehemalige Bundeskanzler Helmut Schmidt als evangelischer Christ von der Kanzel der Marienkirche zu hören. Die Teilnahme an Kirchentagen in der Bundesrepublik blieb uns verschlossen, es sei denn ganz privat durch einen persönlich begründeten Besuch. Es gab seltene Ausnahmen. Als ich 1979 von der bayrischen Landeskirche als Prediger zum Eröffnungsgottesdienst in Nürnberg eingeladen wurde, bestand ich gegenüber den staatlichen Stellen darauf, nur in Begleitung eines kleinen Posaunenchors von fünf Bläsern zu fahren, darunter auch junge Laien.

Wir stießen auf schroffe Ablehnung. Erst am Abend vor der Eröffnung gab es doch die Pässe. Alleine wäre ich nicht gefahren; in Nürnberg hatte man schon einen Ersatzprediger bestellt. Welch tolles Erlebnis, nach einer Nachtfahrt eine Stunde vor der Eröffnung mit unserer Mannschaft doch noch dabei zu sein!

Einer unter vielen Mitarbeitern

Es hat uns immer wieder beschäftigt, wie in einer Kirche und unter Christen das verwirklicht werden kann, was Jesus in die Worte gefasst und selbst praktiziert hat: „Einer ist euer Meister; ihr aber seid alle Brüder" (Mt. 23,8). Wir haben in vielen Jahren die gute Erfahrung gemacht, dass es solch echte Gemeinschaft gibt, wo jeder seine besonderen Gaben einbringen kann und einer dem anderen nah verbunden bleibt. Es hat uns später sehr beeindruckt, in Sibirien, Kasachstan und Mittelasien Gemeinden zu begegnen, in denen es all die kirchlichen Rangunterschiede gar nicht geben konnte. Da leitete ein Bergmann in Karaganda nebenamtlich eine Gemeinde, in der sich sonntäglich 1.500 Christen versammelten. Da besuchte und sammelte ein Kraftfahrer aus Omsk in Sibirien auf seinen Fernfahrten nebenher über hundert weit verstreute Gemeinden und leitete sonntags den Gottesdienst in seiner Heimatgemeinde. Hierzulande würde man ihn Bischof nennen.

Nun war man selbst als ehemaliger Hilfsprediger und Gemeindepastor in die Position eines Bischofs mit mancherlei festgelegten Bedingungen hineinge-

hoben. Wie sollten wir damit umgehen? Wenn es um die theologische Auseinandersetzung ging, war vom mecklenburgischen Bischof immer zu hören,
er halte sich an Luther: Danach kann jeder getaufte Christ, wenn Not am Mann
ist, Pastor und Bischof seiner Gemeinde sein. Andere meinten, da müsse noch
die „apostolische Sukzession" hinzukommen, also eine Weihe, die von Bischof
zu Bischof bis zum ersten Bischof Petrus von Rom zurückgeht. Das haben wir
für uns in Mecklenburg nie nachgeprüft, nicht für heilsnotwendig gehalten. Ebenso wenig gewisse bischöfliche Insignien: Lutherrock, rotes Bischofshemd und
dergleichen. Nur eine Ausnahme gab es: Als wir beim Amerikabesuch 1980
im Weißen Haus in Washington vom Vizepräsidenten Mondale empfangen wurden (> Foto 9), hat Heinrich Rathke sich von seinen amerikanischen Freunden überreden lassen, unter dem schwarzen Anzug das rote Bischofshemd mit
hochgeschlossenem Kragen anzulegen. (Das Bischofshemd musste dazu ei-
gens ausgeliehen werden!) Interessant war, dass die DDR-Oberen uns gern in
die Rolle hochgestellter oder gar „dekorierter" Bischöfe spielen wollten, „kirchliche Würdenträger" hieß es dann in den Medien. Um uns zu schmeicheln? Um
uns gegen unsere Gemeinden auszuspielen oder nach außen hin eine kir-
chenfreundliche Atmosphäre vorzutäuschen? Uns lag daran, auch in der Bischofszeit möglichst nah bei den Gemeinden und unseren Mitarbeitern in der
Kirche und bei den „normalen Menschen" zu bleiben. Ich sagte gern, wenn
es um kirchliche Titel und Ansprüche ging: „Man kann es im Reich Gottes nicht
weiter bringen als bis zum ‚Hilfsprediger'." So hatte ich ja mal selbst in Althof bei Bad Doberan angefangen.

So stand das Thema Mitarbeiter besonders auf der Tagesordnung der Synoden, auch auf der Ebene des Bundes der Evangelischen Kirchen in der DDR.
Auf der mecklenburgischen Synode 1974 hielt ich dazu das Hauptreferat: „Es
geht um Mitarbeiter". Zwei Jahre vorher war durch Synodenbeschluss schon
die völlige Gleichstellung der Theologinnen festgeschrieben. Es ging uns
darum, nicht auf eine „Pastorenkirche" eingeengt zu sein.

Wie sollte es mit den anderen Mitarbeitern, den Katecheten, Diakonen, Kirchenmusikern weitergehen? Auch in anderen Kirchen gab es Gedanken, sich
nicht auf eine „Pastorenkirche" einengen zu lassen, sondern daneben nach
besser zugerüsteten Mitarbeitern zu suchen. Wir hatten das selbst in der Rostocker Südstadt erlebt. Jugendmitarbeiter wurden auch im sozialen Bereich
oder in der Elternarbeit gebraucht. Diakone mussten nicht nur in diakoni-

schen Anstalten oder der herkömmlichen Jugendarbeit arbeiten, es gab „in der Welt" auch sonst genug zu tun im Sinn der Apostelgeschichte. Katecheten und Katechetinnen sollten nicht nur Kinderstunden halten, sondern auch mit den Eltern arbeiten und junge Erwachsene in den Glauben hineinführen. Kirchenmusik zog schon zu DDR-Zeiten viele Fernstehende in die Kirche, das sollte auch bei der Ausbildung von Kirchenmusikern bedacht werden. So lässt sich mit einfachen Worten beschreiben, was damals Bischof Werner Krusche aus Magdeburg vor der Synode des Bundes aller evangelischen Kirchen in der DDR als „Ausbildungskonzeption" zusammenfasste. Mecklenburg war sogleich mit dabei, als es um die Umsetzung ging. Unsere Kirche hat die Einrichtung einer Ausbildungsstätte für „Gemeindepädagogen" in Potsdam mitgetragen. Ausbildungsleiterin war dort unsere frühere Katechetin in Warnkenhagen, Christiane Richert. Leider ist dies Ausbildungskonzept nicht weitergeführt worden.

Zu den „Mitarbeitern" unserer Kirche gehörten ganz gewiss auch die Frauen der Pastoren. Sie wurden ganz selbstverständlich in die Aufgaben ihrer Männer mit hineingenommen. Etliche bekamen als angestellte Katechetinnen oder Organistinnen auch ihren eigenen Verantwortungsbereich. Zunehmend wurden Pfarrfrauen auch in „weltlichen" Berufen tätig, einige aber blieben ihnen in einem sozialistischen Staat verschlossen. So war es besonders wichtig, dass die „mitarbeitende Pfarrfrau" sich hineingenommen fühlte in die Arbeit und Gemeinschaft der Kirche.

Viele waren schon durch ihre kirchliche Ausbildung zur Katechetin, Organistin oder anderen Berufen als Mitarbeiter in der Kirche tätig. Früher waren Pfarrfrauen selten in einem anderen „weltlichen" Beruf tätig. Es gab sicher ein gewisses Rollenbild der „Pfarrfrau", die mit ihrem Ehemann in die jeweilige Gemeinde und Aufgabe ging. Wuchs ihr damit nicht oft auch eine sehr eigenständige Aufgabe zu? So haben im 2. Weltkrieg und darüber hinaus Pfarrfrauen den Dienst des fehlenden, gefallenen oder gefangenen Mannes durchgetragen. Zu DDR-Zeiten zeigte es sich, dass es für eine Pfarrfrau schwieriger oder unmöglich wurde, in einem „weltlichen" Beruf tätig zu sein, etwa als Lehrerin. Sie haben so oder so den Dienst ihres Mannes mit durchgetragen. Und manche Pfarrfrau, die keinen eigenständigen Beruf ausüben konnte, wuchs in eine besondere Aufgabe in der Gemeinde hinein. So haben wir in unserer Kirche auch manchen Weg gesucht, das anzuerkennen. Es konnte durch eine kleine zuerkannte Vergütung wenigstens der Anspruch auf eine geringe eigene Rente erreicht werden. Es gab eine zeitweise sehr intensive „Pfarrfrauenarbeit", die sich um all dies bemühte, einen guten Zusammenhalt gab und in viele Bereiche hineinführte, etwa in Literatur und Lebensberatung. Meine Frau übernahm diese Arbeit von Vera Gienke und hat sich mit einer Gruppe von „Mitstreiterinnen" gern engagiert und verbunden gefühlt.

In vielen Fällen war der Bischof „die letzte Instanz", wenn Mitarbeiter vom Pastor und Katecheten bis zum Küster und Gemeindeglied in irgendwelchen Nöten waren. Da war der Bischof als Seelsorger gefragt. Doch lässt sich darüber nicht viel sagen und schreiben. Es gehört in die seelsorgerliche Verschwiegenheit. Oft kam ich von einem Besuch spät nach Hause, weil so ein Gespräch anstand, ob es nun um Ehenöte, Streit zwischen Mitarbeitern, Zweifel am eigenen Dienst ging oder auch um Gedanken eines Mitarbeiters, legal oder illegal die DDR und damit den kirchlichen Dienst zu verlassen.

Weil ich den dringenden Bedarf spürte, Menschen für persönliche Gespräche zur Verfügung zu stehen ohne viele amtliche Formalitäten, habe ich bald den monatlichen Sprechtag beim Bischof eingerichtet. An jedem ersten Montag im Monat konnte jedermann auch unangemeldet in unsere Wohnung im Schleifmühlenweg 4 kommen. Das wusste man aus den Briefen, die jedes Jahr vom Bischof persönlich an alle Pastoren bzw. Mitarbeiter gingen, und sprach sich schnell herum. Es war meist ein sehr ausgefüllter, intensiver Tag. Auch für meine Frau, die jeden Besucher empfing und oft erst zum Warten und mit einer Tasse in ein anderes Zimmer führte – es sollte doch vertraulich bleiben – und auch Zeit für ein Gespräch hatte.

Es kamen auch manche sehr außergewöhnliche Gäste, die nicht so sehr Probleme und Nöte auf dem Herzen hatten, sondern einfach nur reinschauen wollten, um uns ein wenig aufzumuntern. Das hat auch gutgetan. Und andere Besucher aus recht kirchenfernen Bereichen erschienen, die sich aber bei uns doch Hilfe und Nähe erhofften. Auch recht undurchsichtige Gäste hatten wir, von denen wir spätestens nach Öffnung der Stasi-Akten erfuhren, dass die Stasi sie mit einer „Legende" – einem ausgedachten falschen Lebenslauf – zu uns schickte, um uns zu observieren, auszuhorchen.

Von Bischof Beste hatte ich die Tradition übernommen, jedes Jahr zur Passionszeit einen seelsorgerlich-geistlichen Brief an alle Pastoren und auch an alle Mitarbeiter zu schreiben. Dabei wurde ein gemeinsamer Text für die Meditation in der Passionszeit vorgeschlagen. Oft stand ein bestimmtes Bild oder Symbol im Mittelpunkt des Briefes: das „Tor der Freude" – die „Brücke" –

eine „Kerze" usw. Es war mir wichtig, dass alle Briefe persönlich unterschrieben waren, in der Regel dazu noch ein persönlicher Satz an jeden der Empfänger. Dafür nutzte ich dann auch lange Autofahrten mit Fahrer. Es hat sich nach diesem Brief manch persönliche Antwort und mancher Austausch ergeben. Einen außergewöhnlichen Brief schrieb ich im August 1976 an alle Mitarbeiter, also auch die Pastoren, als sich am 18. August 1976 Pfarrer Oskar Brüsewitz aus der provinz-sächsischen Kirche auf dem Marktplatz in Zeitz vor der Michaeliskirche aus Protest gegen die antichristliche Jugend-Politik der DDR verbrannt hatte und nach vier Tagen verstorben war. Dieser Vorfall hatte eine schlimme Hetzkampagne von Partei und Staat gegen Brüsewitz und gegen die Kirche zur Folge. Es war aber auch ein „Fanal", wie es damals hieß, an uns, die Kirche selbst. Hatten wir uns klar und offen genug für die Entrechteten eingesetzt, deutlich genug das „Evangelium" bezeugt? Und fühlten sich die, die das wagten, nicht oft von den „Offiziellen" in der Kirche alleingelassen?

Die Last mit der Leitung,
Büroalltag in der Münzstraße 8

Durch die Verantwortung für die 400 Kirchgemeinden Mecklenburgs und die Sorge um die rund 1.000 Mitarbeiter in der Kirche sollte der Bischof dazu helfen, dass man in der Kirche in Frieden und guter Gemeinschaft miteinander lebte und die Lasten miteinander teilte (> Foto 10). Zudem sollte der Bischof die Kirche „nach außen vertreten", also die Verbindung zu anderen Kirchen in der Nähe und in der Ferne suchen und halten und auch gegenüber den staatlichen Stellen für die Kirche und ihre Mitarbeiter eintreten.

In Mecklenburg hatte der Bischof auch noch Aufgaben in der Kirchenverwaltung, für die Ausbildung und für die Anstellung der Theologen und in der Diakonie. So war dafür gesorgt, dass er sich auch mit den Alltäglichkeiten im Leben der Kirche befassen musste.

In anderen Kirchen hatte der Bischof, getrennt von der Kirchenverwaltung, seine eigene Bischofskanzlei. Der mecklenburgische Bischof aber hatte sein Dienstzimmer mitten in der Kirchenbehörde, im Oberkirchenrat in Schwerin, in der Münzstraße. Da hatte er sein Tun, sofern er nicht in den Kirchgemeinden, bei den Mitarbeitern oder auch außerhalb der Kirche unterwegs war. Es war zuweilen schon eine „liebe Last", dass eine Kirche auch geleitet und verwaltet werden sollte.

Oft stand der Dienstwagen schon morgens um 6 Uhr vor der Tür. Stand keine Dienstreise an, ging es mit dem Fahrrad durch den Schlossgarten in das Oberkirchenratsgebäude in der Münzstraße 8. Ließ es sich einrichten, wurde der kleine Friedemann mit aufs Fahrrad genommen und im kirchlichen Kindergarten in der Apothekerstraße abgeliefert. Auf dem Schreibtisch im Dienstzimmer des Oberkirchenrats hatten sich schon Stapel von Akten und eingegangener Post angesammelt. In den 13 Jahren meines Dienstes vermisste ich sehr die direkte Zuarbeit durch einen persönlichen Referenten, es gab nur wenige kurze Ansätze dazu. Auch eine tüchtige Sekretärin war nicht immer zur Stelle. Doch entdeckte ich bald die zuverlässigen Helfer in den verschiedenen Abteilungen: Frau Gasow mit ihren Leuten in der Registratur, wo vor allem die Personalakten nach alter Art und Weise bearbeitet wurden: Die offenen Aktenbündel mussten mit einem Bindfaden kunstvoll mit einer Schleife verknotet werden. Auch das lernte ich. Herr Köhler von den Finanzen verhalf mir zu Einblick und Überblick in ein kompliziertes weites Feld. Bei Herrn Piersig im Archiv begriff ich, wie wichtig es ist, auch in akuten Notfällen den Zugriff zu alten und neuesten Unterlagen zu haben. Ich müsste manch anderen nennen bis hin zu „Kätchen Kühn", die zuverlässig dafür sorgte, dass der Bischof die Glückwünsche zu Goldenen Hochzeiten, hohen Geburtstagen usw. unterschrieb und vielleicht auch noch ein persönliches Wort dazuschrieb.

Wenn nun diese Arbeitstage in der Münzstraße anstanden und Berge von Akten und Briefen zu bearbeiten waren, habe ich mich ohne viele Umstände ans Werk gemacht. Sicher war der Stil der Briefe nicht immer gut und manches Problem nicht sorgfältig genug abgehandelt. So setzte ich mich oft nach Dienstschluss, wenn fast alle das Haus verlassen hatten und keiner mich stören konnte, an den Schreibtisch, um in einem Gewaltakt die Akten abzuarbeiten.

Bei solchen Gelegenheiten ergab es sich, einen Mitarbeiter dabei zu entdecken, der etwas übereifrig nebenher und auch nach Feierabend sich mit den Akten zu schaffen machte. Andere Mitarbeiter machten auf zeitweise oder ganz fehlende Akten aufmerksam. Ich habe ihn dann direkt auf die Zusammenarbeit mit dem Staatssicherheitsdienst angesprochen, nachdem ich feststellen musste, dass er auch bei der Verhaftung eines Mitarbeiters unserer Kirche seine Hand mit im Spiel hatte. Aber es fehlte uns die Handhabe, seinen Dienst zu beenden. Und auch Herrn Roßberg von der Stasi-Zentrale des Herrn Mielke in Berlin, der mich schon vor Antritt meines Dienstes als Bischof „anwerben" wollte, aber nicht gut dabei ankam, kam ich auf die Spur.

Er bedrängte und erpresste, ja „zersetzte" einen unserer verantwortlichen Mitarbeiter im Oberkirchenrat, versuchte es mit „konspirativen Treffs" auswärts oder bei ihm zu Hause. Unser Mitarbeiter vertraute es mir an. Wir vereinbarten, dass er sich nur noch zu einem „Treff" in seinem Dienstzimmer bereit erklären sollte. Das lag nahe beim Bischofszimmer, mit der Gefahr einer unerwünschten Begegnung. Damit war die „Konspiration" beendet. Die spätere Offenlegung der Stasi-Akten nach der Wende hat uns noch manch andere Einsicht beschert.

Alle zwei Wochen am Dienstag war Sitzungstag im Oberkirchenrat. Da versammelten sich die fünf Mitglieder des Oberkirchenrats und die Referenten, d.h. die Leiter der einzelnen Fachabteilungen (Bau, Finanzen, Personalangelegenheiten, Katechetik usw.), um all die anstehenden Probleme zu beraten und zu entscheiden. Zunächst hatte der Bischof auch hier den Vorsitz und musste die Sitzung leiten. Nach dem neuen Leitungsgesetz von 1972 war dann der leitende Jurist, der Präsident, der Vorsitzende.
Nachdem die Oberkirchenräte Wilhelm Gasse und Hermann Timm in den Ruhestand gegangen und Präsident Rossmann verstorben war, rückte eine jüngere Generation nach: Pastor Sibrand Siegert aus Waren und der frühere Landesjugendpastor Walter Schulz, danach zumeist Rektor des Kirchlichen Oberseminars in Hermannswerder. Peter Müller, mit der kirchlichen Juristenausbildung in der DDR, kam aus Berlin-Brandenburg zu uns und wurde später Präsident des Oberkirchenrats. Es war eine gute und vertrauensvolle Zusammenarbeit.

Auf dem Hof des Oberkirchenrats stand damals die kleine etwas unscheinbare Pressebaracke. Doch dort wurde intensive Arbeit geleistet. Dort saß die Redaktion der „Mecklenburgischen Kirchenzeitung". Die wurde zwar vom Oberkirchenrat herausgegeben, um so überhaupt die staatliche Lizenz zu erhalten, doch sie behielt dem Oberkirchenrat gegenüber die notwendige Unabhängigkeit. Und sie hatte unter den DDR-Kirchenzeitungen einen guten Ruf wegen ihrer engen Bezogenheit zu den Gemeinden und der Offenheit der Berichterstattung. Das führte zuweilen dazu, dass eine ganze Kirchenzeitung nicht erscheinen durfte oder ein beim Staat unerwünschter Artikel nur als „weißer Fleck" erschien. Angeblich hätten die Druckereiarbeiter gestreikt, so einen staatsfeindlichen Artikel zu drucken. Chefredakteur Werner Schnoor schrieb damals eine Art kleine Kirchengeschichte: „Die Vergangenheit geht mit". Hatte ich vorhin einen fehlenden persönlichen Referenten beklagt, so war für mich die Beratung mit der Presse, insbesondere mit Gerhard Thomas, doch oft wichtig und hilfreich.

Ein Gegenpol zur Leitung der Landeskirche durch die Synode, den Bischof und den Oberkirchenrat waren die acht Landessuperintendenten. Sie waren schon seit der Reformation als eine Art Unter-Bischof unter dem Landesherrn in ihren Kirchenkreisen zuständig. Sie ordinierten die Pastoren, bevor diese ihren Dienst begannen, während in der katholischen Kirche dies Sache des Bischofs war. Erst seit 1920 hatten auch die evangelischen Kirchen Bischöfe, die in den meisten Kirchen auch die Aufgabe der Ordination übernahmen: Nicht so in Mecklenburg.

So hatten wir ein sehr gutes Miteinander, dazu trugen die regelmäßigen Rüstzeiten zusammen mit den Ehefrauen bei. Zu unserer Zeit gab es keine weiblichen Landessuperintendenten oder gar Oberkirchenräte, obwohl das nach dem Gesetz schon möglich war.

Zu den Aufgaben in der Leitung der Kirche gehörten die Tagungen der Landessynode und die Sitzungen der Kirchenleitung. Die Verantwortung für die Synode hatte der Präses, zu unserer Zeit die Rechtsanwältin Lewerenz aus Bad Doberan und danach der Kaufmann Siegfried Wahrmann aus Wismar. Bischof und Mitglieder des Oberkirchenrats hatten bei der Frühjahrs-Tagung der Synode Berichte über ihre Arbeit zu geben und dazu Rede und Antwort zu stehen. Daneben gab der Bischof bei der anderen Tagung im Herbst der Synode einen thematischen Bericht zu einem aktuellen Thema. Da die Synode öffentlich tagte, hörten auch Presse und Vertreter von Staat und Partei und natürlich auch Gäste aus anderen Kirchen zu. Das führte immer wieder zu Spannungen oder gar Skandalen. Staatliche Stellen versuchten, Präses oder Bischof unter Druck zu setzen, bei manchen Synodalen taten sie es auf heimliche Weise. So habe ich meine erste Landessynode 1957, damals noch Landpastor in Warnkenhagen, als „Räubersynode" in Erinnerung. Damals wurden wir in der DDR von Staat und Partei als „NATO"-Kirche angegriffen, da wir noch der gesamtdeutschen Evangelischen Kirche in Deutschland (EKD) angehörten und in der Bundesrepublik über Militärseelsorge diskutiert wurde. So stürmten bald nach Eröffnung der Synodalsitzung nach Tumulten vor dem

Wichernsaal eine große Zahl von FDJ-Gruppen, SED Partei-Gruppen und Betriebsgruppen den Saal, umringten uns Synodale und stellten vom Rednerpult aus ihre Forderungen. Unserem Synodalpräsidenten Hachtmann blieb nur, die Synode abzubrechen mit dem Lied: „Erhalt uns Herr bei deinem Wort und steure deiner Feinde Mord ..." Während der Abstimmung zur Bischofswahl 1970 explodierten Knallkörper im Vorraum. Als wir 1973 bewusst die Verhältnisse im Grenzgebiet, auch mit den Grenztoten, in die öffentliche Sitzung einbrachten, mischten sich anwesende staatliche Vertreter direkt ein. Es gab aber auch manche innerkirchlich brisante Themen. Schon 1958 war die Arbeit an einer neuen Verfassung der Landeskirche nicht nur am Einspruch des Staates gescheitert.

Als in den 1970er-Jahren versucht wurde, durch die Neuordnung der verschiedenen landeskirchlichen Ebenen (Kirchgemeinde, Propstei, Kirchenkreis, Leitungsebene) dies indirekt zu regeln, wurde es doch nicht möglich, nun auch endlich die Barmer Theologische Erklärung von 1934 als Bekenntnisgrundlage mit einzubringen. Doch konnte für leitende Ämter (Bischof, Oberkirchenräte ...) die Begrenzung der Amtszeit auf zwölf Jahre beschlossen werden, ebenso eine einheitliche Gehaltsregelung. Jeder Pastor, einschließlich Bischof und Oberkirchenrat, erhielt ein Monatsgehalt von höchstens 800 Mark der DDR brutto. Dazu kam für die leitenden Ämter für die Dauer der Amtszeit eine monatliche Zulage von 400 bzw. 300 oder 200 Mark der DDR. Sehr beschäftigte die Landessynode die Neuregelung der Konfirmation mit der Möglichkeit, schon ein Jahr vor der Konfirmation das Abendmahl mit der Konfirmandengruppe zu feiern. Bei der Zulassung von Kindern zum Abendmahl fand die Synode 1977 zu keinem eigenen Ergebnis und bat und beauftragte dann den Bischof, dies zu bedenken und durch einen Brief an alle Gemeinden einen Weg aufzuzeigen.

Zwischen den Tagungen der Synode war die Kirchenleitung mit zwölf Mitgliedern unter Vorsitz des Bischofs für die großen Entscheidungen in der Kirche verantwortlich. Monatlich kamen wir zusammen, häufig beim Bischof im Schleifmühlenweg 4. Für einen guten Zusammenhalt sorgte die jährliche Rüstzeit der Kirchenleitung zusammen mit den Ehepartnern. Da gab es dann beim Kirchenförster Christoph Gürtler in Kratzeburg auch mal einen Wildschweinbraten am Spieß.

Wichtig war die Verantwortung für die künftigen Pastoren mit Besuchen an ihren Ausbildungsorten. Neben den Theologischen Fakultäten (später Sektionen genannt) in Rostock, Greifswald, Leipzig, Jena, Halle und Berlin gab es die Kirchlichen Hochschulen in Naumburg, Berlin (Sprachenkonvikt) und Leipzig (ehemaliges Missions-Seminar). Das war wichtig für junge Menschen, denen wegen ihrer kirchlichen Haltung der Weg zur Oberschule und zum Abitur und damit auch zu einer staatlichen Hochschule verweigert wurde. Schließlich gab es zwei Predigerschulen in Erfurt und Berlin (für Bewerber ohne Abitur, aber mit Berufsausbildung). Leider gibt es diese Pastorenausbildung für sogenannte „Spätberufene" heutzutage bei uns nicht mehr. Zusätzlich zu den Besuchen am Ausbildungsort lud der Bischof einmal im Jahr alle Theologiestudenten zu einer Rüstzeit nach Güstrow ins „Haus der Kirche" ein. Schon bei der ersten Theologiestudenten-Rüstzeit 1972 waren etwa 65 künftige Pastoren bzw. Pastorinnen gekommen. Später übernahm Oberkirchenrat Walter Schulz diesen Aufgabenbereich der Ausbildung.

Wichtigster Ausbildungsort für die Theologen unserer mecklenburgischen Landeskirche war die Theologische Fakultät der Universität Rostock. So war uns die enge Verbindung zwischen Fakultät und Landeskirche sehr wichtig. Ich erinnere mich persönlich noch gut an Pastor Gottfried Holtz, ein enger Freund meines Vaters in der Kirchenkampfzeit nach 1933. Er wurde damals im sogenannten „Pastorenprozess" mit verurteilt. Die Professoren der Theologischen Fakultät hielten damals zur „BK". Nach Kriegsende 1945 war aber nur Professor Quell (Altes Testament) im Amt. Mit Gottfried Holtz für Praktische Theologie wurde die Fakultät neu aufgebaut.
Ich erlebte als Student von Kiel dann Professor Weiß (Neues Testament) später auch durch meine Dissertation. In der Rostocker Südstadtgemeinde hatten wir enge Kontakte zur Fakultät vor allem durch Assistenten, die in unserer Gemeinde mitarbeiteten. Peter Heidrich war uns in der Jugendarbeit beim „Wustrower Kreis" und weit darüber hinaus wichtig. In der Landessynode war ich mit den Professoren der Fakultät immer verbunden. So war in der Bischofszeit von Anfang an eine enge Verbindung gegeben. Es war üblich, dass der Bischof an den Prüfungen der Fakultät zum 1. Theologischen Examen („Diplom"), teilnahm. Andererseits gehörte immer ein Professor zur kirchlichen Prüfungskommission beim 2. Theologischen Examen in Schwerin. Auch der Bischof hatte dabei in einem Fach zu prüfen; ich vertrat die Praktische

Theologie, gelegentlich auch Altes Testament. Ich habe vor allem den Kirchengeschichtler Gert Haendler bei den Prüfungen erlebt. Er hat später wichtige Arbeiten über die Beziehungen zur Landeskirche und über die Situation in der Fakultät veröffentlicht.

Es wurde zeitweise sehr schwierig, da Staat und Partei ihren Einfluss verstärkten, ja Druck ausübten. So wurden die Fakultäten in Sektionen umgewandelt; Marxismus-Leninismus war ohnehin schon Pflichtfach. Man versuchte, die Theologen einer FDJ-Leitung der Parteijugend unterzuordnen. Unsere Begegnungen fanden dann auf sehr „privater" Ebene bei den Professoren zu Hause oder in der Bischofswohnung statt. Die Berufung von Assistent Dr. Gert Wendelborn zum Professor für Kirchengeschichte machte diese vom Staat versuchte Einflussnahme noch mehr klar.

Es mag deutlich geworden sein, wie man als Bischof und als Mitglied des Oberkirchenrats mit weiteren Aufgabenbereichen, vor allem als Personaldezernent, schon von der „Last der Leitung" sprechen konnte. Hinzu kam, dass wir uns in diesen Jahren auf sehr verschiedenen Ebenen der Leitung bewegten. Unsere Landeskirche war trotz der Teilung Deutschlands in zwei Staaten weiterhin Glied der gesamtdeutschen Evangelischen Kirche in Deutschland (EKD). Daneben lief aber auch die Mitgliedschaft in der Vereinigten Evangelisch-Lutherischen Kirche in Deutschland (VELKD). Als 1968 der „Bund der Evangelischen Kirchen in der DDR" gegründet wurde, blieb nur noch „die besondere geistliche Gemeinschaft" mit der EKD. Wir werden uns noch besinnen und darüber nachdenken müssen, wo wir dann Standort und Weg gesucht und gefunden (?) haben.

Eine ganz andere Ebene der Beziehung weit über die Grenzen unserer Landeskirche hinaus war die zur Partnerkirche in Bayern. Was mag damals kurz nach Kriegsende dazu geführt haben, dass so weit – zwischen Nord und Süd – voneinander entfernte Kirchen als Partner zusammengeführt wurden? Waren sie sich im lutherischen Verständnis besonders nahe? Es gab ja schon engere Beziehungen zwischen den evangelischen Fakultäten in Erlangen und Rostock. Jedenfalls hat uns diese Partnerschaft über Jahrzehnte hinweg und bis heute viel bedeutet, auch wenn das gegenseitige Besuchen zwischen den Gemeinden schließlich nur einseitig vom Westen her möglich war. Treffpunkt blieb Ost-Berlin. Dorthin konnten BRD-Bürger immer noch von West-Berlin aus mit Tagesvisum einreisen. Dort trafen sich auch unsere Kirchenleitungen untereinander. Ein großer Bereich unserer Beziehungen lief über die Diakonie mit Hilfen auf sehr vielfältige Weise. Wie wichtig war es für unsere Landgemeinden, wenn der Pastor ein Fahrzeug zur Verfügung hatte! Für Westgeld konnte der Kleinwagen „Trabant" bezahlt und dann in der DDR an unsere Kirche zur Verteilung gegeben werden. Und eine ganze Palette anderer notwendiger Dinge wurde so über unsere Partnerkirche beschafft. Das ging schließlich bis zur Finanzierung von Reparaturen oder gar Neubauten kirchlicher Gebäude. Es war eigenartig zu erleben, dass unser Staat DDR auch dort, wo er Menschen und Institutionen als „Staatsfeinde" bekämpfte, für harte D-Mark „käuflich" wurde: etwa beim Neubau von Gemeindezentren in sozialistischen Neubaugebieten bis hin zum Freikauf Tausender politischer Häftlinge oder Antragsteller auf Ausreise aus der DDR. Auf was haben wir uns dabei eingelassen?

Bayern als Partnerkirche von Mecklenburg. Das hatte für Familie Rathke eine sehr tiefsinnige Bedeutung: Beides war für uns Heimat, bedeutete aber auch schmerzhafte Trennung. Wie haben wir es in diesen Jahren erlebt?

Familienleben im Schleifmühlenweg 4

Es hat unser Familienleben sehr belastet, dass nach Beginn des Dienstes als Bischof für einige Jahre die Bischofswohnung in Schwerin im Schleifmühlenweg nicht zur Verfügung stand. Denn das für Altbischof Niklot Beste vorgesehene Ruhestandshaus in der Tannhöfer Allee, durch Mittel aus der Partnerkirche finanziert, war noch nicht einmal im Bau.

So hatte ich meine Schlafstelle in Schwerin, die übrige Familie wohnte weiter in Güstrow. Nach einigen Monaten fand sich die sehr enge und behelfsmäßige Wohnung in Schwerin in der Lübecker Straße 190.

Als dann der Umzug in den Schleifmühlenweg 4 bevorstand, zeichnete uns Dietlind Glüer eine hübsche Umzugskarte mit unseren beiden Jüngsten, Uta und Volker.

Volker fragt: „Uta, wie oft sind wir eigentlich schon umgezogen?"

Darauf Uta: „Ich glaub, jedes Jahr. Aber hier bleiben wir erst mal. Hier ist es wunderschön!"

Und Marianne schrieb dazu in der Familienchronik:

„Wie eine Idylle am Faulen See wird manchem Spaziergänger das Bischofshaus Schleifmühlenweg 4 erscheinen. Zur Straße war es abgeschirmt durch eine fast fensterlose Giebelwand und eine hohe Mauer vor dem großen Gartenstück am Faulen See. Wirklich ‚faul‘ und trübe wurde der See hinter dem Haus erst, als man das Wasser vom Neubau-Gebiet Großer Dreesch in den Faulen See ableitete. Bis dahin hatte der ‚Fohlen-See‘ – so seine eigentliche Bedeutung –, durch den der Püsser-Bach bis hin zum Schweriner See floss, recht reines und durchlaufendes Wasser. Damit konnte sogar die Schleifmühle gleich gegenüber von unserem Haus betrieben werden. Frau Malinowski, eine der Miterben und Mitbewohnerin im Haus mit ihren Söhnen Uli und Michi, wusste noch von guten alten Zeiten zu berichten, als hochherrschaftliches Leben im Haus war. Der Wels, das Wappentier über der Haustür, zeugte davon."

Eigentlich gab es das große Bischofshaus Am Tannenhof 4. Das aber war 1946 von den sowjetischen Truppen beschlagnahmt und der Bischof in die Mietwohnung Schleifmühlenweg 4 eingewiesen worden.
Als Einfamilienhaus war es einmal gebaut worden, ein wunderschönes Wohnzimmer mit einem „Erker" und einer Veranda zum Garten hin, daneben zur Straße hin ein großes „Arbeitszimmer", schließlich ein Esszimmer, zwei kleinere Zimmer und eine Küche. Im 1. Stock, wo sich Frau Malinowski eingerichtet hatte, waren auch hübsche Zimmer, zum Teil mit schrägen Wänden. Da für unsere große Familie der untere Wohnraum nicht ausreichte, konnte Matthias oben auf dem Boden ein Zimmer für sich und Wolfhard ausbauen, daneben wurde Heiner noch ein kleines schräges Kämmerchen zugeteilt.
Problematisch für uns, aber ebenso für Familie Malinowski, war, dass man nur durch Malinowskis Küche und Flur unsere oberen Zimmer erreichte. Andererseits erreichten wir unser Bad und unsere Toilette nur über den gemeinsamen Flur und Treppenhaus. So liefen sich die Familien, aber auch Gäste, schon mal im Schlafanzug über den Weg. Aber trotz unserer nicht abgeschlossenen Wohnung waren wir glücklich, hierher ziehen zu können. Freilich, eine gründliche Reparatur war zunächst nötig. Leider hatten wir dabei wenig Unterstützung vom Oberkirchenrat. Die Küche hatte noch Steinfußboden und Stallfenster mit Eisengittern. Sie war eiskalt. In allen Zimmern standen uralte Kachelöfen. Im Nachhinein kann man nur Frau Beste bewun-

dern, wie sie bei diesen Wohnverhältnissen alles gemeistert hat. Da ich fast ständig unterwegs war, blieb die meiste Arbeit an Marianne hängen. Sie hatte mit dem „Trabant" Zement aus Plate, Kacheln aus Lankow, Fußbodenbelag usw. von sonst wo zu holen. Sie beaufsichtigte die Handwerker, die auch noch beköstigt werden mussten.

Liebe Freunde halfen, als die Renovierung dem Ende zuging, beim Putzen der vielen Fenster. Die Aussicht nach draußen auf den Faulen See, über die Bäume, all das Grüne ringsum setzte viele Kräfte frei.

Freilich, der Familienbetrieb lief weiter, die Kinder mussten sich an die neuen Schulverhältnisse gewöhnen, zum Kindergarten, zu Ärzten, zum Musikunterricht gefahren werden, viele Wege zu den Ämtern, Einkäufe für die große Familie – all das war mit dem „Trabi" noch zu schaffen. Aber nun war es endlich so weit, wir konnten in den Schleifmühlenweg umziehen.

Von den „hohen Mauern" vor dem Haus im Schleifmühlenweg hat Marianne geschrieben. Aber es war doch ein „offenes Haus". Bei so vielen Kindern kamen auch die Spielgefährten ins Haus, später auch erste Freundinnen. Es ergaben sich enge Freundschaften mit Familien in der Nähe, vor allem mit Familie Voss, auch mit vielen Kindern. Man half sich gegenseitig aus bei Krankheit, im Urlaub. Und wenn „Mutter Priesemann" und Opa Rathke als „Babysitter" aushalfen und die größeren Kinder auf die „Kleinen" aufpassten, konnte Marianne auch mit unterwegs sein, bei Besuchen in der Landeskirche, in der Pfarrfrauenarbeit, bei den Bischofsrüsten mit Ehefrauen, bei denen die acht evangelischen Bischöfe in der DDR in einer der Landeskirchen zu Gast waren. Auch „offizielle" Anlässe gab es: Empfang beim Exarchen der Russisch-Orthodoxen Kirche in Berlin, bei Begegnungen mit westdeutschen Partnern in Ost-Berlin oder gar bei einem Besuch der nach Kasachstan verschleppten Christen.

Doch dann gab es 1974 eine mehr häusliche Phase: Unser Friedemann, das „Bischofskind", wurde geboren. Er konnte nun in dieser schönen Umgebung aufwachsen. Er musste dann auch gut behütet werden, so dicht am Wasser. Ein Kleinkind unserer Hauswirtin war Jahre zuvor im See ertrunken.

Der Schleifmühlenweg 4 war auch in anderer Hinsicht ein „offenes Haus". Wir luden gern die mancherlei Gruppen dazwischen einmal in unsere Wohnung ein: die Mitglieder des Oberkirchenrats, die Kirchenleitung, die Landespastoren, die Landessuperintendenten, die Professoren der Theologischen Fakultät und die Prüfungsbehörde, auch dann und wann einmal eine der Mitarbeitergruppen aus dem Oberkirchenrat in der Münzstraße. Die persönliche Atmosphäre, dazu vielleicht auch noch ein leckerer Imbiss taten dem Miteinander gut. Hinzu kam, dass wir dort in vertraulicher Umgebung reden konnten, ohne dass mitgehört werden konnte. Zuweilen gingen wir sogar in den Garten. Die Kinder hofften, dass von den zubereiteten Leckereien noch genug für sie übrig blieb. Offen war unsere Wohnung oft für auswärtige, auch ökumenische Gäste. Schon deshalb, weil es in der DDR schwierig war, geeignete Hotelzimmer zu bekommen. Unseren Gästen tat die vertrauliche und familiäre Atmosphäre gut und sie wurden von der Familie (> Foto 11) mehr oder weniger angenommen oder vereinnahmt. Als der Präsident des Lutherischen Weltbundes, der afrikanische Bischof Kibira, uns für einige Tage besuchte, war unser kleiner Friedemann sehr enttäuscht, dass er als „Haustier" keinen Löwen mitbrachte. Dagegen wusste er den bayrischen Oberkirchenrat von „Löwe-nich" nicht einzuordnen. Wenn schon nicht „Löwe", dann eben „Onkel Wolf". Den forderte er zum Ringkampf auf, im Nu wälzten sich beide auf dem Boden. So bekamen auch unsere Kinder einen weiten Blick in die Welt. Um 1980 war es gelungen, den Prior von Taizé, Roger Schutz, mit einigen seiner Brüder nach Schwerin einzuladen. Tausende von Jugendlichen waren dazu in den Schweriner Dom gekommen. Roger Schutz quartierte sich mit seinen Leuten bei uns ein, etliche Taizé-begeisterte Jugendliche gesellten sich dazu und unsere sieben Kinder. Da waren alle Räume für einige Tage mit Taizé-Atmosphäre erfüllt. Zu solch außergewöhnlichen Gästen gehörten auch immer wieder westdeutsche Politiker, die bei ihren offiziellen Reisen nach West-Berlin oder zur Leipziger Messe gern einen „Abstecher" zu Kirchenleuten am Wege machten, um so etwas über die „Lage" zu erfahren. Zu ihnen gehörten der Bundesminister bzw. Ministerpräsident Gerhard Stoltenberg, den ich ja schon aus Kriegszeiten kannte, oder die Leiter der Ständigen Vertretung der Bundesrepublik bei der DDR, z.B. Hans Otto Bräutigam. Als Synodaler hatte ich schon früher dankbar erlebt, dass Bischof Beste alle Synodale einmal in seine Wohnung einlud und bewirtete. Diese Tradition haben wir gern fortgesetzt. Mit über 50 Gästen waren dann auch alle Räume voll ausgelastet und all unsere Kinder als „Kellner" willkommen. Es ging in unserer mecklenburgischen Kirche halt familiär zu.

Zum „offenen Haus" gehörte auch der monatliche Sprechtag des Bischofs, von dem schon die Rede war. Auch davon, dass es dabei unerwünschte „Lauscher" gab. In welchem Umfang das insbesondere von der Stasi versucht und praktiziert wurde, ist uns erst nach der „Wende" von 1989 voll bewusst geworden. In einem „Maßnahmeplan" vom 16. Oktober 1980 gegen den Bischof werden alle möglichen Maßnahmen von Telefon- und Briefüberwachung, dem Einsatz von „Inoffiziellen Mitarbeitern" usw. bis hin zu einem geheim gehaltenen Überwachungsstützpunkt gleich gegenüber unserer Wohnung am Weinberg benannt.

Unser „offenes Haus" nutzten auch manche als Zuflucht. An einem Vormittag kam aufgeregt eine Frau zu uns ins Haus: „Die Stasi ist hinter mir her!" Gleich danach stand das Stasi-Auto vor der Tür, in unser Haus trauten sie sich noch nicht. Was tun? Meine Frau rief mich in der Dienststelle an: „Komm sofort! Achte auf Friedemann!" Unseren Dreijährigen stellte sie vor die Tür, zeigte aufs Auto: „Zeig das Vati, wenn er kommt!" Als ich mit dem Fahrrad bald darauf ankam, rannte der Kleine aufs Auto zu: „Da sind sie!" Damit war für die Stasi die „Konspiration" verdorben, man sah es ihren Gesichtern an. Sie sausten davon. Der Frau konnten wir weiterhelfen.

Ein anderes Mal kam im Dunkeln ein Mitbewohner aus unserem Wohngebiet in höherer Stellung im Gesundheitswesen beim Rat des Bezirks. Er hatte festgestellt, wie in seinem Nachbarhaus, wo ein Stasi-Offizier und dessen Frau, unsere Briefträgerin, wohnten, Merkwürdiges geschah. Es wurden gelegentlich „Feuerchen" gemacht, Reste davon und Papier in die Mülltonne entsorgt. Heimlich schaute er nach, fand mancherlei Briefe und Papierreste, auch mit Post an ihn selbst und an andere, die auch schon Post vermissten. Auch Post von mir, sogar vom Präsidenten des Lutherischen Weltbundes war dabei. Welcher gewöhnliche Bürger aber könnte es wagen, die Stasi zu belangen? „Herr Rathke, das können und müssen Sie, als Bischof!" Allerdings hatten wir schon mancherlei Post vermisst, auch Pakete, auch einen Sternzeichen-Anhänger für unsere Tochter von der Tante im Westen, der sich nun anfand.
So kam ich in die Lage, die Stasi zu belangen. Eine lange, aufregende Geschichte: Zunächst versuchten wir es mit Beschwerde bei der Post, dann ging es an die K 1-Stasiabteilung bei der Polizei, die ständig Beweismaterial beiseiteschaffen wollte. Schließlich war ein geheim gehaltener Prozess nicht zu umgehen, bei dem ich sogar als Zeuge auftreten musste.

In den elf Jahren im Schleifmühlenweg 4 wuchsen unsere Kinder heran und machten ihre eigenen Erfahrungen mit dem Leben in der DDR. Dazu gehörten sehr bittere Erfahrungen: keine Zulassung zur Erweiterten Oberschule, d.h. zum Abitur. Öffentliche Bloßstellung in der Schule als „Christlümmel" oder „Staatsfeind". Unsere Tochter, mit Abschlussnote „1" dann doch zur Erweiterten Oberschule zugelassen, wurde wegen Teilnahme an einem Friedensgottesdienst vor versammelter Klasse und Schulleitung gemaßregelt. Oder es kam der Hilferuf eines Lehrers, Marxist, der aber wegen seiner humanistisch begründeten Ablehnung des Wehrunterrichts in Haft kam und keinen Beistand fand. Da kam er auf den evangelischen Bischof. Seine Ablehnung von Wehrunterricht konnten wir aus eigener Erfahrung wohl nachfühlen. Bausoldaten haben immer wieder auch von sich aus die Verbindung zu uns in der Kirchgemeinde gesucht oder ein Treffen mit dem Bischof zustande gebracht, sogar heimlich in ihrem „Objekt". Friedensgruppen, die in der Zeit vor der Wende eine so wichtige Rolle spielten, haben hier einen wesentlichen Ursprung.

Wenn wir so von unseren und für unsere Kinder und Enkel erzählen und erzählt haben, denken wir ebenso auch an andere Familien, die das ähnlich und noch viel schlimmer erlebt haben. Da stand etwa unverblümt im Zeugnis oder in der Beurteilung der Schulleitung: „Wegen fehlender atheistischer Erziehung" oder „staatsfeindlicher Hetze" (wegen Teilnahme an Konfirmation oder kirchlichen Veranstaltungen) keine Zulassung zu EOS und Abitur und Studium oder auch Verweis von der Schule in die „Produktion". Und wenn die Eltern nicht im kirchlichen Dienst waren, hatten sie mit Folgen für ihren Beruf bis hin zur Entlassung zu rechnen oder wurden auf andere Weise „diszipliniert". Wie wichtig war es, dass die Betroffenen sich nicht allein gelassen fühlten. Haben wir als Kirche und als Gemeinden das bewältigt? Ich denke an manche solche Gelegenheiten, aber auch Verlegenheiten. Da war der Besuch bei einem verurteilten Bausoldaten, Sohn eines Laien-Synodalen, im Stasi-Gefängnis, den ich als Bischof durchsetzen konnte. Da saßen wir bei einer Adventskerze beieinander, der Gefängnischef hatte alles sehr „menschlich" gestaltet.

Kirche für andere

Zeugnis- und Dienstgemeinschaft im Bund der Evangelischen Kirchen in der DDR und in der Ökumene

Mir ist auf dem Weg meines Lebens immer wieder „die Kirche abhanden gekommen". So habe ich es genannt, als ich mich an jenen Nullpunkt im Mai 1945 erinnerte: mit Gott und der Welt zerfallen. Nicht nur der persönliche Tiefpunkt im Glauben war es, sondern auch der Bruch mit meiner mecklenburgischen Heimatkirche. Äußerlich getrennt sein war das Eine: in der Gefangenschaft, später dadurch, dass ich in einer anderen Kirche, in Bayern, Fuß gefasst hatte und tätig war. Zum Anderen hatte sich meine Heimatkirche in den 12 Jahren der Naziherrschaft so sehr der herrschenden Ideologie verschrieben, auch der Verachtung und Vernichtung der Juden – musste ich mich nicht mehr als dafür schämen? So begleitet mich diese Frage, die auch zum Erinnern über meinen eigenen Weg und Dienst gehört: Wo ist und steht die Kirche? Wohin geht sie? Eine Frage, vor der die Leute der Bibel an entscheidenden Punkten stehen (Psalm 139,7; Johannes 6,68 …). Eine Frage, die mich umtreibt als einer, der selbst in dieser Kirche lebt und für sie einsteht: Sind wir unterwegs zu dem und mit dem, der uns ruft, der uns heute und morgen braucht an unserem Ort?

Der Weg der Kirche nach 1945

So erinnere ich mich an den Weg unserer Evangelischen Kirche in Deutschland. Wie sie 1945/46 neu auf den Weg kam; mit dem Stuttgarter Schuldbekenntnis ein deutliches Zeichen gegenüber dem Versagen in der Zeit davor setzen wollte.

Dann wechselte ich mit meiner Frau 1953 bei dem Weg von der BRD in die DDR nicht nur den Staat, sondern auch die Kirche, nun wieder in Mecklenburg, als Pastor. Wir waren damals als Landeskirche weiter Glied der Evangelischen Kirche in Deutschland. Die äußeren Umstände der Trennung Deutschlands machten das immer schwieriger, besonders nach dem Bau der Mauer. Wir versuchten zwar durch die „Ostkonferenz", eine Vertretung aller acht ostdeutschen evangelischen Kirchen, unsere besondere Situation in der DDR im Rahmen der EKD mit einzubringen. Schließlich aber war eine eigenständige Vertretung als Kirche unumgänglich. So kam es 1968 zur Gründung des Bundes der Evangelischen Kirchen in der Deutschen Demokratischen Republik. Der mecklenburgische Landesbischof Niklot Beste hat damals als amtierender Vorsitzender der Konferenz der Kirchenleitungen die Gründungsurkunde unterzeichnet. Die künftige Beziehung zur EKD in der Bundesrepublik wurde in der Ordnung des Bundes – Artikel 4,4 – als „besondere geistliche Gemeinschaft" bezeichnet und so erläutert: „In der Mitverantwortung für die ganze evangelische Christenheit in Deutschland wirkt der Bund an Entscheidungen, die alle evangelischen Kirchen in Deutschland berühren, durch seine Organe mit."

War mir und war uns nicht wieder die Kirche abhanden gekommen? Standen wir nicht neu vor der Frage: Wo stehen wir als Kirche? Wohin wird uns der Weg gewiesen? Der Bund hat sich als „Zeugnis- und Dienstgemeinschaft" der beteiligten acht Landeskirchen verstanden und es wird noch zu berichten sein, wie wir das verstanden und praktiziert haben. Durch die sogenannten „Eisenacher Empfehlungen" hat die Synode des Bundes sich später das Ziel gesetzt, zu einer gemeinsamen „Evangelischen Kirche" in der DDR zusammenzuwachsen. Das ist dann noch 1987 am Widerspruch der Berlin-Brandenburgischen Synode gescheitert. Die mecklenburgische Landessynode hat diese Entwicklung zu einer Zeugnis- und Dienstgemeinschaft im Bund sehr mitgetragen. Sie konnte daher auch zustimmen, dass schließlich die gesonderte „Vereinigte Evangelisch-Lutherische Kirche" (der drei lutherischen Kirchen Sachsen, Thüringen und Mecklenburg) beendet wurde.

Auch politisch sahen wir uns in diesem Zeitraum ganz neu vor die Frage gestellt, wo Kirche ihren Ort hatte, wo sie ihren Weg gehen sollte. In der DDR-Verfassung von 1949 war mit der Übernahme der Kirchenartikel aus der Weimarer Verfassung der Kirche theoretisch ein Raum zugestanden, wie er auch im Grundgesetz der Bundesrepublik gegeben war. Die Praxis hat uns etwas ganz anderes erfahren lassen. In der neuen DDR-Verfassung von 1968 bezogen sich nur noch zwei Artikel auf die Kirche. Artikel 20 gewährte Glaubens- und Gewissensfreiheit. Artikel 39 gestand jedem Bürger das Recht zu, sich zu einem religiösen Glauben zu bekennen und religiöse Handlungen auszuüben. Dabei wurde die Kirche darauf festgelegt, ihre Angelegenheiten und ihre Tätigkeit in Übereinstimmung mit der Verfassung und den gesetzlichen Bestimmungen der DDR auszuüben. Es war aber nicht zu übersehen, dass schon Artikel 1 festhielt: Die DDR wird unter Führung der Arbeiterklasse und ihrer „marxistisch-leninistischen Partei" regiert. Blieb da noch Freiraum für Glauben und Kirche? Die evangelischen Bischöfe der DDR erklärten damals u.a.: „Als Staatsbürger eines sozialistischen Landes sehen wir uns vor die Aufgabe gestellt, den Sozialismus als eine Gestalt gerechteren Zusammenlebens zu verwirklichen."

Unter diesen Gegebenheiten gestaltete sich das Verhältnis von Kirche und Staat. Beim Bund der Evangelischen Kirchen war es die Kommission „Kirche und Gesellschaft", die daran arbeitete. An den theologischen Ausbildungsstätten waren es Dozenten mit ihren Studenten. Ich habe es persönlich am Leipziger Theologischen Seminar u.a. mit Dr. Ulrich Kühn erlebt. Einzelstimmen meldeten sich zu Wort, etwa Generalsuperintendent Günter Jacob aus Cottbus. Bis dann die Synode des Bundes der Evangelischen Kirchen in der DDR das Thema auf ihre Tagesordnung setzte unter dem Leitwort: „Kirche für andere – Zeugnis und Dienst der Gemeinde" (Standortbestimmung in einer sozialistischen Gesellschaft).

Die große Überraschung

Im Februar 1971 suchte ich mit meiner Frau für zehn Tage nach einer Ruhepause bei einer Fischersfamilie in Warnemünde. Ich war im November zum Bischof gewählt worden. Im Wirbel der Vorbereitung auf den Dienst und die Einführung und auch in der Unruhe in der eigenen Familie vor all den Veränderungen suchten wir Ruhe und Besinnung. Alle Kinder waren verteilt, wir schienen unerreichbar. Doch hatte man uns beim Bund in Berlin ausspioniert, ließ mich zum Telefon in die Post rufen und bat dringend, ich möchte bei der Bundessynode Anfang Juli in Eisenach das Hauptreferat übernehmen. Ich habe den Weg des Bundes noch als Gemeindepastor in zwei sehr verschiedenen Gemeindesituationen miterlebt (Warnkenhagen und Südstadt). Hinzu kamen die Arbeit in der Landessynode, in den Kommissionen des Bundes und meine Beschäftigung mit Bonhoeffer.

Die Anfrage kam sehr überraschend, dazu noch in einer Zeit, in der wir uns auf eine andere große Aufgabe vorzubereiten hatten. Das hat uns sehr beschäftigt, bis wir dann doch zugesagt haben.

Bei der Vorbereitung des Referats konnte ich mit einer Gruppe zusammenarbeiten, in der die Kommissionen des Bundes und Vertreter anderer Kirchen verbunden waren. Bei der Tagung der Bundessynode folgten noch zwei Zusatzreferate von Synodalen der Bundessynode. Sie sollten das Thema von der Basis der Gemeinde und des Lebens in der Gesellschaft ergänzen, darunter unser Synodaler Dr. Adalbert Möller aus Rostock-Warnemünde.

Eisenach 1971 – Kirche für andere

„Kirche für andere – Zeugnis und Dienst der Gemeinde": So lautete das Thema des Hauptreferats auf der Bundessynode in Eisenach vom 2. bis 6. Juli 1971. Mit „Kirche für andere" war klar der Bezug zu Dietrich Bonhoeffer gegeben. „Zeugnis und Dienst" bezog sich darauf, wie schon in der vorhergehenden Zeit der Bund der Evangelischen Kirchen in der DDR sich dargestellt hatte: „Zeugnis- und Dienstgemeinschaft".

Und wenn schließlich von „Gemeinde" gesprochen wurde, sollte deutlich werden, dass Kirche als Gemeinde (Communio) und das heißt schon: „mit anderen" existiert.

Das „für", so wurde gesagt, ist sicher ein sehr allgemeiner, wenn nicht schillernder Begriff. „Anders kann besser oder schlechter sein. Unser Thema lässt offen, ob es um die Differenz zwischen Christen und Nichtchristen oder um die Differenz von Menschen untereinander oder aber um die Differenzierung aller Menschen der Sache Gottes gegenüber geht. Das Wörtchen ‚für' aber weist darauf hin, dass es zu einer positiven Beziehung kommen soll."

Bischof Werner Krusche, Magdeburg, hat damals in Beiträgen zu diesem Thema oft von der „Pro-Existenz der Christen" gesprochen. Zweierlei wollte er damit sagen: Christen sollten den Freimut besitzen, auch *vor* den anderen für die Sache Gottes und das heißt auch für Recht und Menschlichkeit einzutreten. Und sie sollten sich *vor* andere stellen, sich *für* sie einsetzen.

Mein Manuskript von 1971 ist bis heute aktuell.

In einem der zentralen Sätze hieß es:

„Kirche muss als Kirche für andere existieren, wenn sie denn mit dem sola fide der Reformation Ernst machen will und dadurch Gott zum Zuge kommen lässt, als eine Kirche, die nicht aus sich selbst und für sich lebt. Diese Einstellung enthält Angebot und Herausforderung an Welt und Individuum, von Jesus als dem Menschen für andere her zu leben. Indem Christen sich vor Gott anders erfahren, als sie gemäß seinem Willen sein sollen, befinden sie sich in Solidarität mit denjenigen, die gleichfalls die Grenze ihres Soseins erleben. Kirche ist einerseits mehr als Gemeinde, da jene die Botschaft prinzipiell zu vertreten hat. Andererseits vermag die Kirche nie die lebendige Vielfalt des christlichen Lebens zu repräsentieren und ist insofern auch weniger als die Gemeinde, bleibt also angewiesen auf die Konkretion der Botschaft in Zeugnis und Dienst der Gemeinden."

Das Thema wurde dann in dreifacher Fragestellung entfaltet:

„Wie werden wir der Gefahr entgehen, *Kirche gegen die anderen* zu sein? Es geht nicht an, gegen die anderen das Gericht Gottes herabzuwünschen, sich in frommer Überheblichkeit von ihnen zu distanzieren oder in gefährlicher Kreuzzugsstimmung gegen sie zum Sturm zu blasen.
Wie werden wir der Gefahr entgehen, *Kirche ohne die anderen* zu sein? Wir können uns nicht darauf einlassen, uns abzukapseln und in die eigenen Mauern zurückzuziehen.
Wie werden wir der Gefahr entgehen, *Kirche wie die anderen* zu sein? Eine solche Kirche des Opportunismus hätte ihre Daseinsberechtigung verloren. Sie müsste sich zu Recht den Spott gefallen lassen, von dem Tucholsky schreibt: ‚Was an der Haltung beider Kirchen auffällt, ist ihre heraushängende Zunge. Atemlos japsend laufen sie hinter der Zeit her, auf dass ihnen ja niemand entwische. Wir auch! Wir auch! Nicht mehr wie vor Jahrhunderten. Wir! Sozialismus! Wir auch! Jugendbewegung! Wir auch! Sport! Wir auch! Diese Kirchen schaffen nichts, sie wandeln das von anderen Geschaffene, das bei anderen Entwickelte, zu Elementen, die ihnen nützlich sein können.'"

Und dann wurde versucht, dies in Chancen für das Leben von Kirche und Gemeinde umzusetzen:

„*Offenheit*: Kirche kann es sich leisten, im Gespräch eigene Positionen aufzugeben, in gewagter Unbefangenheit mehr als eine Meile mit den anderen mitzugehen, das Eigene in den Denkvoraussetzungen des anderen auszudrücken.

Beweglichkeit, die in Christus gegründet ist und nicht aus purer Taktik oder ‚schlauer Anpassungsfähigkeit‘ auf andere eingeht. Denn Christus will nicht seine Kirche retten, sondern andere Menschen durch die Kirche.

Reichtum der Begabungen, die Gott nicht innerkirchlich verteilt hat, sondern allen seinen Menschenkindern verlieh, damit sie ihre Talente füreinander einsetzen.

Hingabe: Je mehr es der Kirche um ihr Überleben geht, umso mehr ist sie überlebt. Sie lebt von der Macht der Schwachheit (2. Kor. 12,9). Welche Rückwirkungen das auch für den gesellschaftlichen und politischen Bereich haben kann, zeigen Martin Luther King und seine Bewegung der Gewaltlosigkeit, die an Jesus und seinem Einsatz für andere orientiert ist.

Parteilichkeit … Wir müssen zwar Partei ergreifen, können aber nicht selbst Partei werden. Wir können nur für Menschen, aber nicht für ein System Partei ergreifen.

Bewusste Existenz im Sozialismus: Die Kirche für andere lebt in einem sozialistischen Staat und in einer sozialistischen Gesellschaft. Was wir bisher von einer Kirche für andere gesagt haben, besteht doch nicht nur in Worten, sondern wird auch durch die Haltung von Christen und durch das Leben von Gemeinden gedeckt.“

Und so kommt das Referat wieder zur Eingangsfrage nach dem „Wohin …?“:

„Im Leben einer Kirche für andere liegt die große Chance, wirklich bei den anderen anzukommen, auf dem Weg dorthin Neues zu entdecken, Jesus als den Menschen für andere wirklich zu begreifen und in ihm den Herrn aller Herren zu erkennen, der ihn gesandt hat. Als ein Unbekannter und Namenloser kommt er zu uns, wie er am Gestade des Sees an jene Männer, die nicht wussten, wer er war, herantrat. Er sagt dasselbe Wort: Du aber folge mir nach! Und stellt uns vor die Aufgaben, die er in unserer Zeit lösen muss.“ – Soweit mein Referat von 1971.

Nach einer intensiven Debatte bis hin zur Einflussnahme „hinter den Kulissen" heißt es im Schlussdokument der Synode: Kirche als Zeugnis- und Dienstgemeinschaft sei „nicht Kirche neben, nicht gegen, sondern im Sozialismus". Damit war deutlich die Gefahr einer angepassten Kirche „wie andere" ausgelassen und dafür die verschwommene Formel einer „Kirche im Sozialismus" geprägt. Es hat uns nicht gut getan, unter dieser Formel als Kirche in der DDR verstanden und darauf reduziert zu werden oder uns vielleicht anpassen zu lassen.

Die Bundessynode im darauf folgenden Jahr 1972 in Dresden hat diese Thematik zur Standortfindung der Kirche weitergeführt mit dem Referat von Dr. Heino Falcke: „Christus befreit – darum Kirche für andere". Dabei sprach er von einem „verbesserlichen Sozialismus".

In Mecklenburg hat uns diese Frage nach Standort und Weg der Kirche und ihrer Glieder in dieser sozialistischen Gesellschaft weiter sehr begleitet. In der Landessynode hat Pastor Martin Kuske von Bonhoeffer herkommend sehr betont, nicht nur von Kirche *für*, sondern solidarisch von Jesus als dem Menschen *mit* anderen zu sprechen. Und bei Vorträgen in Gemeinden und Konventen ging es auch sehr darum, Jesus als den Menschen mit anderen, den Christus heute zu entdecken, mit dem Kirche und Gemeinde neu begründet wird und wächst.

Das Miteinander im Bund

Zu unseren Zeiten war Bischof Albrecht Schönherr der Vorsitzende im Bund der Evangelischen Kirchen in der DDR, er war der Wortführer beim denkwürdigen Gespräch am 6. März 1978 zwischen dem Staatsratsvorsitzenden Erich Honecker und der Leitung des Bundes der Evangelischen Kirchen in der DDR (neben Albrecht Schönherr u.a. Manfred Stolpe, Bischof Werner Krusche, Präses Siegfried Wahrmann aus Mecklenburg). Manche haben dies Gespräch als eine Art von „Burgfrieden" zwischen Kirche und sozialistischem Staat empfunden.
Ich hatte zu Bischof Schönherr zunächst ein etwas distanziertes Verhältnis. Doch seine vornehme Zurückhaltung entwickelte sich zu einer herzlichen Freundschaft.

Neben Albrecht Schönherr war im Sekretariat des Bundes in der Auguststraße in Berlin Manfred Stolpe der maßgebliche Mann. Er hatte eine ausgesprochen diplomatische Gabe, wusste vieles möglich zu machen. Hatten wir Probleme, etwa mit einem verhafteten Mitarbeiter, genügte eine Bitte an Stolpe und man kam weiter.

Die Bischöfe der acht DDR-Kirchen trafen sich regelmäßig im sogenannten Bischofskonvent. Einmal im Jahr fanden wir uns mit unseren Ehefrauen zu einer mehrtägigen Bischofsrüste in Bad Saarow im kirchlichen Heim „Furche" zusammen. Das war für alle ein wichtiges und sehr vertrauensvolles Beisammensein. Neben der Bischofsrüste fand jedes Jahr im Sommer ein Bischofsausflug mit Frauen statt, zu dem einer der Bischöfe in seine Heimatkirche einlud. So kamen wir in viele schöne Gegenden der DDR: zur „Brüdergemeine" in Herrnhut („Herrnhuter Losungen"), nach Görlitz, auf die Insel Hiddensee ins noble Bischofshaus von Gienke, in den Ost-Harz, auf die Wartburg. In den Spreewald luden Schönherrs ein und wir an die mecklenburgische Ostseeküste. Solche Abwechslung tat auch einmal gut.

Anderen Christen verbunden – Ökumenische Gemeinschaft

Es wurde schon mehrfach von der engen Verbundenheit zu katholischen Christen und zur katholischen Kirche berichtet: der erste ökumenische Jugendgottesdienst in der katholischen Christuskirche in Rostock; die Verbundenheit im Haus für Studium und Stille in Bellin; gemeinsame Andachten mit Mahlfeier auf dem Zeltplatz. Nach den so eindrucksvollen Begrüßungsworten des katholischen Bischofs Heinrich Theissing bei meiner Einführung 1971 hat sich eine sehr enge brüderliche Gemeinschaft ergeben, dazu ökumenische Gottesdienste hin und her in unseren Kirchen und regelmäßig eine Begegnung zwischen katholischen und evangelischen Theologen im Exerzitienhaus in Teterow. Überraschend kam ich in die Lage, an der Inthronisation von Papst Johannes Paul II. in und vor dem Petersdom in Rom teilzunehmen, auch an einer Privataudienz mit dem Papst am folgenden Tag mit etwa 15 ökumenischen Vertretern (> Foto 12). Ich war damals als Leitender Bischof (> Foto 13) Vertreter der größten evangelischen Kirche im „Ostblock" (und hatte zufällig einen gültigen Reisepass gen Westen).

Zu dem, was als „Kirche für andere" angesprochen wurde, gehört eine erlebte Verbundenheit mit anderen über viele „Grenzen" hinweg auf manchen oft „wundersamen" Wegen.

Nachdem ich als Landesbischof von Mecklenburg seit 1971 stärker in die Arbeit und Leitung des Bundes der Evangelischen Kirchen in der DDR eingebunden war, in der Konferenz der Kirchenleitungen und im Bischofskonvent der acht Landeskirchen, ergab sich dort die Frage, wie wir in engere kirchliche Gemeinschaft mit der Russisch-Orthodoxen Kirche in der Sowjetunion eintreten könnten. Eigenartigerweise hatte die ROK schon seit Jahren enge Verbindungen mit der Evangelischen Kirche in Deutschland (West), mit gegenseitigen Besuchen und den sogenannten Lehrgesprächen von Arnoldsheim. 1972 lud nun die Russisch-Orthodoxe Kirche durch den Patriarchen Pimen im Kloster Sagorsk (bei Moskau) den Bund der Evangelischen Kirchen in der DDR zu einem offiziellen Besuch in die Sowjetunion ein. Zur zehnköpfigen Delegation aus der DDR gehörte auch ich. Es war ein eindrucksvoller Besuch: die stundenlangen orthodoxen Gottesdienste mitzuerleben, mit Gesängen und Gebeten, den so stark einbezogenen Gläubigen vom Kleinkind bis zum Greis, bei den Gebeten an den Ikonen, beim Einstimmen in Gesänge und Glaubensbekenntnis oder auch mit dem offenen Sarg der Verstorbenen mitten in der Gottesdienstgemeinde. Wir nahmen am Klosterleben teil. Es ging an andere Orte, mit einer Andacht auf dem Friedhof in Leningrad (heute Sankt Petersburg), wo Hunderttausende von Toten, vor allem Zivilisten, aus der Belagerungszeit durch die Hitler-Armee bestattet sind. Wir erfuhren später bei einem Besuch des „nicht mehr arbeitenden" Klosters Pskow, dass dort Tausende von Erschossenen in den Gewölben lagen. Diese erste Besuchsreise führte auch nach Riga zum dortigen orthodoxen Erzbischof Leonid und seiner Kathedrale. Leonid legte Wert darauf, dass wir auch den Bischof der Evangelisch-Lutherischen Kirche von Lettland, Jānis Matulis, kennenlernten. Und wir besuchten die lutherische Jesus-Kirche mit Oberpfarrer Harald Kalnins. Dort versammelten sich auch deutschstämmige Christen, die zumeist heimlich aus Sibirien und Zentralasien dorthin kamen.

Nach Abschluss des Besuches wurde beschlossen, die Kontakte fortzusetzen und auch, ähnlich wie mit der Evangelischen Kirche in der „BRD", Lehrgespräche zu beginnen (> Foto 14). Schon für das kommende Jahr wurde ein Gegenbesuch in der DDR vereinbart und als erster Ort für die Lehrgespräche das Kloster Sagorsk bei Moskau.

Bei den langjährigen sehr vertraulichen Kontakten, später auch zu den Verschleppten in Sibirien, Kasachstan und Zentralasien, bekam ich Einblick in das Ausmaß stalinistischer Verfolgung und ihrer Opfer.

Die Leichenkeller im Kloster Pskow wurden schon erwähnt. Einer unserer lutherischen „Brüder" in Kasachstan erzählte uns, wie er in einem „Gulag" (Straflager) am Eismeer nach dem täglichen Erschießungssoll des NKWD-Offiziers die zerstückelten Leichen in den Fluss Ob transportieren musste. In Karanganda in Kasachstan entdeckten wir den versteckten und verkommenen Friedhof all der Umgekommenen in den Kohlegruben, auch vieler Kriegsgefangener. Und noch vor der Wende in der DDR verschaffte uns die russische „Opfer-Organisation Memorial" Zutritt und Kenntnis zum Donskoi-Kloster in Moskau. Dort erschoss über Jahre ein NKWD-Offizier täglich Dutzende, ja Hunderte von „Feinden" mit Genickschuss, sie wurden verbrannt und auf dem Friedhof verscharrt.

Es wurde peinlich Buch geführt. So konnten Tausende von Opfern auch aus der Ostzone bzw. DDR nach der Wende identifiziert werden, darunter Mitglieder und Mitarbeiter unserer Kirche und aus unserem engeren Bekanntenkreis.

Wer sollte für all diese Aufgaben zuständig sein? Nachdem schon alle anderen ihre besonderen Aufgaben hatten, sollte es der „Neue" aus Mecklenburg machen. Besonders prädestiniert war ich ja nicht. So hatte ich nicht wie andere aus der DDR Russisch gelernt.

Auf lange Sicht aber wurden diese Kontakte gen Osten zu einem sehr wichtigen Bereich und Erlebnis bis in unsere Landeskirche hinein. Schon nach einem Jahr hatte ich eine russisch-orthodoxe Delegation durch die DDR zu begleiten (> Foto 15). Für unsere Gäste neu und sehr bewegend war der Besuch auf dem Michaelshof, unserer größten diakonischen Einrichtung für Behinderte in Mecklenburg. Später konnten wir unsere orthodoxen Gäste sogar sehr basisnah in die Rostocker Kirchwagengemeinde führen.

Die Kontakte wurden enger. So konnten wir mehrmals eine eigene Gruppenreise mit unserer Kirchenleitung und anderen Interessierten aus unserer Kirche nach Moskau und auch Leningrad machen.

Kontakte zu evangelischen Christen in der Sowjetunion
(Sibirien, Kasachstan, Zentralasien)

Nachdem in Riga durch die Kontakte mit der Russisch-Orthodoxen Kirche engere Verbindungen zu evangelischen Christen in der Sowjetunion entstanden waren, haben wir von Mecklenburg aus diese Kontakte ausgebaut, zunächst zu den baltischen Kirchen. Mit Rektor Uwe Schnell vom Predigerseminar und Kreiskatechet Ulrich Volkmann besuchten wir die lutherische Kirche in Estland (Erzbischof Alfred Tooming) und waren in den Gemeinden unterwegs. Als Erzbischof Janis Matulis von der lutherischen Kirche in Lettland mich einlud, warteten schon am Flughafen in Riga zwei verwitterte Gestalten: Heinrich Nazarenus und Alexander Grünwald aus Karaganda in Kasachstan. Sie hatten sich heimlich vier Tage und Nächte lang mit der Bahn auf den Weg gemacht, um die „Brüder" aus Deutschland zu treffen und dabei in Riga nach Jahrzehnten in Verbannung und Straflagern wieder einen Gottesdienst mit Glockengeläut und Orgel in der Kirche zu erleben. Ich hatte Jahre davor mit Harald Kalnins lange Besuchsreisen zu den weit verstreuten, weithin illegalen Gemeinden in Sibirien, Kasachstan und Mittelasien bis an die Grenzen nach China und Afghanistan gemacht.

Nun wurde die Verbindung nach Kasachstan von Mecklenburg aus intensiviert (> Foto 16). Die Pastoren Martin Dürr und Hans-Georg Deichmann waren mit dabei, als es auf die Reise nach Karaganda ging und dann weiter in viele der in Kasachstan weit verstreuten Gemeinden (ein Land, achtmal so groß wie Deutschland). Etwa 400 Gemeinden waren uns damals bekannt, darunter viele kleine Hausgemeinden. Es fanden sich immer wieder Wege, dorthin zu kommen, oft sehr langwierig über den „Rat für Religiöse Angelegenheiten" in Moskau oder vor Ort oder auch als „Privatreisende". Von einer Europatagung des Lutherischen Weltbundes in Tallinn konnten wir sogar den Generalsekretär des Weltbundes Carl Mau aus den USA mitnehmen (> Foto 17), als der den sowjetischen Behörden anbot, alle Reise- und Übernachtungskosten für uns in Dollar zu bezahlen. Bei diesen Gemeindebesuchen erreichten wir sogar Gemeinden, die im Bereich des geheimen Atombombentestgebiets Semipalatinsk oder des Weltraumbahnhofs Baikonur lebten.

In diesen Gemeinden begegneten wir den schon zu Lenins Zeiten verfolgten und verschleppten Russlanddeutschen von der Wolga und anderen Gebieten, aber auch ehemaligen Kriegsgefangenen, aus der „Ostzone" Verschleppten, die die Straflager überlebt hatten. Nun lebten sie als Zwangsarbeiter noch unter der „Kommandantura", d.h. unter Polizeiaufsicht, durften ihren Ort nicht verlassen. Die lutherischen Pastoren ihrer früheren Heimatgemeinden waren fast alle „liquidiert". Einen, der überlebt hatte, Eugen Bachmann, trafen wir noch in Zelinograd (heute Astana). Doch die verschleppten und verfolgten Christen hatten sich auf ihr lutherisches Erbe besonnen, heimlich Gemeinden gesammelt, getauft und das Abendmahl ausgeteilt, damals schon seit über 50 Jahren. Als ich in Kirgistan den einzigen katholischen Priester, der in diesem Land überlebt hatte, besuchte, klagte er: „Es gibt viele Gemeinden, die warten seit Jahrzehnten vergeblich auf die Heilige Kommunion. Aber ich schaffe es nicht." Er war, nach 22 Jahren Haft, schon über 80 Jahre alt.

Als zu Zeiten von Gorbatschow die Sowjetunion zerfiel und sich neben den drei baltischen Ländern auch die zentralasiatischen Gebiete selbstständig machten, mussten dort die Christen sich hineinfinden in die neuen, z.T. islamischen „Obrigkeiten". Damals wurde ich für einige Jahre sogenannter „Bischöflicher Visitator" für die Gemeinden in Kasachstan. Sie haben sich dann als eigenständige „Evangelisch-Lutherische Kirche in Kasachstan" gegründet. Mit Mecklenburg verbindet sie bis heute eine enge Partnerschaft.

Unvergesslich bleibt mir eine Predigt von jenem Heinrich Nazarenus aus Karaganda, der uns zuerst auf dem Flughafen in Riga begegnet war. Er war in den Verfolgungszeiten unter Lenin zunächst am Eismeer im Straflager, kam nach Jahren zu seiner Familie nach Karaganda, einer riesigen trübseligen Bergbaustadt in der Steppe Kasachstans. Heimlich versammelten sie sich.
Dann konnten die Lutheraner eine alte Baracke als Bethaus nutzen. Immer wieder wurde angebaut. Wir erlebten, wie sich dort sonntags in drei Schichten bis zu 1.500 Menschen versammelten, sonnabends bis zu 50 Taufen und Trauungen. Bergmann Nazarenus (und zwei Gehilfen) versorgten die Gemeinde.
Da saßen wir eines Tages im Gottesdienst mit Carl Mau aus Genf und Kalnins aus Riga. Nazarenus predigte über einen für Theologen recht schwierigen Text: Jesus auf dem Berg der Verklärung (Matthäus 17). Da haben Jesus und seine drei Jünger eine sehr wundersame Erscheinung. Mose und Elia er-

scheinen ihnen. Das ist so schön wundersam, dass sie dort bleiben und Zelte bauen möchten. Doch eine Wolke nimmt die beiden weg und Jesus weist seine drei Jünger den Berg hinab. Nachdem Nazarenus uns diese biblische Geschichte erzählt und von Mose und Elia als „zwei hochgestellten geistlichen Personen" gesprochen hatte, fuhr er fort: „Liebe Brüder und Schwestern, wir haben unter uns heute auch drei so *hochgestellte Personen:* den Generalsekretär des Lutherischen Weltbundes aus Amerika, Carl Mau, den lieben Bruder Kalnins aus Riga und den Bischof Heinrich Rathke aus Mecklenburg. Wir freuen uns sehr, dass sie da sind. Morgen fahren sie wieder ab. Das ist auch gut. Denn wir müssen von dem Berg der Verklärung herunter, mit Jesus auf dem Weg bleiben. Und sie sahen niemand als Jesus allein. Darauf kommt es an. Darauf können wir uns verlassen."

Als ich einige Zeit später mit Stefan Reder drei Bände Predigthilfen auf Deutsch und Russisch für die PredigerInnen in Kasachstan geschrieben habe, erhielten sie den Titel: „Niemand als Jesus allein sehen und folgen".

Bei den Schwestern der Mutter Teresa
und Gottesdienst im Bürgerkrieg

Bei den vielen Reisen zu den Verbannten in Sibirien und Zentralasien, oft zusammen mit meiner Frau und auch dem treuen Begleiter Stefan Reder, sind wir oft „wie von Engeln behütet" wieder ans Ziel und heimgekommen. Manchmal erschienen sie uns als undurchsichtige Gestalten, die uns auch ohne Visum über die Grenze brachten oder zwischen den Fronten der Bürgerkriegsparteien verhandelten (und mit Dollars handelten), weil man auf beiden Seiten so humanitäre Helfer wie uns doch durchließ oder gar mit Panzer oder Kalaschnikow Geleit gab. Auf einem kurzen Flug nach Osch zur Grenze Usbekistans bewies der Pilot alle seine Künste, weil dort inzwischen die Landebahn zerbombt war. Mit Sturzflug und anderen „Kunststücken" brachte er uns doch auf der Steppe sicher zu Boden. „Sascha" stand schon bereit, uns über die Grenze zu bringen. Doch in der Hauptstadt Taschkent mussten wir uns verstecken, bei einer Babuschka, einer Großmutter, abtauchen. Sie brachte gleich ihre Bibel, wir haben uns auf Russisch sehr gut verstehen können; wir mussten ihr ein Segenswort in die Bibel schreiben und sie hat uns, als wir nachts fortschleichen mussten, die Hand zum Segen aufgelegt. „Sascha" stand an der Ecke bereit und brachte uns wieder über die Grenze nach Kasachstan.

Ein anderes Mal ging die Reise während des Bürgerkrieges gen Süden fast bis nach Afghanistan. Unsere Gemeinden und die Schwestern der Mutter Teresa erwarteten uns (> Foto 18). Wir hatten viele Medikamente und andere Hilfsmittel dabei. Nachts hatte es auf der Straße vor der Station der Schwestern noch ein Straßengefecht gegeben. Nun erwarteten sie uns und luden uns auch zur Andacht ein. Da wurde ein Möbelstück verschoben, der Fußbodenbelag abgedeckt, eine Klappe aufgehoben und wir stiegen ein in die „Katakombe", eine unterirdische kleine orthodoxe Kapelle noch von den „Schwestern des Heiligen Geistes", die die Verfolgungszeit nicht überstanden hatten. Ich meine, wir konnten etwas spüren von dem Geist, der die Zeiten überdauert und nahe bleibt.

Wir konnten dann auch mitten im Bürgerkrieg die letzte Gemeinde vor der afghanischen Grenze erreichen. Dort leitete im noch vorhandenen katholischen Bethaus eine lutherische Frau die verbliebene Gemeinde, zu der sich auch die Orthodoxen hielten. Entsprechend gemischt war die „Liturgie", meist auf Russisch. Den erwarteten Gästen zu Ehren hatte man zwei deutsche Volkslieder eingeübt: „Ach du lieber Augustin, alles ist hin …" und „Freut euch den Lebens …". Kurios? Ich konnte sie beim Predigen als die zwei Pole unseres Christseins aufnehmen. Auf der einen Seite gnadenlos preisgegeben, auf der anderen Seite die Freude am Herrn, im Herrn. Und wir waren so ganz mit hineingenommen in das Leben dieser Gemeinden. Ich sehe meine Frau Marianne noch, wie so oft mit Kopftuch, mitten in der Frauenseite („sie war wie eine von uns", sagte mir später eine der Frauen von dort). Das war für uns auch eine Erfahrung der „Kirche mit anderen".

Die öffentliche Verantwortung der Kirche

Kirche im Sozialismus

Christsein hat sich öffentlich zu bewähren. Um es mit einem Wort aus Luthers Bibelübersetzung zu sagen: in allem „Freimut", das hat auch etwas mit Zivilcourage zu tun. Und wenn wir von „Kirche für andere"gesprochen haben, dann geht es doch um eine offene Kirche, die bei den anderen und für sie da ist. Schließlich leben wir in einer bestimmten „Öffentlichkeit", man spricht heute von der Kirche als einer öffentlich-rechtlichen Institution. Diese „Öffentlichkeit" war für uns in der DDR die sozialistische Gesellschaftsordnung. Und wenn ich mit anderen und vor anderen über diese öffentliche Verantwortung der Kirche zu berichten hatte oder wir unseren Kindern aus dieser Zeit erzählten, haben wir es so zu beschreiben versucht und anschaulich gemacht: In der DDR herrschte die „Diktatur des Proletariats".
DDR-Funktionäre zeigten sich oft empört, wenn man ihre Macht als Diktatur bezeichnete. Doch sprach die DDR-Verfassung selbst von einer Diktatur, der „Diktatur des Proletariats", wie sie Karl Marx in seinem „Kommunistischen Manifest" proklamiert hatte. Wer sich eine eigene Meinung leistete, in seiner Haltung und im Handeln von der Parteilinie abwich, dem wurde deutlich gemacht: „Die Macht-Frage ist im Sinne des Marxismus-Leninismus endgültig entschieden!!" Einige Erscheinungen machten uns das immer neu deutlich und man wird sie in diesen Erinnerungen immer wieder erkennen: die Ideologisierung, die Kollektivierung, die Militarisierung und die Disziplinierung.

Grundzüge des Sozialismus

Die Ideologisierung
Die Idee des Sozialismus sollte den Menschen von klein auf und auf jede nur denkbare Weise eingeimpft werden. „Die Partei hat immer recht" war ein Kampflied der Partei, das schon die „Jungen Pioniere" beim Schulappell zu

singen hatten, ebenso ertönte es im Chor der Genossen beim Parteitag in Berlin. Andere Meinungen und jede kritische Nachfrage wurden als „staatsfeindlich" oder gar als strafbare „Boykotthetze" eingestuft. War es ein Wunder, dass sich viele äußerlich diesem ideologischen Druck anpassten? Von ihnen lernten es schon die Kinder, das zu sagen und zu schreiben, was Lehrer und Funktionäre zu hören wünschten: Mit der eigenen Meinung und der Haltung der Eltern hielt man sich zurück.

In den ersten Jahren der DDR führte das zu einer oft sehr plumpen antireligiösen Propaganda. Als am 6. Oktober 1957, dem Vorabend der Feiern zur sowjetischen Oktoberrevolution, die Russen als Erste mit ihrem „Sputnik" in das Weltall vorstießen und bald danach der erste sowjetische Kosmonaut Juri Gagarin die Erde umkreiste, wurde das als Beweis für den Atheismus gefeiert. Wir hatten schon davon erzählt, wie unser zehnjähriger Christoph, als er gestand, zur Christenlehre zu gehen, von der Lehrerin verhöhnt und von der Klasse verlacht wurde. Sein älterer Bruder dagegen erlebte es, dass seine Klassenleiterin ihn sogar ermunterte, seine christliche Haltung offensiv zu vertreten. Und Eltern aus Rostock sagten mir, ihr 14-Jähriger habe, als sie im Aufsatz ein „Vorbild" schildern sollten, den „Boss" der Kirche beschrieben und dafür sogar Lob geerntet. Viele ähnliche Erfahrungen von „Freimut" ließen sich berichten.

Seit 1954 war die „Jugendweihe" ein Instrument im ideologischen Kampf. Vorher wollte man diese alte Tradition aus der Zeit der „Freidenker" nicht wieder aufnehmen. Man wolle damit nicht Kirchen und Christen provozieren; zudem hätten die Nazis die Jugendweihe für ihre eigenen Zwecke missbraucht und in Misskredit gebracht. Plötzlich aber war auch die Jugendweihe gut für den ideologischen Kampf. Zunächst meinten unsere Kirchen wohl noch, sie könnten dagegen ihre Position und damit die Konfirmation behaupten. Schließlich aber hat man durch massiven Druck erreicht, dass nahezu jeder Jugendliche zur Jugendweihe ging, zumal ohne Jugendweihe keine Aussicht auf einen anständigen Beruf oder gar auf ein Studium bestand. Nur eine kleine Schar wagte dagegen noch, neben der Jugendweihe zur Konfirmation zu gehen oder gar sich nur konfirmieren zu lassen.

Als Erzfeinde der marxistischen Ideologie galten das westliche Radio und das West-Fernsehen. Konnten sie doch ungehindert über die Grenzen und sogar über die Mauer uns im Osten erreichen. Nur Vorpommern und der Bezirk Dresden galten als „Tal der Ahnungslosen", weil man dort das West-

Fernsehen nicht empfangen konnte. Leider hat die Richtung der Fernseh-Antenne auf dem Dach schon verraten, ob die Bewohner im Haus dem „Klassenfeind" zuhörten und zusahen. So haben wir in der Rostocker Zeit erlebt, dass die Betriebszeitung der Werft die Arbeiter mit Namen nannte, bei denen eine West-Antenne entdeckt wurde. Trupps der FDJ wurden losgeschickt, um diese Antennen gewaltsam vom Dach zu entfernen.

Die Kollektivierung
Jeder sollte organisiert und uniformiert sein, vom Kindergarten über die „Jungen Pioniere" und die „Freie Deutsche Jugend" (FDJ), die Kollektive in den Betrieben, den „Freien Deutschen Gewerkschaftsbund" (FDGB) bis hin zur „Volkssolidarität" mit ihren Klubs für die Rentner. „Vom Ich zum Wir" hieß die Parole. Wer alldem aus dem Weg gehen wollte, versuchte wenigstens als Mitglied der „Deutsch-Sowjetischen Freundschaft" (DSF) seine sozialistische Haltung zu beweisen.

Es war die Regel, dass die Kinder, die „Pioniere" gewesen waren, in die „Freie Deutsche Jugend" aufgenommen wurden. Da haben wir unseren Kindern die freie Entscheidung gelassen, ob sie mitmachen wollten. Sie wussten wie wir, dass ohne Mitgliedschaft bei der FDJ eine Zulassung zur Erweiterten Oberschule (EOS) und damit später auch ein akademisches Studium kaum möglich sein würde. Aber alle haben sich gegen die FDJ entschieden. Keiner von ihnen wollte es. Uta bekam dann doch als Einzige die Zulassung zur EOS und hatte dort zwei schwere, aber prägende Jahre. Sie hat dafür, dass sie kirchlich gebunden war und nicht der Parteijugend FDJ angehörte, viel aushalten müssen. Offen wurde sie an den Pranger gestellt, als sie mit anderen Mitschülern einen Jugendgottesdienst besucht hatte. Zwei Stasi-Spitzel aus ihrer Klasse waren mit Wissen von Direktor und Klassenleiterin auf sie angesetzt. Beim Fahnen-Appell der Schule in blauer FDJ-Uniform stand sie als Einzige unter 400 Schülern mit weißer Bluse.

Die Kollektivierung ging durch alle Bereiche der Gesellschaft. Wir haben es in der Landwirtschaft miterlebt, als in unserer Kirchgemeinde Warnkenhagen die Einzelbauern in die landwirtschaftlichen Genossenschaften gezwungen wurden. Ähnlich erging es den selbstständigen Handwerken oder auch Hotelbesitzern, die ihre Privatbetriebe abgeben mussten, um dann in einer Genossenschaft zu arbeiten. Viele, die sich weigerten, kamen ins Gefängnis oder flohen noch rechtzeitig in den Westen.

Die Militarisierung

Für uns, die wir den 2. Weltkrieg mit all seinen Folgen noch bewusst miterlebt hatten, war es bedrückend, wie schon wenige Jahre danach wieder mit den Waffen geklirrt wurde. In der DDR verschleierte man die erneute Aufrüstung unter dem Namen „Kasernierte Volkspolizei". Bald wurde daraus die „Nationale Volksarmee", die sich in Uniform und militärischem Drill sehr an die Hitler-Wehrmacht anglich. Dabei galten die DDR-Truppen im Rahmen der Ostblock-Staaten unter „Führung der glorreichen Sowjetunion" als Vorposten an der West-grenze, am „Eisernen Vorhang". Gegenüber in Westdeutschland stehe der „kapitalistische Erzfeind". Also wurden die DDR-Soldaten bewusst dazu erzogen, auch den Klassenfeind in Westdeutschland gnadenlos zu bekämpfen. Das wurde besonders von den Truppen an der durch Minen und Selbstschussanlagen gesicherten Grenze verlangt. Sie hatten den Befehl, jeden Flüchtling aus der DDR nach Warnschuss zu erschießen. Fast tausend Menschen sind auf diese Weise an der Grenze zwischen DDR und Bundesrepublik erschossen worden. Von den inzwischen bekannten 27 Grenztoten im Bereich von Mecklenburg wurde berichtet. Opfer an der Seegrenze im Bezirk Rostock kommen hinzu.

Die Militarisierung beschränkte sich nicht nur auf die Soldaten, die ganze Gesellschaft sollte zum Hass und zum Kampf gegen den Klassenfeind mit der Waffe in der Hand erzogen werden. So wurden auch in den Betrieben so-genannte Kampfgruppen mit einer Ersatzuniform und leichten Waffen aufgebaut. 1989 standen sie auch bereit, um gegen die Demonstranten aus der eigenen Bevölkerung zu kämpfen.

Vor den Kindern in Kindergarten und Schule machte diese Entwicklung nicht Halt. Um 1980 erlebten wir es bei Uta und Volker, dass der pflichtmäßige Wehrunterricht in den Schulen eingeführt wurde. Die Kinder waren gerade 14 Jahre alt, da sollten sie schon an scharfen Gewehren und Maschinenpistolen ausgebildet werden. Bei einem Elternabend für Volkers Klasse bei uns in Schwerin im Schlossgarten sagte uns ein Volksarmee-Offizier: „Was meinen Sie, welchen Spaß die Kinder daran haben, mit einer scharfen Kalaschnikow (russisches Maschinengewehr) auf die ‚Feinde' zu schießen!"

In den evangelischen Gemeinden der DDR wuchs eine Bewegung gegen diese fortschreitende Militarisierung, besonders durch die jährliche „Friedensdekade" um den Bußtag herum. „Frieden schaffen ohne Waffen" hieß der Leitsatz der täglichen Gebetsandachten. Von Anfang an gehörte das Symbol „Schwerter zu Pflugscharen" dazu. Ein sowjetischer Künstler hatte schon Jahre zuvor eine Plastik aus Eisen geschmiedet, die einen Schmied zeigt, der ein Schwert in eine Pflugschar umschmiedet.

Ich habe dieses Mahnmal selbst vor der Tretjakow-Galerie in Moskau gesehen. Es steht auch vor dem UNO-Gebäude in New York, ein Geschenk der Sowjetunion an die UNO. Anlass für dies Symbol sind die Bibelstellen Jesaja 2,4 und Micha 4,3. Obwohl die DDR die „Friedensbewegung" im Westen lobte und förderte, gingen die DDR-Behörden gegen die kirchliche Friedensbewegung „Schwerter zu Pflugscharen" rigoros vor. Schüler durften sich mit diesem Zeichen nicht in der Schule erwischen lassen. Wer es in der Öffentlichkeit trug, wurde „zugeführt", eine Umschreibung für „verhaftet". So erging es all unseren vier älteren Söhnen. Matthias wurde in Wismar verhaftet, Christoph und Heiner wurden auf dem Bahnhof in Bad Kleinen vor den Augen der Reisenden wie Verbrecher abgeführt, Wolfhard in Potsdam auf dem Weg zu einer Rüstzeit.

Als Ostern 1980 auf dem Lenin-Platz in Schwerin die Vikarin Constanze Schröder wegen dieses Zeichens verhaftet wurde, rief man mich als Bischof an. Sofort machte ich mich auf den Weg zur Polizeiwache, ich hatte mir selbst dieses Friedenszeichen an den Anorak geheftet. Schon auf dem Weg durch den Schlossgarten beobachteten mich Stasi-Posten. Doch dieser Bischofs-Auftritt wirkte, die Vikarin kam sofort frei. Ich erklärte den Polizeibeamten, sie könnten doch nicht gegen ein sowjetisches Kunstwerk vorgehen!

Die Disziplinierung

Das Wort klingt harmlos, wenn man an einen Lehrer denkt, der in seiner Klasse Zucht und Ordnung halten will. Es ist aber der Fachausdruck der Stasi gemeint, der deutlich macht, dass man die Menschen mit allen Mitteln im Blick haben will und, wenn es sein muss, unter Druck setzt bis hin zur „Zersetzung" und „Liquidierung".

Solche „Disziplinierung" haben wir in allen Lebensbereichen zu spüren bekommen. Fuhren wir mit der Bahn, mussten wir nicht nur mit der Kontrolle durch den Schaffner, sondern auch mit der Kontrolle durch die Bahnpolizei rechnen. Schon das Fotografieren im Bahnbereich war verboten.

Wie schnell man auch zu härteren Maßnahmen bereit war, haben wir bis in die eigene Familie gespürt. Wir haben schon erzählt, dass alle vier älteren Söhne von der Volkspolizei „zugeführt", d.h. kurzzeitig verhaftet wurden. So erging es auch mir, als ich in Warnkenhagen bei der Zwangskollektivierung den bedrängten Bauern zur Seite stand. Durch den Wechsel von Rostock nach Güstrow und die Wahl zum Bischof bin ich einer Verhaftung und Verurteilung in Rostock gerade noch entgangen. Andere traf es härter. Unser Freund Pastor Heinrich Baltzer kam für 1½ Jahre ins Gefängnis. Ein Kollege unseres Großvaters Rathke in Wismar, Robert Lansemann, ist 1952 in der Stasihaft umgebracht worden. All das musste zu DDR-Zeiten verschwiegen werden.

„Beschwiegene Geschichte" nennt man das. Und auch Jahre nach der Wende von 1989/90, seitdem offen geredet und berichtet werden kann, hält das Schweigen weithin an. Vor allem vergisst man die Opfer, all die, die gelitten haben oder umgekommen sind und die bis heute darauf warten, dass ihnen Gerechtigkeit widerfährt, dass sie rehabilitiert werden. Dazu gehören nicht nur Menschen, die uns aus unserer Kirche und unserem Land hier in Mecklenburg bekannt sind. Viele sind Opfer des Stalinismus in der ehemaligen Sowjetunion geworden. Wir haben bei unseren Besuchen dort viel davon erfahren. Es konnte auch in zwei Büchern aufgeschrieben werden mit den Titeln: „Mitmenschlichkeit – Zivilcourage – Gottvertrauen. Evangelische Opfer von Nationalsozialismus und Stalinismus", und das andere Buch: „Widerstehen. Wirkungsgeschichte und aktuelle Bedeutung christlicher Märtyrer" (beide von Heinrich Rathke zusammen mit Björn Mensing, erschienen in Leipzig 2002 und 2003). Da kann man dann lesen, dass der 24-jährige Matthias Domaschk von der „Jungen Gemeinde" aus Gera in Thüringen noch am 12. April 1981 in der Stasihaft umgekommen ist.
Doch das war nur die eine sichtbare Seite: Menschen zu gängeln, zu disziplinieren, zu „zersetzen" oder gar zu liquidieren. Da war außerdem die andere, heimlich-unheimliche „konspirative" Seite der Stasi.

Wollten wir mit Freunden zu Hause oder bei einer dienstlichen Besprechung offen und kritisch reden, legten wir ein Kissen auf das Telefon und meinten, damit vor dem Abhören der Stasi sicher zu sein. Wenn es beim Telefonieren in der Leitung knackte, schien sicher zu sein, dass die Stasi mithörte. Manchmal haben wir dann frech in den Hörer hineingesagt: „Na, wer hört denn da wieder mit?" Doch die Stasi hatte später noch bessere Methoden. Erst 2004 wurden die Belege gefunden, dass unser Bischofshaus im Schleifmühlenweg 4 in Schwerin von einer konspirativen Wohnung gleich gegenüber am Weinberg technisch abgelauscht und visuell beobachtet wurde. „Wanzen" waren sicher im Haus eingebaut. Und bevor wir nach Crivitz umzogen, hatte die Stasi schon den Auftrag erteilt, das Pfarrhaus in Crivitz vor unserem Umzug dorthin zu „verwanzen". Diese Abhörapparate funktionierten sogar noch 1990, ein Jahr nach der „Wende"! Manches Mal haben wir die freie Natur gesucht, um abhörsicher miteinander reden zu können. So gingen wir etwa mit Ministern aus Bonn oder Bayern und Schleswig-Holstein oder mit Herrn Bräutigam und Herrn Tiessen von der „Ständigen Vertretung" der Bundesrepublik in Ost-Berlin in unseren großen Gärten in Schwerin am Faulen See und in Crivitz oder auch im Stadtteil spazieren. Ob wir da wirklich „abgesichert" waren?

Dass auch menschliche Ohren für die Stasi als Spitzel mithörten, war uns bewusst und dann und wann wurde es auch belegbar, wenn einer sich verplapperte oder wie Bauer Schütt in Warnkenhagen es uns heimlich beichtete. Doch haben wir völlig unterschätzt, welch großes Heer von „Inoffiziellen Mitarbeitern (IMs)" umherschwirrte. Erst nach der Wende von 1989 wurden wir durch die Einsicht in die Stasi-Akten ernüchtert. Obwohl ein großer Teil der Stasi-Akten über uns Eltern vernichtet wurde – vier Bände mit 1.000 Seiten konnten wir noch einsehen –, sind uns inzwischen etwa 80 „IMs" auch aus der nächsten Umgebung bekannt. Nimmt man die Stasi-Spitzel bei unseren Kindern dazu, sind es weit über 100 gewesen, die allein auf unsere Familie angesetzt waren. Bei der Wende zählte die Stasi in der DDR insgesamt rund 100.000 hauptamtliche Mitarbeiter, hinzu kam mindestens die doppelte Zahl von „Inoffiziellen Mitarbeitern".

Immer wieder ging es auch darum, dass staatliche Stellen oder die Stasi Mitarbeiter und Gemeindeglieder bedrängten. Es verging keine Synode, bei der nicht ein oder mehrere Synodale sich dem Bischof anvertrauten, weil die Stasi sie als Spitzel gewinnen wollte. Da wurde dann handfester Rat gegeben, wie man da herauskommen könnte.
Viele schafften es selbst, von vornherein abzulehnen. In anderen Fällen habe ich (oder auch andere) so oder so mich eingeschaltet. Oft genügte es, wenn der Betroffene beim nächsten Treff sagte: Der Bischof ist informiert und ich bin nicht weiter bereit. Es gab auch ähnliche Situationen wie damals in der Südstadt, dass ich statt des zu werbenden IM am konspirativen Treff erschien. Über die vermuteten und zuweilen sehr offensichtlichen Spitzel der Stasi in

der Behörde des Oberkirchenrats und auch bei der kirchlichen Presse wurde schon berichtet.

Es gab auch einige Beispiele, wie wir versuchten, diese unheimliche Macht der „Konspiration" und der „Zersetzung" von Menschen aufzubrechen. Da erschien also in der Rostocker Südstadtgemeinde am „konspirativen Treff" bei den Stasi-Leuten nicht der erwartete IM, sondern der Ortspastor. Oder die Tätigkeit der Stasi wurde in einer öffentlichen Sitzung der Landessynode zum Thema gemacht. Berichtet haben wir auch, wie ich zusammen mit unserem Präses der Landessynode nur deshalb ein Treffen mit dem Staatssekretär Hans Seigewasser vereinbarte, um das Stasi-Problem offen auf den Tisch zu legen. Langes eisiges Schweigen war die Antwort. Als wir später bei einem Treffen zwischen unserer Kirchenleitung und dem Staatssekretariat in Schwerin darauf kamen, schrie er mich an: „Sie lügen, Herr Bischof!" Ähnlich erging es mir und meinem Begleiter bei unserem zuständigen Rat des Bezirks Schwerin. (Nach der Wende fanden sich fast all unsere Gespräche säuberlich mitgeschrieben oder auf Tonband bei den Stasi-Akten des Bezirks.) Wie man sich dem heimlich-unheimlichen Treiben der Stasi entziehen kann und soll, versuchten wir immer wieder unter unsere Leute zu bringen, so etwa auch bei der Ordinationsrüste der jungen Theologen.

Wo war die öffentliche Verantwortung der Kirche wahrzunehmen?

So war das Thema des Bischofsberichts auf der öffentlichen Tagung der Landessynode im November 1975 in Schwerin formuliert: „Der öffentlich verantwortete Weg der Kirche". Die Kirchenleitung hatte mich ausdrücklich darum gebeten und war in die Vorbereitung mit einbezogen. In dem Bericht werden „der Christ und die Gemeinde vor Ort" und daneben „die Kirche in ihren öffentlichen Vertretungen" (Synode, Kirchenleitung, Amtsträger, Bischof) benannt: Sie nehmen die öffentliche Verantwortung wahr. In den Synodenpapieren heißt es:

> „Die Gemeinde vor Ort und der einzelne Christ scheinen in der Öffentlichkeit weniger beachtet und geachtet zu werden als in den Zeiten der Volkskirche. In den neuen Siedlungsgebieten sieht man weder Kirchtürme noch kirchliche Schaukästen. In maßgeblichen Stellungen

unserer Gesellschaft finden sich weniger Christen. In der Verfassung unseres Staates ist für die Kirchen nur noch ein Artikel übrig geblieben. Sind wir wirklich in den stillen Winkel gerückt? In unseren Kirchgemeinden habe ich den umgekehrten Eindruck. Gerade weil Christen in kleiner Zahl und oft als Einzelperson erscheinen, sind sie in der Öffentlichkeit umso aufregender. Manches Christenlehrekind hat sich schon vor einer ganzen Schulklasse verantworten müssen. Häufig soll sich ein Christ vor dem Direktor oder einer geschulten Leitungsgruppe dafür rechtfertigen, dass er aus seinem Glauben keinen Hehl macht. Für manchen ist es heute schon ein Stück Bekenntnis, am Sonntagmorgen in die Kirche zu gehen. Es sind heute nicht nur wir Mitarbeiter, sondern gerade unsere Gemeindeglieder, angefangen bei den Kindern, die den Glauben öffentlich verkündigen. Sie sind Missionare und Seelsorger."

Zum offenen Wort der Kirche hieß es:

„Wir würden uns aber miteinander einen schlechten Dienst erweisen, wenn bei unseren Gemeinden ebenso wie in anderen Ländern aufgrund der öffentlichen Mitteilungen darüber der Eindruck entsteht, dass die verantwortlichen Kirchenleute bei uns nur Nöte und Probleme in anderen und fernen Ländern ansprechen. Es bekümmert uns genauso, dass bei uns weiterhin besonders jungen Menschen und Kindern ihr Glaube verächtlich gemacht wird und Kinder und Eltern sich genötigt fühlen, mit der Kirche zu brechen. – Wir sehen die Grenze, die nun schon Jahrzehnte Deutsche von Deutschen trennt, als eine Folge des Krieges, an dem wir Deutsche große Schuld tragen. Doch kann ich nicht ruhig und still bleiben, wenn immer wieder Menschen an dieser Grenze sterben, wenn Familien unerbittlich durch diese Grenze getrennt werden, wenn über diese Grenze hinweg Menschen wie Ware gehandelt werden. Wir brauchen untereinander im Blick auf die Probleme bei uns das offene Wort, nicht als Sonderrecht von Kirchenleuten, die man dann nicht ganz ernst zu nehmen braucht oder nur in grundsätzlicher Opposition sieht. Wir haben es kürzlich bei einer Begegnung der Kirchenleitung mit Vertretern der drei Nordbezirke so ausgesprochen: ‚Wir wollen bewusst als Christen in unserer Gesellschaft mitarbeiten.' Dazu gehört auch das freimütige offene Wort."

Wo und wie vollzog sich die öffentliche
Verantwortung der Kirche?

So haben wir in unserer Landessynode und darüber hinaus zur Sprache gebracht und auch öffentlich verhandelt, was schon vom Neuen Testament her
für Christsein in dieser Welt gilt. Sie dürfen sich nicht in ihren kleinen Krei-
sen verstecken und aus der Verantwortung für und vor anderen Menschen und
vor den Mächtigen der Welt fliehen. Das kannten wir aus unserem DDR-All-
tag bei einem Staat, der Glauben und Religion aus der Öffentlichkeit vertreiben, ja vom Grundsatz her erledigen wollte. Aber hätten wir Jesus Christus
und unseren Glauben verleugnen sollen und uns in Nischen verkriechen? So
war bisher schon in mancherlei Weise von Menschen zu hören, die freimütig,
offen und öffentlich ihre Haltung und ihren Glauben vertreten haben, „pub-
lice docere" liest man dazu in unserem lutherischen Bekenntnis.

Später, im April 1979, wurde ich von der Evangelisch-Lutherischen Kirche
in Hamburg gebeten, zu diesem vor unserer Synode behandelten Thema einen
Vortrag vor den Hamburger Pastoren zu halten. Schon in Hamburg war man
etwas überrascht, als ich meinte, dazu müsse ich auch eine Katechetin und
einen Pastor mitbringen, um wirklich basisbezogen zum Christsein in der
DDR zu sprechen. Völlig ablehnend reagierten die DDR-Behörden, zumal
Pastor Henning Haack aus Schloen als „Wahlverweigerer" und feindlich-negativ galt. Ich beharrte auf meine Begleiter – anderenfalls würden 300 Hamburger Pastoren vergeblich auf den Vortrag warten. Am Abend vor dem
Vortrag konnten wir die Pässe in Berlin abholen. Wir fuhren mit Kreiskate-
chetin Hannelore Harder aus Gnoien als Dritter im Bunde in „gehobener
Stimmung" nachts nach Hamburg. Wir haben erlebt, wie wichtig es für beide
Seiten war, uns auszutauschen über unser Christsein in der DDR. Mit „Kirche im Sozialismus" war es nicht so einfach zu beschreiben, man fühlte sich
schnell vereinnahmt.

Unsere „Mecklenburgische Kirchenzeitung" wollte unseren Hamburger Vortrag zur öffentlichen Verantwortung der Kirche in Serie abdrucken, stieß aber
an die Grenze staatlicher Zensur. Wir drei in Hamburg machten unsere Erfahrung mit westlicher Publizistik. Wir hatten wohl zu unbefangen oder ah-

nungslos mit Reportern gesprochen. Und das „Hamburger Abendblatt" brachte alles unter die Schlagzeile: „Bischof Rathke aus Schwerin betont: Wir lassen Havemann nicht allein!" (Regime-Kritiker Robert Havemann stand damals in der DDR unter Hausarrest; hatte nach außen weithin nur kirchliche Kontakte, auch zu uns.) Mit dieser Schlagzeile mussten wir nun zu Hause zurechtkommen.

Unser staatliches Gegenüber waren für mich in der Zeit im Oberkirchenrat und als Bischof das Staatssekretariat für Kirchenfragen und die drei Räte der Bezirke Schwerin, Rostock und Neubrandenburg. Ich erlebte die Staatssekretäre Hans Seigewasser, zuweilen recht schroff, und später Klaus Gysi, schon verbindlicher. Waren die Gespräche mit ihnen so „vertrauensvoll und sachlich", wie es oft danach in Pressenotizen hieß? Nach diesem Hamburger „Auftritt" gewiss nicht. Und als ich bei anderer Gelegenheit direkt und sofort aus einer Bibelarbeit bei Kirchenältesten in Güstrow zum Staatssekretär „zitiert" wurde, ließ ich ihn warten, bis ich fertig war. Damals wurde mir vorgeworfen, dass ich mich in dem jährlichen Brief des Bischofs zur Passionszeit kritisch zu Schulfragen, zum Wehrdienst, zur Veranstaltungsordnung geäußert hatte.

Diese staatliche „Verordnung über die Anmeldepflicht von Veranstaltungen" vom 4. Februar 1971 („VVO") war, so harmlos der Titel klingen mag, Anlass zu harten Auseinandersetzungen mit dem Staat. Die Auslegung und Anwendung auf die Kirche und ihre Veranstaltungen zeigte, wie man nach sowjetischem Muster die Kirche ganz aus der Öffentlichkeit vertreiben wollte. Eigentlich blieben uns nur noch liturgische Gottesdienste in den Kirchen erlaubt. Und auch hier sollte schon die Verwendung von Bildern, Anspielungen oder bestimmten Musikstücken ohne vorherige Anmeldung bzw. Genehmigung nicht erlaubt sein, geschweige denn Lesungen, Laienspiele, Filme, Gesprächsgottesdienste und dergleichen. Dies sollte in späteren Jahren eine große Rolle spielen, als in den Jahren vor der Wende auch nichtkirchliche Gruppen, Liedermacher, Schriftsteller u.a. den „Freiraum" in der Kirche gern in Anspruch nahmen. Wir waren uns im Bund der Evangelischen Kirchen in der DDR einig, bei dieser Art der Anwendung der „VVO" Widerstand zu leisten. Einsprüche bei der Regierung in Berlin brachten nichts. Wir erlebten in unserer Mecklenburgischen Kirche scharfe Eingriffe. Angemeldete Veranstaltungen wurden nicht genehmigt. Die Polizei griff ein, wenn man sich trotzdem versammelte. Es ist schon berichtet worden, wie ich als Bischof eine von der Polizei verbotene Bibelwoche übernahm und dann auch zu Ende führen konnte. Mir liegt eine Liste vom Oberkirchenrat aus den Jahren 1970/71 vor mit fast 50 Strafverfahren gegen kirchliche Mitarbeiter vom Katecheten bis zum Landessuperintendenten wegen Verstoß gegen die VVO. Strafen bis zu 500 Mark der DDR wurden verhängt, Haftstrafen angedroht. Wir informierten Gemeinden und Mitarbeiter, Strafen nicht zu zahlen, evtl. gezahlte und zwangseingezogene Strafen von der Kirche zu erstatten. Mir liegt eine kurze Notiz von einem Gespräch mit Präsident Rossmann beim Rat des Bezirks Schwerin vom 13. Februar 1973 vor: „Wirft uns schlimmste Missachtung der Gesetze des Arbeiter- und Bauernstaates vor. Für uns, Partei und Staat, ist die Machtfrage geklärt. Werden sie rigoros durchsetzen. Ab sofort sind die Staatszuschüsse an die Kirche gestrichen. Weiterhin werden wir Wege finden, die aus dem Westen fließenden Valutamittel zu stoppen!"

Sollten wir nachgeben? Würden die Mitarbeiter es hinnehmen, wenn bei Streichung der Zuschüsse nur noch 2/3 der Gehälter bezahlt werden können? Um sich ein Bild zu machen, was diese Streichung von Mitteln bedeutete, dies als Übersicht:

Die Einnahmen der Landeskirche bestanden zum größten Teil aus „Kirchensteuern". Sie hatten aber nichts mehr mit „Steuer" zu tun. Es war eine freiwillige Abgabe, die nach Benachrichtigung von den Gemeindegliedern überwiesen oder auch direkt am „Zahltag" in der Kirchgemeinde abgegeben wurde. Bei den Kirchenkreisen angestellte Kirchensteuereinzieher übernahmen oder unterstützten dies. Man sprach oft auch schon von „Kirchgeld".

In dem Merkblatt einer Kirchgemeinde (Rittermannshagen) wird bei einem Nettoverdienst von monatlich 400 M eine jährliche „Kirchensteuer" von 30 bis 35 M erwartet; Rentner ca. 15 M (als Pastor verdiente man damals schon 400 bis 700/800 M brutto monatlich).

Unter diesen Voraussetzungen betrug der landeskirchliche Haushalt 6.320.000 M, davon 2.800.000 M Pastorengehälter, 1.290.000 M Mitarbeitervergütung, 1.080.000 M Ruhegehälter/Witwen, 400.000 M Ausbildung, Diakonie usw., 250.000 M Kirchensteueranteile an die Kirchgemeinden, 500.000 M Baukostenzuschüsse.

Zu den Einnahmen zählten neben den „Kirchensteuern" Kollekten, Spenden u.a. und eben auch „Staatszuschüsse" von jährlich bis zu 500.000 M in drei

Anteilen aus den Bezirken. Die DDR lehnte die Ansprüche auf Zahlung aufgrund der „Säkularisierung" kirchlichen Besitzes ab. „Sondermittel" waren Valuta-Zahlungen, weithin aus der Partnerkirche Bayern, in der Regel an bestimmte Projekte (Kirchbau, Diakonie, Nothilfen für Mitarbeiter usw.) gebunden.

Schließlich kam es am 27. März 1973 in Schwerin im Weinhaus Uhle zu einem Gespräch zwischen unserer Kirchenleitung, dem Staatssekretariat für Kirchenfragen und den Vertretern aller Nordbezirke. Liest man nachträglich die staatlichen Protokolle, sieht man, wie man dort wütend war über die so eindeutige geschlossene Haltung der Kirchenleitung und in den Gemeinden. Dies Gespräch war offenbar eine Wende im ganzen Bereich der Kirchen des Bundes. Die „VVO" werde, wie es hieß, nicht mehr auf die Kirche angewendet. Sie wurde dann auch generell abgemildert.

Mit unserem Leitbezirk Schwerin gab es regelmäßig Gespräche, zuweilen auch aus aktuellem Anlass. Gesprächspartner war in der Regel der „Stellvertreter für Inneres", auch für Kirchenfragen zuständig, zusammen mit seinem Referenten. Wir haben sehr harte Parteifunktionäre erlebt. Es gab aber auch manche Gelegenheiten, bei denen man sich offen austauschte und Probleme miteinander lösen konnte. Bei einem der leitenden Mitarbeiter im Bezirk erlebte ich eine erstaunlich ehrliche Offenheit. Er fand sogar die Gelegenheit zu einem stundenlangen, sicher abhörfreien Gespräch unter vier Augen. Und als er an der Einweihung eines Neubaus in unserem Diakonissenkrankenhaus (mit Valuta-Mitteln möglich gemacht) teilnahm, wünschte er uns „eine gesegnete Arbeit". Er wurde leider nach wenigen Jahren in seiner Funktion abgelöst. Auch der Kirchenreferent, der regelmäßig an den Synodentagungen teilnahm, ebnete manche Wege.

Im Bezirk Rostock wehte für uns ein „rauer Wind", wie es der damalige Vorsitzende Harry Tisch mir gegenüber einmal sehr unverblümt bei einem Treffen in Berlin sagte. Er bescheinigte mir, ich schriebe an die Leute „unseriöse Briefe"; gemeint waren die seelsorgerlichen Brief zur Passionszeit an die Mitarbeiter. Lag es auch daran, dass ich von meiner Zeit als Südstadtpastor und Stadtjugendpastor in Rostock nicht gern gesehen war? Allerdings galt der Bezirk Rostock auch innerhalb der DDR als besonders „fortschrittlich". Schon beim Antrittsbesuch versuchte der Vorsitzende mich zu zwingen, den jungen

Pastor von Kölzow abzusetzen, weil er staatlichen Zwängen bei einer Beerdigung nicht nachgab. Für einige Jahre hießen die beiden für uns zuständigen Gesprächspartner in Rostock Macht und Hass, einer von ihnen aus der Südstadtzeit mir noch unrühmlich bekannt. Das hat mich, muss ich gestehen, in meinen Gefühlen manchmal etwas „bedrückt". Da der Bezirk Rostock der Leitbezirk für die Greifswalder Kirche war, versuchte man, uns gegeneinander auszuspielen.

Erfahrungen mit dem Bezirk Neubrandenburg hatte ich schon als Landpastor im Kreis Teterow gemacht. Dieser Bereich empfand sich oft als etwas „abseits". Neben dem Kirchenkreis Malchin war es vor allem der Kirchenkreis Stargard, der die ehemalige Landeskirche Mecklenburg-Strelitz (sowie den Klützer Winkel und Dom Ratzeburg) umfasste. Ich habe viele Jahre Kurt Winkelmann als Landessuperintendent erlebt, der auch gegenüber den staatlichen Stellen eindeutig für seine Gemeinden und für uns als Landeskirche eintrat.

Oft gab es komplizierte Anlässe, sich mit den staatlichen Stellen auseinanderzusetzen.
So ließ ein Mitarbeiter an einem 17. Juni mittags 13 Uhr die Kirchenglocken läuten. Der 17. Juni erinnerte an den Aufstand in der DDR 1953. Im Westen war er Staatsfeiertag, in der DDR war der Tag „tabu". Zudem war es ein Mittwoch, der Tag, an dem überall in der DDR mittags die Sirenen Probealarm gaben. Nun läuteten die Glocken dagegen an. Damit nicht genug. Wenige Tage später versuchte dieser Mitarbeiter mit dem Trabant einen gewaltsamen Grenzdurchbruch in Richtung Grenzzaun mit Selbstschussanlagen und Minenstreifen. Kurz vorher informierte mich ein Nachbarpastor. Sollte man ihn in den fast sicheren Tod fahren lassen? Durch schnelle Intervention bei staatlichen Stellen spätabends konnte es verhindert werden, auch konnten wir die Ausreise des Mitarbeiters in den Westen noch am selben Tag erreichen – statt einer geplanten Verhaftung.
Als ein bei der Kirche tätiger Bauingenieur in Rostock verhaftet und wegen „staatsfeindlicher Hetze" vor Gericht gestellt wurde, versuchten unser Präsident Müller und ich an dem Prozess teilzunehmen. Sofort verwies uns der Richter aus dem Gerichtssaal. Immerhin hatten wir erreicht, dass der Angeklagte uns gesehen hatte. Er wurde später aus der Haft in den Westen freigekauft. Als der Synodale Sinner und seine Ehefrau verhaftet und verurteilt

wurden, konnte ich ihn im Zuchthaus Brandenburg besuchen. Gefängnispfarrer Giebeler verschaffte mir auch Zugang zu dem dort einsitzenden Theologiestudenten Eckhart Hübener, dem man Kontakte zur polnischen Gewerkschaft „Solidarność" vorgeworfen hatte. Den Wehrdienstverweigerer Matthias Möller, Sohn eines Synodalen, konnte ich im Stasigefängnis Greifswald besuchen, der Gefängnischef saß die ganze Zeit dabei. Ulrich Schacht aus Wismar – aus einer Beziehung seiner Mutter mit einem sowjetischen Besatzungsoffizier und im Gefängnis geboren – studierte Theologie und engagierte sich sehr in der DDR-kritischen Literatur. Ein Mitarbeiter im Oberkirchenrat, der sich als sein „Freund" („IM") einschmeichelte, hatte ihn an die Stasi verraten. Wir konnten trotz heftiger Einsprüche nicht vermeiden, dass Schacht zu einer hohen Haftstrafe verurteilt, dann aber bald in den Westen freigekauft wurde. Bei solchen Prozessen war es oft sehr schwer, die Verhafteten zu erreichen, zu besuchen, ihnen zu rechtlichem Beistand zu verhelfen. In Rostock versuchte Rechtsanwalt Vormelker für uns zu vermitteln. Welche Rolle aber spielte Rechtsanwalt Wolfgang Schnur, der vor allem bei Prozessen gegen Bausoldaten zur Verfügung stand? In der Wendezeit trat er auf als der Vorkämpfer einer der neuen Parteien und kandidierte als möglicher neuer Ministerpräsident einer demokratischen DDR, war an der Seite von Bundeskanzler Helmut Kohl zu sehen. Und dann sein „Absturz"!

In die Zeit der Unruhen in Polen um die Gewerkschaft „Solidarność" fiel der Besuch von Bundeskanzler Helmut Schmidt in der DDR, der erste Besuch eines Bundeskanzlers im Osten. Nach Gesprächen mit Honecker am Werbelinsee hatte Helmut Schmidt darauf bestanden, eine evangelische Kirche zu besuchen (> Foto 19) und Werke des von ihm verehrten Künstlers Ernst Barlach zu sehen. Da kam nur Güstrow infrage und der zuständige Bischof Heinrich Rathke sollte die beiden Staatsmänner im Güstrower Dom begrüßen und eine Stunde lang im Dom begleiten. Die Sicherheitsvorkehrungen vor diesem Besuch in Güstrow waren enorm grotesk, zumal in der Nacht vorher auch noch in Polen das Kriegsrecht ausgerufen worden war. An den Straßen standen dicht an dicht Polizisten und Armee in einer Kette. Die Stasi hatte mit Zivilkräften nicht nur die Häuser an der Wegstrecke der Gäste besetzt, sondern eine ganze Schar „gefährlicher Elemente" verhaftet oder in ihrer Wohnung isoliert.
Es hatte Vorbereitungsgespräche mit uns bei den staatlichen Stellen gegeben, bei denen auch die Sicherheitsorgane von Ost und West zugegen waren. Wir

hatten darauf bestanden, dass bei dem Besuch nicht nur Bischof, Landessuperintendent und Organist im Dom anweisend waren, sondern eine repräsentative Vertretung der Kirche, angefangen beim Küster. Schließlich waren wir ein Dutzend Leute. Außerdem verwahrten wir uns dagegen, dass die Stasi auch unsere kirchlichen Gebäude, Pfarrhäuser usw. „absicherte". Dennoch wurde unser junger Theologe Norbert Denz drei Tage lang in Dunkelhaft gehalten. Unser Pastor Heiko Lietz wurde im Pfarrhaus neben dem Dom durch ein Dutzend Stasibeamte „abgesichert". Trotzdem konnte ich mir vorher Zugang zu ihm verschaffen.

Mit Spannung und Erregung erwartete ich am Sonntag, 13. Dezember, um 14 Uhr Honecker und Schmidt mit ihrem riesigen Gefolge von Sicherheitskräften und Presse an der Domtür. Dem für mich zuständigen Staatsmann, Erich Honecker, galten die ersten kurzen Grußworte. Dann versuchte ich die Worte an den Bundeskanzler mit einem plattdeutschen Einschub etwas aufzulockern: „Ein Mecklenburger würde einen Hamburger am liebsten auf Platt begrüßen." Schmidt reagierte prompt: „Denn man tau!" Nun konnte ich auch plattdeutsch antworten: „Kam't mal rin un fäult juch woll." Honecker musste ich dies übersetzen: „Kommen Sie herein und fühlen Sie sich wie zu Hause." Dann galt Helmut Schmidt eine längere Begrüßungsrede, die auch im Bundestags-Bulletin und in der Westpresse Wort für Wort erschien. Ich bemühte mich, offen und ehrlich zu sprechen. Nachdem wir im Dom ein Orgelstück und einen Adventschoral gehört und den mittelalterlichen Altar besichtigt hatten, ging es zum „Schwebenden" von Ernst Barlach in die Seitenkapelle. Eigentlich hatte Schmidt selbst auf der Orgel spielen wollen. Doch er war zu erschöpft. Als wir vom „Schwebenden" zurück zum Ausgang gingen, bat mich der Bundeskanzler: „Herr Bischof! Könnten wir noch einen Choral hören?" Ich antwortete: „Gewiss! Welches Lied soll es sein?" Darauf Schmidt: „Vom Himmel hoch …" Nun schaltete sich von der anderen Seite Erich Honecker ein: „… da komm' ich her!" Den Choral kannte er wohl. Nun musste ich dem Organisten oben auf der Orgel Bescheid geben. Ich wendete mich zurück zum Domprediger Erich Michaelsen, meinem Freund: „Du, Erich, sag dem Organisten an der Orgel, dass er dies Lied spielen möchte." Dann schoss es mir durch den Sinn: Neben mir geht Erich Honecker. Also wendete ich mich an ihn: „Ist es nicht gut, Herr Staatsratsvorsitzender, wenn man sich mal so ganz unkompliziert ausdrücken kann?" Von ihm kam nicht einmal ein verkniffenes Lächeln. Am Ausgang konnte ich ihm noch unter vier

Augen unverblümt und direkt das sagen, was uns als Kirche in der DDR bedrückte: die Drangsalierung der Jugend, besonders der Christen; die Militarisierung und die heimliche Bedrängnis durch die Stasi.
Eine Woche nach diesem geschichtsträchtigen Treffen im Güstrower Dom erhielt ich einen sehr persönlichen Brief von Bundeskanzler Helmut Schmidt. Er lud mich ganz privat ein, ihn bei nächster Gelegenheit zu besuchen, und es entstand daraus eine langjährige enge Beziehung.

Mancherlei andere Kontakte zu politischen Größen aus West und Ost brachte die Tätigkeit als Bischof mit sich. Von Gerhard Stoltenberg haben wir schon gehört. Im Schleifmühlenweg besuchte uns einmal die Frau des Bundespräsidenten Karl Carstens. Häufige Kontakte hatten wir mit dem „Botschafter" der „BRD" in der DDR, in Ost-Berlin, Otto Bräutigam und seinem Referenten Tiessen. Die westlichen Politiker suchten bei Ostreisen gern die Kirchenleute auf, um dort etwas über die wirkliche Lage in der DDR zu erfahren.
Es gäbe noch viel zu berichten, wie wir uns als Kirche bemühten, im „Kalten Krieg" zur Entspannung und Verständigung zu helfen.

Als Kirche in der Öffentlichkeit hatten wir auch immer mit dem Echo in den Medien zu rechnen. In der DDR bedeutete dies, dass wir in der staatlichen Presse verschwiegen wurden oder entstellt von uns berichtet wurde, etwa so: Bei den Volkskammerwahlen berichtete die DDR-Presse, Bischof Rathke habe für die DDR-Regierung gestimmt – obwohl er gar nicht teilgenommen hatte.
Die Westpresse berichtete gern über die kritische Haltung der Kirche. Im „Stern" vom 19. Mai 1983 wird Bischof Rathke zitiert: „Wir machen uns schuldig, wenn wir zulassen, dass Kindern und Jugendlichen Waffen in die Hand gegeben werden, dass ihnen Lust gemacht werden soll zum Schießen, dass sie sogar unter Druck eine Ausbildung an der Waffe mitmachen müssen."
Da hatte auch unsere kirchliche Presse, bei uns also die „Mecklenburgische Kirchenzeitung", eine gewisse Gratwanderung zu gehen. In einer Art Selbstzensur wurden manche Fakten und Aussagen fortgelassen, bevor deshalb eine Nummer der Kirchenzeitung eingestampft wurde. Zuweilen erschien ein weißer Fleck in der Kirchenzeitung, weil das Presseamt in Berlin diesen Artikel verboten hatte. Da wussten die Leser: Da hat die staatliche Zensur, die es angeblich nicht gab, eingegriffen. Im September 1979 wurde wieder einmal eine Nummer eingestampft, weil bei einer biblischen Besinnung über den in einem

Brunnen gefangenen Jeremia die Zensur meinte, damit sei die Kirche in der DDR gemeint. Zum anderen gelang es immer wieder, kritische Stimmen in der kirchlichen Presse durchklingen zu lassen.

Mit großer Härte versuchte der Staat, seine Ziele durchzusetzen.

Von den besonderen Verhältnissen im Grenzbereich unserer Kirche gen Westen und an der Ostsee ist schon berichtet worden – von der „Reinigung" der Grenzzone von unliebsamen Bewohnern in der Aktion „Ungeziefer", von der schwierigen Situation für unsere Gemeinden und Pastoren im Grenzbereich, vor allem bei Fluchtversuchen, bei Zwischenfällen an der Grenze und den „Grenztoten". Nach dem Gesetz galt schon der Gedanke an eine Flucht in den Westen oder gar der Fluchtversuch als eine Straftat, ein Verbrechen, und wurde mit einem oder mehreren Jahren Haft geahndet. Der Mitwisser oder gar Mithelfer beim Fluchtversuch wurde oft höher bestraft. Als Pastoren konnten wir uns zwar auf die seelsorgerliche Schweigepflicht berufen, das wurde aber von den Staatsorganen nicht unbedingt akzeptiert. Wir haben es persönlich erlebt und mussten mit entsprechenden Maßnahmen, Hausdurchsuchung und Verhaftung rechnen. Da haben wir, wie schon früher einmal in einer anderen Situation, mancherlei Unterlagen, auch sehr persönlicher Art, beiseiteschaffen und verheizen müssen. Es gab nur gefährliche Fluchtwege aus der DDR, etwa über die sozialistischen Nachbarländer wie Tschechoslowakei, Ungarn, Polen, auch Jugoslawien. Es kam zunehmend zu dem Versuch, über einen Ausreiseantrag das Verlassen der DDR zu erreichen oder gar zu erzwingen.

Konkret habe ich es so erlebt: Ein Mitarbeiter im Bauwesen unserer Landeskirche wurde unerwartet verhaftet. Angeblich habe er politisch provoziert. Mein Besuch bei der Familie brachte keine Klarheit. Ein von der Stasi anberaumter geheimer Prozess ergab eine hohe Zuchthausstrafe. Schließlich erreichte ich als Bischof ein Gespräch beim Bezirksstaatsanwalt. Er zeigte sich sehr herablassend und ironisch und hatte mir schließlich nur dies zu sagen: „Herr Bischof, regen Sie sich nicht so auf! Der Mann ist sowieso in einigen Wochen im Westen. Je höher die Strafe, desto mehr Westgeld!" So war es dann auch, die Familie folgte bald. Nicht lange danach erlebte ich Ähnliches bei einem unserer Verwaltungsangestellten. „Freikauf" nannte sich das. Wir fühlten uns dabei aber auch „verkauft", hier in der DDR Menschen zu ihrem Recht zu verhelfen. Ich habe auch bei den Kontakten zu westlichen Politikern dies Problem deutlich zur Sprache gebracht. Nach Unterlagen, die mir zugänglich wurden, sollen es seit dem Mauerbau von 1961 bis 300.000 DDR-Bürger gewesen sein, die so oder so freigekauft wurden, eventuell sogar ungewollt. So erging es fast unserem jungen Theologen, der wegen seiner Kontakte zur polnischen „Solidarność" im Gefängnis war und der keineswegs bei der Entlassung gen Westen wollte. Erst im Freikaufbus von Rechtsanwalt Vogel kurz vor der Westgrenze konnte er noch in der DDR wieder aussteigen. Wir haben auch einige unserer Pastoren so verloren – durch begründeten Ausreiseantrag etwa wegen Krankheit, auch unerwartet und unangemeldet als zuweilen mysteriöse Ausreise oder Flucht.

Nach offiziellen Angaben haben seit Gründung der DDR 1949 bis zum Mauerbau 1961 rund 2,7 Millionen Menschen die DDR verlassen. Das war schon ein Sechstel der Bevölkerung. Nicht eingerechnet sind all die, die schon zwischen 1945 und 1949 aus der sowjetischen Besatzungszone gen Westen gegangen sind. Seit dem Bau der Mauer 1961 bis 1984 sind weitere 312.485 Bürger aus der DDR so oder so ausgereist (Heinz Hungerland, Untergrundtätigkeit in der Ev.-Luth. Kirche Meckl., 1986, Seite 97 f.). In den fünf Jahren bis zur Wende 1989 kamen Tausende hinzu. Gerade in diesen Jahren nahm die Zahl der Ausreiseanträge massiv zu, es kam zu organisierten Gruppen, die auch im Raum der Kirche Schutz und Unterstützung suchten.

Was hat diese Ausreisebewegung, diese „Abstimmung mit den Füßen" für uns bedeutet? Unsere Kirche hat viele, oft sehr aktive Gemeindeglieder verloren. Wir haben uns zu DDR-Zeiten sehr viele Gedanken dazu gemacht. „Wohin sollen wir gehen?" In einem Wort der Kirche „Vom Bleiben in der DDR" wurde danach gefragt, was uns zum Bleiben drängt, wo wir hier gebraucht werden und verantwortlich sind. Immer wieder haben wir, wenn einer ging, gedacht: Nun fehlt uns hier wieder einer, der der Disziplinierung und Anpassung widersteht. Und wie stehen wir dann da, der „Rest"? Und wir, die wir uns 1953 hierher auf den Weg gemacht haben, haben solche Fragen auch als Anfechtung empfunden.

Nach dem Grundsatzgespräch zwischen Vorstand des Bundes und Staatsrat der DDR am 6. März 1978

Der Bund der Evangelischen Kirchen in der DDR hatte sich bei seiner Gründung als Zeugnis- und Dienstgemeinschaft bezeichnet. Er wollte in der sozialistisch geprägten Umwelt den Glauben öffentlich verkünden und danach fragen, wo er in dieser Umwelt mit seinem christlichen Dienst besonders gefordert ist. Dies wurde zwischen 1978 und 1986 etwas leichter.

Als das „Neue Deutschland" am 7. März 1978 in großer Aufmachung über das „konstruktive, freimütige Gespräch" mit dem Vorstand des Bundes beim Vorsitzenden des Staatsrates am 6. März 1978 berichtete, war sicher mancher Bürger und mancher Christ überrascht. Wichtig war in der Berichterstattung des „ND", dass auf die große Bedeutung der Schlussakte von Helsinki (KSZE) und ihre Verwirklichung hingewiesen wurde.
Schlüsselsatz für die Haltung der Kirche war:

„Bischof Schönherr bezeichnete die Kirche im Sozialismus als Kirche, die dem christlichen Bürger und der einzelnen Gemeinde hilft, dass sie einen Weg in der sozialistischen Gesellschaft in der Freiheit und Bindung des Glaubens finden und bemüht sind, das Beste für alle und für das Ganze zu suchen. Kirche im Sozialismus wäre eine Kirche, die auch in derselben Freiheit des Glaubens bereit ist, dort, wo in unserer Gesellschaft menschliches Leben erhalten und gebessert wird, mit vollem Einsatz mitzutun, und dort, wo es nötig ist, Gefahr für menschliches Leben abwenden zu helfen."

Abschließend wurden weiterführende staatliche Maßnahmen hervorgehoben:

„Im Verlauf des Gespräches wurden verschiedene Sachfragen erörtert bzw. einer Lösung zugeführt. So unter anderem über kirchliche Sendungen im Rundfunk und Fernsehen, zu Fragen der Seelsorge in Strafvollzugsanstalten und zur Altersversorgung für auf Lebenszeit angestellte kirchliche Mitarbeiter. Kirchlichen Aktivitäten zum Lutherjahr 1983 wurde Unterstützung staatlicherseits zugesichert."

Noch am Tag des Erscheinens dieser Verlautbarung im „ND" wurden durch Schnellinformationen des Sekretariats des Bundes der Evangelischen Kirche in der DDR die Gemeinden und ihre Mitarbeiter über konkrete Hintergründe und Texte informiert. Eine Einsicht in die Texte zeigt, dass Bischof Schönherr keineswegs „Kirche im Sozialismus" als Schlüsselwort für die Haltung der Kirche verwendet hat.

Wichtig in den Mitteilungen des Bundes war die abschließende Bemerkung:

„Welche Bedeutung das Gespräch gewinnt, muss sich im täglichen Miteinander, in der Praxis jedes einzelnen Gemeindegliedes erweisen. Bischof Schönherr stellte fest: Das Verhältnis von Staat und Kirche ist so gut, wie es der einzelne christliche Bürger in seiner gesellschaftlichen Situation vor Ort erfährt."

Dennoch blieb es beim kirchenfeindlichen Kurs der SED und des Staates. In Neubrandenburg z.B. wurde Lehrern ihr Examenszeugnis nur überreicht, wenn sie vorher aus der Kirche ausgetreten waren. Trotz allem blieben die Kirchen gesprächsoffen.

War dieser Kurs ein fauler Kompromiss?
Waren die Kirchen in der DDR zu sehr angepasst?
Während wir dies aufschreiben, ist diese Frage immer noch heftig umstritten.

In nur zwölf Jahren hat die Naziherrschaft unser Land in den Untergang geführt, unsägliches Leid über die Menschen gebracht und seine Spuren äußerlich wie innerlich bis heute hinterlassen. Fast viermal so lange, von 1945 bis 1990, dauerte die sozialistische Zwangsherrschaft in Ostdeutschland. Auch wenn Rassismus und Brutalität der Nazis, Auschwitz und Massenvernichtung einmalig waren, bildete die Diktatur der SED für viele eine Zeit der Unterdrückung und Angst.

Dieses Kapitel sollte in einem kleinen Überblick zeigen, was dies Leben im Schatten der Gewalt bedeutete.

Vom Bischof zum Gemeindepastor in Crivitz (1984-1991)

Die Landessynode Mecklenburgs hatte 1972 das neue Leitungsgesetz beschlossen, in dem die Amtszeit eines Landesbischofs (und der Oberkirchenräte) auf zwölf Jahre begrenzt wurde. Wiederwahl sei möglich. Also stand spätestens 1984 die Neuwahl eines Bischofs an. Ich hatte schon 1970 bei meiner Wahl erklärt, dass ich nur auf Zeit im Amt bleiben würde. 1983 kamen dennoch die Mitglieder des Wahlausschusses und baten dringend, ich möge mich erneut zur Wahl stellen. Doch für uns stand die Entscheidung fest: Wir gehen wieder in die Gemeinde.

So wurden zwei neue Kandidaten aufgestellt, Landessuperintendent Dr. Joachim Wiebering aus Rostock und der Pastor für Akademiearbeit und Weiterbildung Christoph Stier. Christoph Stier wurde gewählt.

Nun lag es bei uns, eine geeignete Pfarrstelle zu finden und bis dahin all das zu bewältigen, was in der verbleibenden Zeit für den Bischof noch zu tun blieb. Es galt, sich bei vielen kirchlichen und staatlichen Stellen zu verabschieden, die Dienstgeschäfte des Bischofs im Oberkirchenrat für die Übergabe an den Nachfolger vorzubereiten. Nachdem Crivitz als künftige Pfarrstelle feststand, wartete dort auch schon viel Arbeit, dazu gehörte auch ein marodes Pfarrhaus, das umfassend repariert werden musste.
Es drängten sich auch noch Verpflichtungen jenseits der Grenzen. In Loccum bei Hannover war ein Referat bei einer Tagung zu Friedensfragen zu halten, anschließend eine Art Abschiedsbesuch bei der Partnerkirche in Bayern, dabei eine Begegnung mit dem bayrischen Ministerpräsidenten Franz Josef Strauß, danach mit Bischof Hanselmann beim Kirchentag auf dem „Hesselberg" bei Ansbach. Nach wenigen Tagen in Schwerin schloss sich Ende Juni ein Besuch bei der Rumänisch-Orthodoxen Kirche in Bukarest an, die dem damaligen

Diktator Ceausescu sehr hörig war. Fast in jedem kirchlichen Raum sah man sein Portrait. Bewegend war der anschließende Besuch bei den „Siebenbürger Sachsen" mit ihren burgähnlichen Kirchen.

Zum letzten Mal hatten wir die DDR-Bischöfe zum jährlichen Bischofsausflug in unsere Landeskirche an die Ostsee nach Kühlungsborn und Heiligendamm eingeladen. Als Pastor gehörte ich künftig nicht mehr zu diesem Kreis, im Ruhestand sind wir dann wieder dazugestoßen.

Am 17. Juni nahmen wir von unserer Domgemeinde Abschied. Da spürten wir, dass wir in den 13 Jahren in Schwerin sehr heimisch geworden und den Menschen nah verbunden waren. Dennoch überwog die Vorfreude, bald wieder in einer Kirchgemeinde den Menschen nahe zu sein und dabei auch viel mehr als Eheleute miteinander am Werk zu sein. Es war wie eine „Rückkehr aus dem Exil".

Am 29. Juni 1984 waren die feierliche Verabschiedung des alten Bischofs im Oberkirchenrat, Münzstraße 8, und die Übergabe der Dienstgeschäfte an den künftigen Bischof Stier. Mancherlei sinnige Abschiedsgeschenke gab es: Die kirchliche Presse hatte alle Kirchenzeitungsartikel des scheidenden Bischofs aus 13 Jahren gesammelt und in einen stattlichen Band eingebunden. Archivrat Piersig hatte in langer mühseliger Arbeit aus alten Kirchenbüchern die Ahnen der Familie Rathke über mehr als 250 Jahre zurück erforscht, sauber notiert und zu einem hübschen Ahnenbuch mit Begleittext zusammengefasst.

In wenigen Tagen vollzog sich dann der entscheidende Wandel. Der neue Bischof Stier wurde am 30. Juni 1984 im Schweriner Dom eingeführt, verbunden mit einem großen, herzlichen Dank an seinen Vorgänger, der keine „offizielle Verabschiedung" wollte.

Der folgende 1. Juli war mein erster Dienst-Tag in der Kirchgemeinde Crivitz und schon eine Woche nach der Bischofseinführung wurde ich als Pastor in der Crivitzer Kirche eingeführt.

Das Crivitzer Stadtwappen zeugt von einer bedeutenden Zeit. Crivitz war nicht irgendeine der kleinen Landstädte Mecklenburgs. Das „Amt Crivitz" mit dem Schloss auf einem der alten Burgwälle, wo jetzt das Krankenhaus steht, war sogar einmal Residenz einer Herzogswitwe, die wegen ihres hartnäckigen katholischen Glaubens Crivitz zu dem Ruhm verhalf, erst zwanzig

Jahre später als das übrige Land evangelisch zu werden (1569). Crivitz, eine uralte Inselfestung aus der Slawenzeit (Crivitz = Ort an der Krümmung, am krummen See), war einst durch Stadtmauern ringsum befestigt. Das Bild der Stadt ist bis heute beherrscht durch die mittelalterliche Stadtkirche. Man konnte stolz sein auf solche Bauten bis hin zu einer Synagoge aus dem 18. Jahrhundert, die von der Zerstörung in der „Kristallnacht" verschont blieb, weil das Gebäude damals schon privat genutzt wurde.

Doch die Stürme der Zeit und der Natur haben immer wieder großen Schaden in der Stadt angerichtet. Stadtbrände haben fast die ganze Stadt zerstört. Eine unheimliche Windhose hat vor über 200 Jahren viele Gebäude zerstört und Teile des Crivitzer Sees samt Fischen hochgerissen und bis nach Kladow getragen. Nach 1945 wurde zu DDR-Zeiten zwar manches neu gebaut, so die Plattenbauten der Neustadt, doch große Teile der Altstadt verfielen. Das galt auch für Kirche, Pfarrhaus und andere kirchliche Gebäude. Es ist ein hoffnungsvolles Zeichen, wenn immer wieder Baugerüste den Willen zum Neuaufbau und Neuanfang zeigen.

Noch einmal Leben auf der Baustelle

Für uns sind die Jahre in Crivitz (> Foto 20) immer auch mit dem Leben auf einer Baustelle verbunden gewesen. Das Pfarrhaus musste von Grund auf durchgebaut werden und auch die drei Kirchen in Crivitz, Kladow und Barnin waren wegen Blitzschlag, Sturm und alter Schäden immer wieder Baustellen.

„Baustelle Crivitz" – das soll aber auch ein wenig unsere Vorstellung von Kirche und unsere Erfahrungen in der Kirchgemeinde Crivitz deutlich machen. Kann unser Tun in der Kirche mehr sein als die Arbeit auf einem Baugerüst? Gar zu leicht wollen wir unsere Kirchgebäude, unsere Kirche als Institution bauen wie einen Turm für die Ewigkeit. Doch wir werden nie mehr sein als Johannes der Täufer, der Vorläufer von Christus. Er sagte von sich: ER, Christus, muss wachsen, ich aber muss abnehmen. So bleibt Kirche in dieser Welt etwas Vorläufiges, vorläufig in doppeltem Sinn. Sie soll immer wieder nur auf Jesus und den Weg mit ihm hinweisen. So behält sie den Vorlauf und die Zukunft. Kirche muss aber auch immer wieder bereit sein zum Vergehen, das kann Martyrium bedeuten, ist vor allem aber die Bereitschaft, nicht in unguten Traditionen zu verkalken, sondern sich immer neu einzustellen auf das, was Gott heute und morgen von uns erwartet. Kirche ist wie ein Baugerüst vor einem aufstrebenden Gebäude. Hinter der Kirche verbirgt sich das kommende Gottesreich. Allerdings verfallen wir so oft der Täuschung, die Kirche für das Eigentliche zu nehmen, weil sie das Reich Gottes gar zu sehr verdeckt. Doch eines Tages werden die Gerüste fallen!

Unsere acht Jahre in Crivitz sind auch in anderer Weise dadurch geprägt, dass Crivitz für uns zur Baustelle wurde. Es war für uns eine Herausforderung, nach 13 Bischofsjahren noch einmal mit der Gemeindearbeit zu beginnen. Das hieß in mancher Hinsicht, noch einmal neu anzufangen. Zuweilen fiel das schwer, zum anderen hat es uns große Freude gemacht, es nun neu zu probieren. Wir haben Gemeindeaufbau wieder ganz anders erlebt als in Warnkenhagen und in Rostock-Südstadt. Dazu haben uns in den acht Jahren in Crivitz mancherlei Umstände immer wieder auf einer Baustelle leben lassen. Das Pfarrhaus übernahmen wir als halbe Ruine. Zwei Blitzschläge richteten in den Kirchen Crivitz und Kladow großen Schaden an, es musste wieder neu aufgebaut werden. Der Orgelneubau in Crivitz kam hinzu, um nur Einiges zu nennen. Was hat uns nach Crivitz verschlagen? In früheren Jahren hatte ich mir geschworen, als Pastor überall hin zu gehen, nur nicht in eine Kleinstadt. Ich bin in einer Kleinstadt groß geworden. Von daher erinnere ich mich, wie eng, kleinkariert und auch geschwätzig es in einer Kleinstadt zugehen kann. Mir schien es dort zu „bürgerlich", wenn nicht gar spießbürgerlich zuzugehen mit all den Schein-Autoritäten, dem „Herrn Bürgermeister", dem „Herrn Doktor" und wohl auch dem „Herrn Pastor", über die man dennoch fleißig klatschte. Aber man soll mit „Vorurteilen" vorsichtig sein! Doch verschweigen wollte ich sie nicht. Da empfand ich das Miteinander in einer Landgemeinde unmittelbarer, in einer großstädtischen Neubaugemeinde spannender.

Nun aber musste ich mich, nachdem ich nicht zu einer Wiederwahl als Bischof bereit war, nach einer Pfarrstelle umsehen. Einige Kriterien gab es für uns: Nicht wieder in eine abgelegene Landpfarrstelle; möglichst in eine Gemeinde mit nur einem Pastor, um nicht als früherer Bischof einen zweiten Pastor irgendwie zu verunsichern. Möglichst sollte es eine Propstei sein, in der ich als Bischof nicht schon schwierige Probleme zu lösen hatte: Man kann dort später doch nicht ganz so unbefangen aufkreuzen. Schließlich gab es ja nur eine begrenzte Zahl freier Pfarrstellen. So lief dann alles auf Crivitz zu.

Ich bewarb mich offiziell um diese Pfarrstelle. Da Wahl durch den Kirchgemeinderat anstand, hielt ich eine Vorstellungspredigt und stellte mich dem Gespräch mit dem Kirchgemeinderat. Trotz reiferen Alters wurde ich einstimmig gewählt. Entscheidend war auch, dass mit der Frau Pastor eine Organistin in die Gemeinde kam.

Erst allmählich haben wir gemerkt, dass Crivitz ein eigenes Pflaster ist. Es ist nicht nur eine typische Kleinstadt. In Crivitz gibt es mancherlei besondere und eigenartige Geistesrichtungen wie kaum an einem anderen Ort in Mecklenburg. Die „Elim-Gemeinde" auf dem Weinberg, eine freikirchliche, baptistische Brüdergemeinde (Elberfelder Prägung), hatte dem Vorgänger viel zu schaffen gemacht. Diese Gemeinde war nicht nur für Mecklenburg, sondern für die ganze DDR ein freikirchliches Zentrum mit großen Rüstzeiten und dergleichen. Die Neuapostolische Gemeinde hatte in der Bahnhofsstraße eine eigene Versammlungsstätte. Auch die Bibelforscher waren aktiv. Hinzu kam die Landeskirchliche Gemeinschaft, die monatlich im Pfarrhaus zusammenkam. Früher hatte es in Crivitz auch eine recht starke jüdische Gemeinde gegeben. Die erweckliche Bewegung von Slate hatte auch in Crivitz einen Stützpunkt.

Es existierten ein Hauskreis, wöchentlich trafen sich einige „Getreue": Sie waren aber offen für alle Interessierten und grenzten sich in keiner Weise vom Gemeindeleben aus. Schon vor unserer Zeit hatte sich zur katholischen Gemeinde in Crivitz, die sich nach dem 2. Weltkrieg eine eigene Kirche in der Breitscheidstraße baute, ein gutes Verhältnis ergeben, vor allem unter dem katholischen Pastor Michelfeit. Kantor Gerhard Neumann (etliche Jahre auch „Landessingewart") hatte einen ökumenischen Chor gegründet.

Soll man zum besonderen Crivitzer „Flair" den Karneval hinzuzählen?

Das Pfarrhaus gilt als eines der ältesten, als Fachwerkbau gut erhaltenes Gebäude der Stadt Crivitz. Wir haben es allerdings in einem trostlosen Zustand übernommen. Böden und Schuppen waren voller Gerümpel. Der Pfarrgarten, direkt am Crivitzer See gelegen, war völlig verwildert und zugewachsen; alle Welt lief da durch. Noch vor unserem Einzug kam eine Truppe der Schweriner Dom-Gemeinde: Der Garten wurde freigemäht, mehrere Fuhren von dem Gerümpel auf den Böden wurden abgefahren und Ordnung geschaffen. Wir hatten nun nicht nur selbst Freude am Garten; er war vor allem ein ideales Gelände für Gemeindefeste, für Christenlehre und Junge Gemeinde. Im Sommer war es Tradition, dass der Posaunenchor von Booten auf dem See ein Choral- und Liederblasen veranstaltete.

Nachdem die Mühen des Pfarrhaus-Umbaus überstanden waren, konnten wir ins Pfarrhaus einziehen und nun miteinander in der Kirchgemeinde ans Werk gehen. An Arbeit und Aufgaben fehlte es nicht. Marianne wurde auch als Organistin angestellt, zunächst in Crivitz und Barnin, später auch in der Kirche Kladow.

Bald musste Kantor Gerhard Neumann aus Altersgründen die Chorleitung aufgeben und Marianne übernahm die Leitung des ökumenischen Chors. An jedem Donnerstagabend war Chorprobe. Kantor Neumann hatte für diesen „Ökumenischen Singkreis" viele Lieder komponiert – nicht zu schwer, denn die wenigsten der Sänger, vor allem die Männer, konnten Noten lesen; sie waren also keine „Blattsänger". So war es schon mühsam, für die vielen Festtage immer einiges an geistlicher Musik einzustudieren. Es machte aber große Freude, zumal wir auch gute Flötenbläser hatten und vor allem einen großen Posaunenchor, den Titus Dann aus Pinnow leitete. Sehr eindrücklich waren die Gottesdienste in der katholischen Kirche, wo wir am 1. Weihnachtstag und in der Osternacht regelmäßig sangen und so Ökumene praktizierten.

Auch für „Werbung" war Marianne zuständig. Der Schaukasten am Pfarrhaus musste immer auf aktuellem Stand sein, später kam auch ein Schaukasten an der Kirche hinzu. Viele Leute blieben stehen, um sich zu informieren. In der Wendezeit konnten so auch wichtige Informationen, die in den DDR-Medien verschwiegen wurden, weitergegeben werden, darunter Informationen aus unserer Mecklenburgischen Kirchenzeitung. Auch allerlei Plakate und Schautafeln für Gemeindefeste und andere Anlässe hat Marianne graphisch gestaltet. In der Wendezeit hat sie manches Plakat für die Demonstrationen („Wir sind das Volk!" usw.) und für die Besetzung der Stasi-Objekte fabriziert.

Wichtig war uns, wie schon in den früheren Gemeinden und in der Bischofszeit, der enge Kontakt mit den Menschen, also die Besuche. Häufig waren wir miteinander in den Häusern unterwegs. Oder wir teilten uns die Aufgaben. Dabei durften die abgelegenen Dörfer und Häuser außerhalb von Crivitz nicht zu kurz kommen. Einmal passierte es, dass ich auf dem Weg zu Konfirmandeneltern außerhalb von Crivitz meinte, das abgelegene Gehöft erreicht zu haben. Bösartige Hunde umkreisten hinter einem Zaun das Haus. Schließlich erschien ein Mann am Tor und hielt die Hunde fest. Ich stellte mich als Pastor vor und ging gleich mutig ins Haus, wurde aber harsch zurückgewiesen. Etwas rätselhaft war das alles. Nach der Wende entpuppte sich dies Haus als einer der geheimen Stasi-Stützpunkte!

Es war kein Problem, vor Festen viele fleißige Helfer zu finden, die die Kirche säuberten und schmückten und dergleichen: unsere Küsterin Christine Schade in Crivitz und viele andere.

Es war unser Ziel, die Gemeinde möglichst selbstständig zu machen. Im Christlichen Verein Junger Männer in Lübeck hatte der dortige Sekretär mir die Regel mit auf den Weg gegeben: „Ein Pastor ist dazu da, sich überflüssig zu machen." So lernte die Gemeinde, beim Gottesdienst mitzuarbeiten, nicht nur bei den Lesungen und beim Kollekte-Sammeln, sondern bei der gesamten Gestaltung, auch bei der Austeilung des Abendmahls. Erst kurz nach unserer Zeit war es dann so weit, dass die Gemeinde gelegentlich den ganzen Gottesdienst samt Predigt selbst gestaltete – sehr hilfreich in der Vakanzzeit.

Ein „Altenkreis" bestand vor unserer Zeit nicht. Also setzten einige Frauen sich zusammen und planten an jedem ersten Mittwoch im Monat ein Zusammensein, den „Kreis für Ältere" (ab 60 Jahre). Die Frauen und Männer hielten selbstständig kurze Andachten, sangen bei Kaffee und Kuchen für die Geburtstagskinder und behandelten jedes Mal ein Thema. Gelegentlich war der „Herr Pastor" dabei. Aber Spaß hat es gemacht, all die Jahre. Immer mit neuen Ideen gestalteten wir die Nachmittage, die nach unserem Weggang regelmäßig durch Laien weitergeführt wurden.

Schon vor unserer Zeit hatte der Posaunenchor mit Titus Dann, einem Geologen, einen tüchtigen Leiter gefunden, der immer neu Nachwuchs heranzog, auch ein Stück Jugendarbeit. Daneben begannen wir dann auch mit einem eigenen Jugendkreis. Dabei ergab sich, dass immer mehr junge Leute, die der Kirche fern standen, zu Gruppen zusammenkamen, um sich taufen und konfirmieren zu lassen. In manchem Jahr gab es mehr Erwachsenen- als Kindertaufen. So wuchs eine neue Generation in die Gemeinde hinein, die dem christlichen Glauben ganz anders begegnete. Besonders erinnern wir uns an Wolfgang Behncke, der mit etwa 20 Jahren sich mehr zufällig einfand. Er war todkrank, musste ständig an die künstliche Niere. Nachdem beide Nieren wegoperiert waren, wartete er lange vergeblich auf eine Transplantation. Mit unglaublicher Energie hat er sich allem gestellt. Als er dann eine neue Niere eingepflanzt bekam, fühlte er sich wie neugeboren. In der Gemeinde war sein Zuhause. Nach vielen mühevollen Jahren setzte er seinem Leben selbst ein Ende. Das hat ganz Crivitz sehr betroffen gemacht.

Etwas mühevoll war der Konfirmandenunterricht (> Foto 21). Als nicht mehr ganz junger Pastor den Jugendlichen Unterricht zu bieten – das ist eine besondere Gabe. Ich war froh, wenn Marianne mich ab und zu vertreten musste, weil ich verhindert war. Marianne versuchte dann, kreativ mit ihnen zu arbeiten, Plakate zu gestalten und anderes mehr. Zu Weihnachten übten wir mit den Jugendlichen ein Krippenspiel ein. Max Schmiedel verlas von der Kanzel die Weihnachtsgeschichte, diese wurde dann „gespielt", begleitet von Orgelmusik und Chorgesang.

Natürlich hat die sozialistische Schule alles daran gesetzt, Konfirmandenunterricht und Jugendarbeit zu behindern und zu „zersetzten", wie es im Stasi-Deutsch hieß. Henry Kraus berichtete uns von der Erweiterten Oberschule (EOS), wie dort der Direktor verbreitete: „Im Pfarrhaus sitzt der Klassenfeind Nr. 1!" Nach der Wende las ich in einem der vielen Stasi-Protokolle, dass zwei Jugendliche zum Abhören in den Jugendkreis geschickt wurden. Stolz wurde vermerkt, der Pastor habe offenbar gar nicht gemerkt, dass sie in hinterhältiger Absicht dabei waren. Damit haben wir leben müssen: Überall konnte ein „Falscher" dabei sein. Also hieß es für uns, von vornherein offen zu sein, mit solchen falschen Kunden zu rechnen, uns aber nicht unsere Unbefangenheit nehmen zu lassen. So haben wir es auch bei den Friedensdekaden, zehn Tage lang bis zum Buß- und Bettag, gehalten, die immer offen und öffentlich eines der kritischen Themen behandelten: Wehrunterricht in den Schulen, die Zerstörung der Umwelt, Erziehung zum Hass und anderes.

Allerlei Feste feierten wir in den Crivitzer Jahren, zweimal das Fest der „Goldenen Konfirmation", bis zu 150 Teilnehmer kamen angereist. Mit viel Liebe und Aufwand vorbereitet, erfreuten sich die „Ehemaligen" bei gutem und schlechtem Wetter im Pfarrgarten und in der Kirche. Viele Erinnerungen wurden ausgetauscht. Bei einem dieser Feste fanden sich zwei Gönner, Wilhelm Wendenburg aus Ratzeburg und Werner Peters aus Ulm. Sie schenkten für 25.000 West-Mark der Kirchgemeinde eine neue Kirchturmuhr, die bis heute das Stadtbild prägt, allen Crivitzern zur Freude. Zur Einweihung wurde tüchtig gefeiert und die Spender wurden geehrt.

Eine wesentliche Rolle spielte auch die Kirchenmusik in Crivitz. Die schadhafte pneumatische Orgel wurde durch die Firma Nussbücker aus Plau zu einer mechanischen Orgel umgebaut. Vorher gab es oftmals Pannen beim Orgelspiel, Töne blieben hängen, der Blasebalg versagte und der Orgel ging die Luft aus usw. Glücklich war vor allem Marianne über die nun mit sehr schönen Registern ausgestattete neue Orgel. So konnten wir auch Kirchenmusiker von auswärts einladen, die mit ihren Chören schöne Abendmusiken veranstalteten. Wir bereiteten aber auch eigenständig solche Musiken vor: Der Posaunenchor leistete Großartiges, der „Ökumenische Singkreis", wie unser Chor hieß, gab sein Bestes. Alle Sänger waren mit Freude bei der Sache und dies übertrug sich auf die Zuhörer. Zeitweise hatten wir eine ausgezeichnete Trompeterin, Dorothea Pick, in unserer Gemeinde, die die Gottesdienstbesucher mit ihrem Können begeisterte, meist im Zusammenspiel mit der Orgel. Auch ein Flötenkreis bereicherte manchmal die Veranstaltungen.

Zum Einsatz kamen alle Musiker bei unseren jährlichen Gemeindefesten. Wir luden uns hierzu Referenten ein, die ein Stückchen Volksmission in unsere manchmal etwas träge Crivitzer Gemeinde brachten. Zu diesen Gemeindefesten kam auch regelmäßig eine Abordnung unserer „Partnergemeinde" Dachau in Bayern.

Diese Verbindung ist bis heute erhalten, manche persönliche Freundschaft ergab sich zwischen den Gästen und den Gastgebern aus Crivitz. Eine weitere sehr intensive Partnerschaft bestand zur evangelischen Kirchgemeinde in Schwerte/Ergste. Auch diese besteht bis heute. Ganz besonders hat uns die Verbindung zur holländischen Gemeinde Bunnik bei Utrecht bereichert.

Bei unseren vielen Kontakten und Reisen nach Kasachstan und Mittelasien wurden auch den Crivitzer Gemeindegliedern diese Menschen dort mit ihren besonderen Problemen nahegebracht. Mit viel Anteilnahme hörten sie von den oft schweren Schicksalen und den sehr ärmlichen Lebensverhältnissen. Es ergaben sich Briefkontakte, Hilfssendungen gingen auf den Weg. Wir konnten einige der ganz Getreuen aus Kasachstan nach Crivitz einladen. Die Gemeindeabende mit ihnen sind vielen unvergessen. Solche Aktivitäten der Crivitzer Gemeinde haben den staatlichen Stellen sicher nicht immer sonderlich gefallen. Damit mussten wir leben.

An jedem Freitag trafen sich abends im Pfarrhaus die „Anonymen Alkoholiker" (Arbeitsgemeinschaft zur Abwehr von Suchtgefahren = AGAS hieß das damals). Aus Crivitz und von vielen Dörfern kamen Männer und Frauen, um über dies Problem miteinander zu reden, sich gegenseitig zu helfen. Diese Selbsthilfegruppe leitete ein Mitarbeiter der Freikirche „Elim" vom „Weinberg". Wir haben es oft in unserer Gemeinde erlebt, wie der Alkohol die Familien ruinierte: Da war die AGAS-Arbeit sehr wichtig. Hinzu kam dann die sozialdiakonische Arbeit vom „Paulskirchenkeller" in Schwerin mit Claus Wergin. Sie hatten ihre „Ableger" in Crivitz und im Pfarrhaus Prestin, sehr zum Ärger „staatlicher Organe".

Zu unserer Kirchgemeinde gehörten auch noch die Kirchdörfer Barnin und Kladow mit weiteren dazugehörigen Dörfern. Die Kirchen waren in schlechtem Zustand und manch Einsatz mit starken Männern war nötig, um die Friedhofsmauern wieder aufzubauen oder die mit Gebüsch fast völlig zugewachsene Kladower Kirche wieder sichtbar zu machen. Auch im Inneren der Kirchen galt es, Ordnung zu schaffen. So freuten wir uns bald miteinander an dem schmucken Kirchlein. Da schlug 1986 ein Kugelblitz in die Kirche ein und richtete auch im Dorf großen Schaden an. Die hinteren Kirchenbänke flogen völlig zerfetzt bis vor den Altar, in den Wänden waren Risse, die Bleiglasfenster zerstört und auch der Turm demoliert. Eine schlimme Überraschung! Viel Mühe und Arbeit und fleißige Helfer waren nötig, bis alle Schäden beseitigt waren. Nach der Wende konnte die Kirche weiter renoviert werden, unser Matthias mit seiner Firma war sogar beteiligt, als die Turmspitze auf der Erde völlig neu aufgebaut und mit einem Kran auf den Turmschaft gesetzt wurde. So ist die Kladower Kirche heute ein beliebtes „Traukirchlein" geworden. Nachdem zwei Jahre zuvor der Blitz schon in die Crivitzer Kirche eingeschlagen hatte und viele Dachziegel von Dach und Turm auf die Straße gefallen waren, sagte ich: „Wenn der Blitz nun auch noch in die Barniner Kirche einschlägt, ist das ein Gotteszeichen – dann werde ich fortgehen müssen!" Barnin blieb verschont!

Gern fuhren wir jeden Sonntag nachmittags zu zweit zum Gottesdienst, entweder nach Barnin oder nach Kladow. Es warteten nie viele Gemeindeglieder auf uns, aber dankbar waren sie für die besinnliche Stunde. Wir sagten uns immer: „Wo zwei oder drei versammelt sind …" Das gab uns Kraft und Mut und wir konnten andere Pastoren, die immer nur so wenige Gottesdienstbesucher in ihren Dörfern hatten, besser verstehen.

Dass sich die politische und wirtschaftliche Lage in der DDR mehr und mehr zuspitzte, spürten wir alle. Im August 1989 waren wir noch mit Friedemann in Prag im Urlaub und hörten dort durch den Rundfunk von den ersten DDR-Bürgern, die in die Botschaft der Bundesrepublik in Prag geflohen waren. Wir gingen daraufhin an der Botschaft vorbei und hörten hinter den Mauern die Menschen. Am Ende waren es Tausende. Es musste und würde etwas geschehen, das spürten wir alle.

Doch gibt es noch mehr von Crivitz zu erzählen. Schon seit Jahrzehnten gab es Gedanken, einen „Heimatverein" zu gründen. Der damalige Propst Lehnhardt hatte enge Verbindung mit dem mecklenburgischen Heimatforscher Richard Wossidlo. Bei dem Studium der alten Pfarrakten hatte ich viel Interessantes entdeckt und darüber auch Gemeindeabende gehalten. Interessant und beeindruckend war u.a. die Entwicklung der jüdischen Gemeinde in Crivitz und ihre Vernichtung in der Hitlerzeit. So schaffte nach der Wende von 1989 eine Gruppe meist „Plattdeutscher" die Gründung des „Heimatvereins". Sie wollten den Pastor als „Vorsitzenden" haben.

Schließlich wurde sogar im Rathaus eine „Heimatstube" eingerichtet, aus der inzwischen ein richtiges Heimatmuseum geworden ist. Da die Crivitzer Lehrerschaft zu DDR-Zeiten nichts über heimatkundliche Dinge erfuhr, hatte ich nach der Wende mehrmals „Weiterbildung" für die Lehrer aller Schulen über Heimatkunde von Crivitz zu halten. Später ist daraus sogar anlässlich der 700-Jahrfeier von Crivitz eine 400-seitige gedruckte „Chronik der Stadt Crivitz" geworden. So hat uns über die kirchliche Gemeindearbeit hinaus viel mit Crivitz und seinen Menschen verbunden. Durch die vielen Aktivitäten zusammen mit anderen wackeren Crivitzern in der Wendezeit ist diese Verbundenheit noch intensiver geworden.

So kam es wohl dazu, dass mir die Crivitzer Ehrenbürgerschaft verliehen wurde.

Krankheit und Abschied

All die vielen Aufregungen und Anstrengungen, die inneren und äußeren Belastungen, die die Wendezeit mit sich brachte, hatten zur Folge, dass ich erkrankte. Zunächst lag ich im Crivitzer Krankenhaus. Vielleicht hatten schon die mancherlei Bauarbeiten an den Kirchen und dann die langen Demonstrationszüge in Schwerin, an denen wir uns regelmäßig beteiligten, die Bandscheiben ruiniert. Dann gab es die aufregenden Unternehmungen in Sachen „Stasi" – wir werden noch davon berichten –, die mir wohl „den Rest gegeben" haben.

Wir waren kurz nach der Wende über Lübeck nach Schmielau bei Ratzeburg gefahren, um endlich einmal einen „Westurlaub" mit unserer ersten selbst verdienten Westmark = DM zu machen. Doch gleich in der ersten Nacht erkrankte ich so sehr, dass wir sofort nach Besuch eines dortigen recht ahnungslosen Hausarztes uns entschlossen, nach Crivitz zurückzukehren. Halbwegs liegend in unserem „Trabi" steuerte Marianne den Patienten fast nur im Schritttempo heimwärts, weil jede Erschütterung eine Qual war. Hausarzt Dr. Klein überwies mich sofort ins Diakonissen-Krankenhaus „Stift Bethlehem" nach Ludwigslust. Der dortige Chefarzt Dr. Schulz hatte mich in all den Bischofsjahren regelmäßig „durchgecheckt". Er diagnostizierte „Menier'sche Krankheit" (totaler Schwindel usw.). Unsere Kinder und Marianne machten sich große Sorgen. Auch die Kinder rieten mir, doch die Arbeit in Crivitz zu beenden.

So fasste Marianne sich ein Herz, besuchte mich, schon vier Wochen in der Klinik liegend, und sagte mir: „Berate dich mit dem Arzt, ob es nicht gut und richtig ist, bald und das heißt vorzeitig (zum Herbst 1991) in den Ruhestand zu gehen."

Ich war einverstanden.

Alles ging so seinen Gang. Die Kirchgemeinde Crivitz bedauerte zwar den Entschluss, konnte ihn aber akzeptieren. So feierten wir schweren Herzens den Abschiedsgottesdienst am 29. September 1991, den die Crivitzer sehr einfallsreich und schön gestalteten. Gäste von überall her waren gekommen, aus unseren Partnergemeinden, aber auch viele Freunde aus unseren früheren Gemeinden. Eine große Gemeinde hatte sich eingefunden. Auch alle unsere Kinder waren zu unserer Überraschung erschienen. So feierten wir noch einen festlichen Gottesdienst in der Kirche, danach ging es in der Kirche weiter mit Gulaschsuppe, Kaffeetrinken u.a. Viele ergötzliche Reden hörten wir uns an. Den Höhepunkt bildeten dann zwei Radfahrer, die mit einem Herrenrad und einem Damenrad durch die Kirche geradelt kamen. Diese beiden Fahrräder wurden uns von den Crivitzern als Abschiedsgeschenk überreicht. Ich habe dann mit Bewegung Dank an alle ausgesprochen, waren wir doch in diesen ganz besonderen Zeiten mit der Gemeinde und auch all denen, die sich in der „Wende" engagiert hatten, auf besondere Weise zusammengewachsen.

Die „Wende"
(1989/90)

„Revolution der Kerzen"

Schon Monate vor dem Herbst 1989 war zu spüren, dass es mit der DDR nicht mehr lange so weitergehen konnte. Nichts funktionierte mehr, weder in der Wirtschaft noch im Alltag, alles schien marode zu sein. Die Stimmung war gespannt und gereizt.

Dennoch wurde am 7. Oktober 1989, dem „Tag der Republik", der 40. Jahrestag der DDR in Ost-Berlin noch mit großem Aufwand gefeiert.

Als bereits zwei Tage später, am 9. Oktober, bei der ersten Großdemonstration in Leipzig, 70.000 Bürger auf die Straße gingen, wusste Honecker nichts Besseres zu tun, als mit seinem Befehl 9/89 vom 13.10.1989 die Bezirkseinsatzleitung Leipzig zu allerschärfstem Vorgehen gegen die Demonstranten aufzurufen.

Schon fünf Tage später wurde Erich Honecker durch Egon Krenz als neuer Generalsekretär der SED abgelöst. Am 9. November 1989 um 23.14 Uhr öffneten sich die Schlagbäume an der Berliner Mauer, nachdem die DDR-Regierung zwei Tage vorher zurückgetreten war.

In nur einem Monat haben sich diese wahrlich umstürzenden Ereignisse zugetragen. Wir haben sie hautnah miterlebt. Wenn wir sie heute aufschreiben, empfinden wir sie noch nicht als Geschichte, die hinter uns liegt. Wir können auch jetzt noch nicht so selbstverständlich von Schwerin westwärts etwa nach Lübeck fahren, ohne dass uns an der ehemaligen „Zonengrenze", wo Minen und Selbstschussanlagen drohten, ein eigenartiges Gefühl überkommt. Wie dankbar können wir sein, dass diese Grenze und das Regime, das sie zu verantworten hatte, Vergangenheit sind!

Aber ist die Wende von 1989/90 heute schon abgeschlossen?

So fragten wir 15 Jahre nach der „Wende", als wir 2004 vor unserer Goldenen Hochzeit diese Erfahrungen für unsere Kinder aufschrieben. Inzwischen
sind weitere 10 Jahre vergangen. Was ist aus unseren Erinnerungen geworden?
Sind nicht neue Fragen hinzugekommen? Wir werden darauf noch kommen.
Hören und lesen wir nun erst weiter den Bericht von vor zehn Jahren (2004).

Die aufregenden Monate der Wende haben wir persönlich und in unserer
Kirchgemeinde Crivitz sehr intensiv miterlebt. Kirche und Pfarrhaus waren
der Anlaufpunkt für viele, die sich kritisch mit den Verhältnissen in der DDR
auseinandersetzten. An den Friedensdekaden im Herbst jeden Jahres unter
dem Symbol „Schwerter zu Pflugscharen" beteiligten sich nicht nur Gemeindeglieder. Wir hatten einen „Umweltkreis", der auch zu anderen Gruppen im Lande Kontakt hielt. Bausoldaten, die zeitweise in Armee-Objekten
in der Nähe eingesetzt waren, trafen sich gern im Pfarrhaus. Wir haben schon
berichtet, wie auch der Schaukasten, von Marianne gestaltet, ein wichtiger
Informationspunkt war.
Dort konnte dann auch jedermann lesen, was es mit der Bürgerbewegung
„Neues Forum" auf sich hatte, das am 19. September 1989 in Grünheide bei
Berlin gegründet worden war. In dem Flugblatt (1½ Seiten lang) unter der
Überschrift: „Aufbruch 89 – Neues Forum" heißt es dann auszugsweise:

„In unserem Lande ist die Kommunikation zwischen Staat und Gesellschaft offensichtlich gestört … Die gestörte Beziehung zwischen
Staat und Gesellschaft lähmt die schöpferischen Potenzen unserer Gesellschaft und behindert die Lösung der anstehenden lokalen und glo-
balen Aufgaben … Es bedarf eines demokratischen Dialogs über die
Aufgaben des Rechtsstaates, der Wirtschaft und der Kultur. Über diese
Fragen müssen wir in aller Öffentlichkeit, gemeinsam und im ganzen
Land nachdenken und miteinander sprechen … Wir rufen alle Bürger
und Bürgerinnen der DDR, die an einer Gestaltung unserer Gesellschaft
mitwirken wollen, auf, Mitglieder des NEUEN FORUMS zu werden.
Die Zeit ist reif."

Es folgten die 27 Unterschriften der „Erstunterzeichner". Unter den Mitun-
terzeichnern war auch ein Mecklenburger, Martin Klähn aus Schwerin, der
ebenso wie die Gemeindepädagogin Uta Loheit schon Kontakt zu den Grün-

dern des NEUEN FORUMS hatte. Sofort haben wir uns mit ihm und anderen Unterzeichnern wie Prof. Jens Reich in Berlin in Verbindung gesetzt, um auch bei uns in Mecklenburg diese Bewegung zu unterstützen. Wir hatten in Crivitz etliche Gleichgesinnte, der Bildhauer Wieland Schmiedel und Familie Gerhard Apelt aus Kladow/Augustenhof gehörten dazu und etliche, die nicht Glieder unserer Kirchgemeinde waren. Unsere Mecklenburgische Kirchenzeitung informierte sehr offen über die Entwicklung. Die entsprechenden Artikel kamen in unseren Schaukasten am Pfarrhaus und wurden von vielen gelesen. Schließlich haben wir ab September 89 nach jedem Gottesdienst im Pfarrhaus eine Informationsstunde gehalten, in der Informationen ausgetauscht und Verabredungen für Protestveranstaltungen und Demonstrationen getroffen wurden. So waren auch viele Crivitzer dabei, als am 2. Oktober 1989 in der Schweriner Paulskirche das „Neue Forum" Schwerin gegründet wurde. Martin Klähn und die Gemeindepädagogin Uta Loheit leiteten den Abend und kämpften dann bei den staatlichen Stellen um die Anerkennung.

Als vier Tage später das Stadtjugendpfarramt eine weitere Protestveranstaltung in der Paulskirche veranstaltete, hatten die staatlichen Stellen große Scharen „linientreuer" Genossen und Stasi-Leute eingeschleust, die sich wie Trauben um die vier Hauptpfeiler der Kirche konzentriert hatten und die Veranstaltung stören, ja platzen lassen wollten. Doch die Masse hielt dagegen, Einzelne von uns mengten sich unter diese „Stasi-Trauben", um mit ihnen zu diskutieren, um die Ruhe wiederherzustellen. Oft ging es chaotisch zu. Einige Wochen später fiel uns ein streng vertrauliches Stasi-Dokument über diesen Abend in der Paulskirche in die Hände, acht Seiten lang, mit vielen Einzelheiten.

Da liest man, dass Lietz, Rathke und andere zu den „bekannten Exponenten der Untergrundbewegung im Territorium des Bezirks Schwerin", zu den „feindlich-negativen Kräften" gehören. Für so gefährlich hielt man uns also! Liest man in dem Protokoll und in anderen Dokumenten jener Zeit weiter, erfährt man, was man im „Ernstfall" mit solchen „Staatsfeinden" vorhatte, bis hin zur Einlieferung in sogenannte „Isolierlager".

An demselben Abend hatten in Leipzig bei der 1. Großdemonstration schon 70.000 Bürger demonstriert. Später hieß es, der Norden habe da noch geschlafen. Ganz stimmt das wohl nicht, wenn man an die Veranstaltungen in der Paulskirche denkt.

Die kritischen Bürger aus Crivitz, darunter sehr viele Gemeindeglieder, waren bei den Veranstaltungen in Schwerin immer dabei, wollten aber auch in Crivitz selbst aktiv werden. So kam es bei einer Zusammenkunft in der Rönkendorfer Mühle bei Bildhauer Schmiedel zur Gründung einer Zweiggruppe des „Neuen Forums", der „Politischen Bürgerinitiative Crivitz". Es wurde als Leitung ein „Sprecherrat" gegründet. Wir Rathkes waren von Anfang an mit dabei, waren in kritischen Situationen auch die Ansprechpartner, da die Kirche einen besonderen Freiraum bot. So kam es, dass wir Crivitzer bei der nächsten Großveranstaltung in Schwerin in großer Anzahl dabei waren. Dort sollte nun, ähnlich wie schon seit drei Wochen in Leipzig, eine große Kerzendemonstration, eingeleitet durch eine Friedensandacht im Dom, stattfinden. Alles wurde heimlich abgesprochen und vorbereitet: Kerzen beschafft, Kerzenhalter angefertigt.

Partei und Stasi hatten auf dem „Alten Garten" kurzfristig eine Gegenveranstaltung organisiert mit einem Großaufgebot bewaffneter Kräfte.

Der 23. Oktober in Schwerin

Als wir uns am 23. Oktober 1989 nach der Andacht im Dom mit Tausenden von Teilnehmern wie verabredet über Puschkin-, Amts- und Werderstraße Richtung „Alter Garten" (Theaterplatz) bewegten, kam uns ein riesiger Zug von Leuten entgegen. Wir vermuteten zunächst die Gegendemonstration von Partei und Stasi. Würde es einen gewaltsamen Zusammenstoß geben? Wir hatten ja bei dem Weg zum Dom schon die heimlich aufgestellten Einsatzkräfte mit Wasserwerfern und anderem Gerät gesehen. Doch es waren unsere Leute, die vor dem Theater schon die Redner der Partei übertönt und zum Aufgeben gebracht hatten. Auf dem überfüllten „Alten Garten" kamen dann neben Rednern vom „Neuen Forum" auch Schauspieler vom Theater zu Wort. Man versuchte, Vertreter der Bezirksleitung der SED (Ziegner, Quandt), die gleich an der Ecke ihren Hauptsitz hatte (heute Landesregierung), zum Dialog vor ihr Gebäude zu drängen. Aber sie hatten sich versteckt. So wurde das Gebäude von außen über und über mit Kerzen und Plakaten versehen. Als wir sechs Wochen später in das Gebäude eindringen konnten, fanden wir im Keller ein riesiges Waffenlager. Der lange Demonstrationszug mit 40.000 Teilnehmern und Tausenden brennender Kerzen bewegte sich nun vom „Alten Garten" durch die Schweriner Altstadt zum Pfaffenteich. Wir werden das eindrucksvolle Bild nicht vergessen, wie dann bei Dunkelheit rings um den ganzen Pfaffenteich ein riesiger Strom von Kerzenträgern leuchtete. Ziel war das Arsenal, damals der Hauptsitz der Bezirksbehörde der Volkspolizei. In Sprechchören wurde gegen Willkür und Gewalt von Polizei und Stasi protestiert: „Wir sind das Volk" – „Stasi in die Produktion" – usf. Tausende Kerzen wurden vor die Türen und Fenster und auf die Straße gestellt, dazu Plakate der Demonstranten. Wie mag den vielen bewaffneten Polizisten im Innern des Gebäudes zumute gewesen sein?

Wohl vier Stunden hatten wir mit dieser Demonstration zugebracht. Sie wiederholte sich nun jeden Montag, wir Crivitzer immer mit dabei. Ich aber musste nach einigen Wochen aussetzen, mir hatten die Anstrengungen wohl zu sehr zugesetzt. Auf einer Mülltonne am Ziegenmarkt blieb ich sitzen und landete für zwei Wochen im Crivitzer Krankenhaus.

Aktionen in Crivitz

Doch auch in Crivitz gab es genug zu tun. Dort haben wir nicht so sehr mit Demonstrationen, sondern mit drei großen Bürgerversammlungen im Kulturhaus Druck auf die Partei und die Staatsorgane ausgeübt. Organisiert wurde dies durch die „Politische Bürgerinitiative Crivitz", der neben dem Sprecherrat bald mehr als 60 eingeschriebene Mitglieder angehörten. Der Sprecherrat lud zu den Veranstaltungen im Kulturhaus die Verantwortlichen vom Rat des Kreises, auch die Leiter von Stasi, Volkspolizei und Partei aus Schwerin ein, damit sie sich den Fragen der Bevölkerung stellten. Da saßen sie nun alle, die Oberen von Staat, Partei, Stasi, auch Polizei und Armee. Wer hatte nun noch das „Sagen" (und Handeln), nachdem Gerhard Apelt seine sehr deutliche Eröffnungsrede vortrug? Da war immer wieder das Pfarrhaus gefragt, denn staatliche Räume wurden nicht freigegeben. Zudem war man dankbar für die Nutzung des Vervielfältigungsapparates im Pfarrhaus und für andere Formen der Werbung und Information.

Schon bei einer der früheren Zusammenkünfte im Pfarrhaus sprachen einige von einem verdächtigen Haus am Güterbahnhof. Man meinte zu wissen, dass dort die Stasi einen Stützpunkt habe. Mutig zogen wir zu dritt los, wir bekamen sogar Zutritt. Der anwesende Stasimann gab schnell zu, was sich im Hause konspirativ abspielte. Bald ging es auf diese Weise zu einigen anderen

Stasi-Objekten in Crivitz. Eines davon war so angelegt, dass man optisch und durch Abhören das katholische Gemeindezentrum observieren konnte. Um unseren Forderungen Nachdruck zu verleihen, erstatteten wir beim Bezirksstaatsanwalt in Schwerin Anzeige und forderten die Schließung der Stasi-Objekte. Oft versuchten wir, sofort solche Gebäude und Räume zu versiegeln. Als Reaktion schickte man Militärstaatsanwälte nach Crivitz, einen Major Schreiter und andere. Sie sollten uns wohl einschüchtern oder auch hinters Licht führen. Sie sagten Klärung zu, hinter unserem Rücken aber wurden Akten weggeschafft oder der Stasi geholfen, dass sie weitermachen konnte. Nun war der Crivitzer Pastor einer der Haupt-Ansprechpartner. Tag und Nacht ging es turbulent zu. So waren wir einmal zu mitternächtlicher Stunde mit etlichen Uniformierten im ehemaligen Gutshaus Basthorst zugange. Dort verbarg sich einer der heimlichen Stützpunkte vom Rat des Bezirks Schwerin und der Stasi. Der große Keller war voller Nachrichtenanlagen. Als wir fortgingen, trat einer der noch aktiven Stasileute an mich heran, um mir unter Androhung von Waffengewalt meine Notizen abzunehmen. Ähnlich dramatisch ging es auch bei anderer Gelegenheit zu, sogar Morddrohungen flatterten uns ins Pfarrhaus. So sahen wir an einem Abend im West-Fernsehen eine Sendung über die Besetzung von Stasi-Gebäuden durch die Bürgerbewegung. Gleich danach klingelte das Telefon, Marianne ging heran und musste sich anhören: „Den Rathke kriegen wir auch noch, er soll sich nicht einbilden, dass er ungeschoren davonkommt!"

In diesen Wochen im Herbst 1989 wurde uns deutlich, wie gerade das Gelände um Crivitz mit seinen vielen Waldgebieten und abgelegenen Orten offenbar das Zentrum der „konspirativen Objekte" der Stasi und auch anderer Staatsorgane im Bereich um die Bezirksstadt Schwerin war. Am Ende haben wir mehr als 40 geheime Stasi-Objekte gezählt.

Die Stasi wird enttarnt

Wie ernst man die Drohungen nehmen musste, spürten wir am 22. Dezember 1989 bei der noch aktiven Bezirksleitung der SED in Schwerin in der Schloßstraße, als wir mit einer Gruppe von Bürgerrechtlern feststellen wollten, ob der Einsatz von Waffen gegen Demonstranten geplant war. Der noch amtierende „1. Sekretär" erklärte kaltschnäuzig: „Bei der Demonstration am 23. Oktober hätten wir geschossen, wenn wir den Befehl bekommen hätten. Und heute wären wir genauso bereit dazu!" In den Kellern in der Schloßstraße hatten wir kurz davor ein ganzes Lager mit Nahkampfwaffen feststellen müssen, außerdem riesige Funk- und Telefonanlagen. Die Kabel zur Stasi, die wir gerade gekappt hatten, waren inzwischen wieder angeschlossen. So ging es zuweilen recht dramatisch und gefährlich zu.

Dem dicksten Brocken unter den Stasi-Objekten kamen wir bald darauf, aber mehr zufällig auf die Spur. Als ich von einem Militärstaatsanwalt zu sehr später Stunde aus dem Pfarrhaus zu einem Treffen im Stasi-Haus am Güterbahnhof in Crivitz abgeholt wurde, verplapperte sich der anwesende Ortspolizist. Er sprach von einem Bunker am „Waldschlößchen". Was sollte das bedeuten? Man munkelte in Crivitz, dass weit draußen vor der Stadt gegenüber der ehemaligen Gaststätte „Waldschlößchen" am Waldrand Richtung Schwerin im Wald versteckt nicht nur ein Schießstand, sondern noch einiges mehr sei. Nun ließen wir nicht locker. Vor allem Gerhard Apelt aus Augustenhof zog immer wieder mit mir los. Schließlich gelang es uns, unter Einschaltung des sogenannten Regierungsbeauftragten Goldmann aus Berlin in Begleitung von Militärstaatsanwalt und hohen Offizieren von Stasi und Polizei vor das Tor des „Objektes" zu gelangen. Doch der Zutritt wurde uns verwehrt. Schließlich hieß es: Nur den Pastor lassen wir rein. Der aber musste unterschreiben, dass er nach den damals noch geltenden DDR-Gesetzen zu Stillschweigen verpflichtet sei; anderenfalls drohten mehrere Jahre Zuchthaus.
Und so öffnete sich mir eine ungeahnte Welt. Auf den ca. 15 Hektar mitten im Wald waren nicht nur ein großer Schießplatz, sondern eine Menge Gebäude, deren Inhalt und Zweck wir erst später entdeckten. Doch damit nicht genug: Unter einer großen Baracke, die von Elektrozaun und einer Staffel wilder Hunde gesichert war, durch etliche geheime Zugänge verborgen, befand sich ein riesiger unterirdischer Bunker – das Hauptquartier der Stasi im Norden der DDR. Alles Erdenkliche fand sich in den vielen unterirdischen Räumen: Quartier für über 100 Leute, Kantine, Lazarett, Atomschutzanlage, umfangreiche Nachrichtentechnik, natürlich auch die entsprechenden Waffen. Bei der Besichtigung führte man mich an der Kommandozentrale des Chefs dieser Anlage vorbei. In einem unbewachten Augenblick konnte ich allein dorthin zurückkehren und die Übersichtskarte aller ca. 40 Stasi-Einrichtungen in und um Schwerin studieren. Sie hat sich mir wie ein fotografisches Gedächtnis eingeprägt. So konnten wir später eine Reihe weiterer Stasi-Objekte auf-

decken und schließlich auch außer Betrieb setzen: einen weiteren unterirdischen Bunker beim „Waldschlößchen", unterirdische Bunker am Barniner See, Objekte am Militzsee, in Augustenhof und so fort.

In unserer Bürgerinitiative Crivitz überlegten wir, wie wir weiterkommen könnten (> Foto 22). Wieder wurde Anzeige beim Staatsanwalt erstattet. Bei den Bürgerversammlungen wurden die Verantwortlichen vom Kreis und vom Bezirk, von Stasi und Polizei unter Druck gesetzt, auch die provisorische Regierung Modrow in Berlin eingeschaltet. Doch auch im Januar 1990 blieb uns der Stasi-Bunker „Waldschlößchen" weiter verschlossen, es wurden dort sogar noch Schießübungen veranstaltet. Wir mussten befürchten, dass Waffen, Inventar und Akten heimlich weggeschafft oder vernichtet wurden. So beschloss unsere Bürgerinitiative Mitte Januar 1990 eine Belagerung des Stasi-Geländes „Waldschlößchen". Tag und Nacht waren alle Eingänge durch die Bürgerbewegung blockiert. An der vorbeiführenden Hauptstraße wiesen riesige Plakate auf das Stasi-Objekt hin, nachts brannte dort ein Lagerfeuer. Zeitweise versammelten sich Hunderte vor dem Haupteingang, unser „Sprecherrat" hatte alle Mühe, sie von Gewaltanwendung abzubringen. Vielleicht war das auch eine Finte der Stasi, um ihrerseits dann dazwischen zu schießen.

Es kam zu sehr dramatischen Situationen. Wir versuchten, auch die Medien aufmerksam zu machen. So erschien in der gerade neu gegründeten Zeitung der Bürgerbewegung „Mecklenburger Aufbruch" auf der Titelseite ein Bericht. Sogar die „Bild-Zeitung" berichtete ausführlich, natürlich auch die Kirchenzeitung und schließlich sogar das West-Fernsehen. Auch so versuchten wir, Druck auszuüben.

Als in einem unbewachten Augenblick hohe Offiziere bis hin zum General versuchten, in das Objekt zu kommen und hinter dem Rücken der Bürgerbewegung Tatsachen zu schaffen, waren es zwei unserer Frauen, die mit dem „Trabi" dazwischenkamen und die hohen Militärs, darunter zwei Generäle, hinderten, uns hinters Licht zu führen. Als die Stasi versuchte, über Nebeneingänge dieses riesigen Stasi-Areals Waffen und Unterlagen abzutransportieren, erschien ein beherzter Traktorist von einer benachbarten Genossenschaft und schob alle Nebeneingänge mit einer Planierraupe durch hohe Erdwälle zu. Tag und Nacht hielten unsere Leute von der Bürgerbewegung vor dem Stasi-Gelände am „Waldschlößchen" aus, immer mehr Leute wurden aufmerksam, immer mehr Reporter und Fernsehteams erschienen. Schließlich war es geschafft: Die Stasi musste die Herrschaft abgeben, die Gebäude wurden versiegelt und die Volkspolizei war für den Schutz verantwortlich. Wir hatten den größten geheimen unterirdischen Stasi-Bunker bei uns im Norden der DDR „geknackt". 100 Leute hätten dort atomsicher untergebracht werden können, mit Schlaf-räumen, nobel eingerichteter Küche, Lazarett, Waffenlager und Nachrichten-Einrichtungen. Hinzu kamen etwa zehn oberirdische Gebäude, auch mit Nah-kampfwaffen, einem Fuhrpark usw. Wir bemühten uns, zusammen mit dem „Neuen Forum" Schwerin, alles zu sichern.

Wir können hier nicht weiter berichten, wie in diesen aufregenden Monaten viele andere Stasi-Einrichtungen enttarnt und aufgelöst wurden bis hin zur Bezirksleitung der Stasi in Schwerin am Demmlerplatz, zur Kreisdienststelle bei Rampe (fast ein eigenes Dorf) oder zur streng geheimen und versteckten Ausbildungsstätte für Terroristen (auch für die RAF!) in Karnin an der War-now. Neben den ca. 40 Objekten im Umkreis von Crivitz sollen es lt. Stasi-Unterlagen 259 im Bezirk Schwerin gewesen sein.

Trotzdem haben hier und an vielen anderen Stellen die sogenannten „Seil-schaften" dafür gesorgt, dass viel Material beiseite geschafft oder vernichtet wurde, dass viele Stasi-Leute und Funktionäre sich Geld und Besitz zugeschanzt haben. So etablierte sich für einige Jahre nach der Wende der Verlag „Stock und Stein" in Schwerin, geleitet von einem Herrn Wulf, mit einigen anderen Druckerei-Betrieben. Erst allmählich haben wir entdeckt, dass sich dahinter so eine Seilschaft verbirgt. Zudem war Herr Wulf einer der Stasi-Offiziere, der, wie aus meiner Stasi-Akte hervorgeht, etliche Spitzel (IMs) auf mich in mei-ner damaligen Bischofzeit angesetzt hatte und auch sonst um „Zersetzung" in der Kirche bemüht war. Oder ich denke an den sogenannten „Auflösungsstab für die Stasi-Angelegenheiten", mit dem wir ständig zu tun hatten, wenn es darum ging, das Inventar der Stasi, Akten, Waffen usw. sicherzustellen. Konn-ten wir wissen, dass sich dort ein Stasi-Offizier aus Crivitz und sein Kollege Hungerland eingenistet hatten? – So hat uns die Wende auch viele Täuschungen und Enttäuschungen gebracht. Dennoch können wir nur dankbar sein, dass der Spuk ein Ende hat und es ohne Blutvergießen abging.

Nach der Wende

Als wir diese Erinnerungen an die „Revolution der Kerzen" und an die Zeit der „Wende", wie wir sie in Crivitz und Schwerin erlebt haben, aufschrieben, waren schon 15 Jahre seit dem historischen Jahr 1989 vergangen. Inzwischen sind wir dabei, „25 Jahre seit der Wende" zu feiern. Kürzlich wurde ich um einen Beitrag zu diesem Ereignis gebeten: Wie haben Sie die Wende erlebt? Welche Erfahrungen und Erwartungen haben sich erfüllt? Was steht noch aus? – Ich versuche, zu erinnern und mich zu besinnen, was uns mit dieser „Wende" verbindet.

„Die Wende" ist für mich zuerst das Datum „9. November 1989". Die Mauer ist gefallen. Und wenn sie auch weithin noch nicht gefallen ist, so klettern in dieser Nacht die Menschen doch hinüber und herüber. Und die Sicherheitsorgane lassen es zu, auch an den sonst so schwer bewachten Grenzübergängen. Dieser Tag ist für mich das Datum und das Signal für die Freiheit und das Zusammenkommen der Menschen im getrennten Deutschland nach 44 Jahren der Trennung. Was wird das für den weiteren Weg bedeuten? Denn dieser Tag ist auch der Erinnerungstag an andere Daten unserer Geschichte: Der 9. November 1938 mit dem Brand der Synagogen, das Signal für die „Endlösung" zur Vernichtung der Juden. – Der 9. November 1923, als von Hitler an der Feldherrnhalle in München schon ein Signal zur Machtergreifung gesetzt wurde. – Und auch noch der 9. November 1918, als nach dem verlorenen 1. Weltkrieg mit dem Matrosenaufstand, der Abdankung des Kaisers und Friedrich Ebert als neuem Reichskanzler der Anfang für die neue Weimarer Republik geschaffen wurde.

„Die Wende" war auch der politische Prozess, wie wir ihn insbesondere zwischen dem 8. Oktober 1989 und dem 3. Oktober 1990 in atemberaubender Weise erlebt haben. Da wurde noch mit großem Aufwand der 40. Jahrestag der DDR gefeiert. Neben Erich Honecker auf der Ehrentribüne der 1. Sekretär der KPdSU aus Moskau, Michail Gorbatschow, der verlauten ließ: „Wer zu spät kommt, den bestraft das Leben." In Leipzig und an anderen Orten wurde schon demonstriert. Am 18. März 1990 waren die ersten freien Wahlen in der ehemaligen DDR. Lothar de Maiziere wurde der erste frei gewählte Ministerpräsident, nur für ein halbes Jahr. Dann wurden am 3. Oktober 1990 die fünf neuen Bundesländer durch „Beitritt" an die alte Bundesrepublik angeschlossen. Mecklenburg-Vorpommern wurde eines der fünf neuen Bundesländer mit eigenem Landtag und eigener Regierung. Es war schon eigenartig, wenn nun Berndt Seite, ein Tierarzt und seit vielen Jahren Mitglied unserer Landessynode und von daher Duz-Freund, jetzt unser Ministerpräsident war. Oder dass Pastor Gottfried Timm, den ich, als ich Bischof war, in seine Gemeinde Röbel gebracht hatte, nun unser Innenminister wurde. Die Reihe ließe sich fortsetzen, etwa mit Joachim Gauck, der in Rostock bei uns in der Jungen Gemeinde war, dann mein Nachfolger als Stadtjugendpastor in Rostock und dort dann in der Bürgerbewegung aktiv wurde. Er wurde Mitglied der frei gewählten Volkskammer und schließlich der Verwalter der Stasi-Akten. Markus Meckel, als Pastor in Vipperow in Mecklenburg sehr in der Friedensbewegung aktiv, verhandelte nun als Außenminister bei den sogenannten „2+4-Gesprächen" der vier alliierten Großmächte und der beiden deutschen Staaten über die Wiedervereinigung Deutschlands und einen möglichen Friedensvertrag.

Diese Zeit der Wende hat uns als Familie sehr betroffen. Noch wenige Monate vor dem Mauerfall wurde einer unsere Söhne, der als totaler Wehrdienstverweigerer immer wieder kurz vor der Verhaftung stand, „aus der Staatsbürgerschaft der DDR entlassen", wie es offiziell hieß. Mit dem Mauerfall konnten nun auch die anderen sechs Kinder erstmalig in das andere Deutschland, aus dem ihre Eltern kamen, reisen, zu ihren nächsten Verwandten. Der Älteste hatte 35 Jahre darauf warten müssen. Und wir Eltern konnten zum ersten Mal seit unserer Hochzeit 1955 wieder gemeinsam nach „drüben" fahren. Von einem anderen Wendepunkt war schon die Rede.

Die Ereignisse der Wendezeit hatten mich so sehr angegriffen, dass ich einige Wochen schwer erkrankte und der Arzt den Ruhestand verordnete. So ging die Arbeit in der Kirchgemeinde Crivitz zu Ende. Wieder führte es uns nach Schwerin in den Schleifmühlenweg 11 am Faulen See. Ein paar Häuser weiter, in der Nr. 4, hatten wir 12 Jahre lang in der Bischofszeit gewohnt. Doch zum richtigen Ruhestand kam es nicht.

Die „Wende" hat uns in anderer Weise sehr in Anspruch genommen. So erlebten wir die „Wende" nicht nur als den historischen Wendepunkt am 9. November 1989 und als politische Wende von 1989/90 bis zum Beitritt der ehemaligen DDR zur Bundesrepublik am 3. Oktober 1990. Wir erlebten sie als eine Wende der Menschen für sich und untereinander. Wie fühlten sich die, die bisher als die Mächtigen galten, wenn sie nun bei einer Demonstration oder bei einem Forum Rechenschaft geben sollten? Oder wenn sie sich in ihren geheimen oder auch öffentlichen „Objekten" von den „Kerzenträgern" eingesperrt sahen? Überall in den neuen Bundesländern haben in der frühen Wendezeit die „Runden Tische" eine große Rolle gespielt. Da wurde versucht, aus der Konfrontation herauszukommen, sich einander zuzuwenden, um miteinander neu auf den Weg zu kommen. Sehr oft waren Leute von der Kirche die Leiter der

Runden Tische. Saßen da nicht auch die „Wendehälse" mit am Tisch, die sich so schnell „demokratisch" aufspielen konnten? Oder die „Seilschaften", die es nicht nur geschafft hatten, für sich gute Positionen, Besitz und Vermögen über die Wende zu retten; sie behielten oder verschafften sich weiterhin und insgeheim Einfluss auf viele Bereiche bis in die Auflösungsstäbe der Stasi. Von einer dieser vielen Begegnungen will ich hier erzählen: Als im Januar 1990 einer der Zuständigen beim Rat des Bezirkes Schwerin laut Zeitung immer noch agierte, packte mich der Zorn. Der Mann hatte mir, als ich Bischof war, viele Schwierigkeiten bereitet. Und als ich 1989 bei ihm das „Neue Forum" registrieren lassen wollte, hatte er mich scharf gerügt. So zog ich an einem Dienstag, dem üblichen Behörden-Sprechtag in der DDR, zum Rat des Bezirks. Da saß nun der einst mächtige Mann ziemlich verloren in seinem großen Dienstzimmer. Ich lud meinen Zorn und Frust über ihn und bei ihm ungehemmt ab. Er hörte nur schweigend zu. Dann sagte er: „So kenne ich Sie von früher. Sie haben immer offen mit mir geredet. Deshalb sind Sie jetzt auch einer, vielleicht der Einzige, mit dem ich offen reden kann." Und dann kam es fast wie eine Beichte aus ihm heraus: Er habe sich geirrt, er habe sein Leben verfehlt, er habe viel Falsches zu bereuen. Seine eigenen Kinder würden ihm das jetzt vorwerfen. Persönliches Leid kam hinzu: eine kranke Frau, ein schwer behindertes Enkelkind. Es wurde ein sehr persönliches Gespräch mit dem Angebot, er könne, wenn er es brauche, auch bei uns im Pfarrhaus in Crivitz vorbeikommen. Und ich schämte und entschuldigte mich für meinen zornigen Auftritt. Das hat uns sehr bewegt; neben den vielen „Wendehälsen", die von heut auf morgen ihr Fähnchen in den neuen Wind gehängt hatten.

Diesen Prozess der Wende haben Landtag und Landesregierung nach ihrer Neukonstituierung sehr bald aufgenommen mit einer Enquete-Kommission: „Leben in der DDR, Leben nach 1989 – Aufarbeitung und Versöhnung". Man konnte es als eine Art Fortsetzung des Gedankens der „Runden Tische" verstehen. Zu den 13 Mitgliedern gehörten neben dem Vorsitzenden Landtagspräsident Rainer Prachtl je zwei Vertreter der Parteien im Landtag (CDU, SPD, PDS) und Heiko Lietz als Vertreter des Landesverbandes „Bündnis 90/Die Grünen". Mit den weiteren sechs „unabhängigen Persönlichkeiten" wurde auch ich gewählt. Die zweijährige Arbeit mit vielen Anhörungen und Berichten, heftigen Auseinandersetzungen und gemeinsamen Sitzungen mit dem Landtag findet man in zehn Berichtsbänden dokumentiert. Es haben sich manche neue Zugänge zu Menschen und ihrer Welt, in der sie seit Jahrzehnten lebten, ergeben. Wie weit hat es uns auf einen neuen Weg miteinander gebracht? Ebenfalls vom Landtag wurde ich als Vertreter des neuen Bundeslandes Mecklenburg-Vorpommern in den Beirat des Bundesbeauftragten für die Stasi-Unterlagen (Gauck-Behörde) in Berlin gewählt. Der Beirat mit mehreren Bundestagsabgeordneten und den Vertretern der neuen Bundesländer hatte die Arbeit des Bundesbeauftragten zu begleiten und ihn zu beraten. Daneben sollte dadurch die Verbindung zu den Landesbeauftragten (für uns in Schwerin) mit ihren Außenstellen (Görslow, Rostock und Neubrandenburg) gewährleistet werden. Das hat mich in zwei Wahlperioden acht Jahre sehr in Anspruch genommen mit all den neuen Einsichten, Erfahrungen und Begegnungen mit Betroffenen. Wichtig war es mir bei den Aufgaben der „Aufarbeitung", die für die Kirche in Mecklenburg auf uns warteten.

Wie ist nun unsere Kirche durch diese Zeit der Wende und des Wandels gegangen? War es damit getan, dass wir als Landeskirche nur wieder in die früheren kirchlichen Strukturen eingegliedert wurden? Wir wurden nach zwei Jahrzehnten im „Bund" wieder Mitglied der Evangelischen Kirche in Deutschland. Es lebte daneben sogar die Mitgliedschaft in der Vereinigten Lutherischen Kirche wieder auf, die wir wenige Jahre zuvor als DDR-Kirchen beendet hatten. Hätten wir nicht in die neue größere Kirchengliedschaft unsere Erfahrung von Kirchsein aus DDR-Zeiten mit einbringen sollen, die ermutigende Erfahrung, dass Kirche unter den bedrängenden Erfahrungen der Repression den vorgegebenen Weg neu erkennt? So steht es ja auch als Frage über diesen Erinnerungen. So versuchten wir unter dem Leitwort „Kirche für andere" zu leben. Auch bei Gründung der „Nordkirche" vor wenigen Jahren aus zwei Ostkirchen (Mecklenburg und Pommern) und einer Westkirche (Nordelbien) ergab sich diese Frage.

Zum anderen mussten wir uns mit der Wende der Frage stellen, wieweit wir uns als Kirche durch Anpassung und Konspiration schuldig gemacht haben und anderen etwas schuldig geblieben waren. Christoph Stier, seit 1984 Landesbischof in Mecklenburg, hat dazu 2006 auf einer gesamtkirchlichen Konferenz eine deutliche Zwischenbilanz gezogen. „Um der Kirche willen" sei es nötig gewesen, das „beschädigte Wahrheitszeugnis" der Kirche anzuerkennen und bei der sogenannten „Regelüberprüfung" der Pastoren und Mitarbeiter auch die durch das Stasiunterlagengesetz gegebene Möglichkeit der

Akteneinsicht zu nutzen (s. Clemens Vollnhals, „Kirchenpolitik der SED", Berlin 2006, S. 415-433). Wichtig war dabei, dass zuvor durch persönliche Offenlegung die Betroffenen sich erklären konnten und sollten. Dazu wurde ein „Vertrauensrat" gebildet, an den alle ca. 1.000 Pastoren und Mitarbeiter der Landeskirche gewiesen wurden. Ihm gehörten der Domküster Otto Winarske aus Schwerin, die Gemeindehelferin Dietlind Glüer aus Rostock und Heinrich Rathke aus Crivitz/Schwerin als Vorsitzender an. Für sie alle galt das Seelsorgegeheimnis, auch untereinander.

Der überwiegende Teil der Angesprochenen (um 750) nahm dies Angebot in Anspruch, sehr oft in persönlichen wiederholten Gesprächen. Das hat uns über zwei Jahre sehr in Anspruch genommen. Es ging weithin nicht um versuchte oder gelungene Anwerbung durch den Staatssicherheitsdienst, sondern um deren infame Mittel der Erpressung, „Zersetzung", gesätes Misstrauen ... In seinem Abschlussbericht an die Synode hat der Vertrauensausschuss natürlich keinerlei inhaltliche Angaben machen können, aber eine Reihe von Bitten und Empfehlungen im Blick auf die Rehabilitierung von „Opfern", Geschädigten, von der Kirche im Stich Gelassenen. Entsprechende Erfahrungen mit der „Wende" machten auch die mit uns verbundenen Christen im Osten. Gorbatschow hatte von „Glasnost" und „Perestroika" („Offenheit" und „Umgestaltung") gesprochen und es durchzusetzen versucht . Politisch kam es zum Zerfall der Sowjetunion. Die Christen in Kasachstan und Zentralasien lebten nun in eigenständigen, z.T. sehr islamisch geprägten Staaten, die auch neue Religionsgesetze beschlossen. Durften in Zeiten der Sowjetunion nur Einzelgemeinden registriert werden, sollten sie nun als Gesamtkirche organisiert und nur dann zugelassen sein. Unsere lutherischen Gemeinden waren bisher nur in einer Gesamtkirche innerhalb der Sowjetunion eingebunden. Wie sollte es weitergehen?
Da kam ein Hilferuf sowohl aus Riga, von Harald Kalnins und dem neuen Bischof Kretschmar, aber auch aus den Gemeinden in Kasachstan und Mittelasien: „Heinrich Rathke, komm herüber und hilf uns! Du kennst dich durch deine vielen Besuche bei uns am besten aus!" So kam, kaum war der Ruhestand begonnen, eine ganz neue Aufgabe dazu. Nach mancherlei Vorbereitungen in Riga, Sankt Petersburg (so hieß inzwischen wieder das bisherige Leningrad) und Moskau wurde ich in Omsk in Sibirien zum „Bischöflichen Visitator" für Kasachstan eingesetzt (eine Art Not-Bischof). Von dort machte

ich mich mit einem Gefährten 1992 auf die Reise, besuchte 35 Orte und bewältigte eine Entfernung von 25.000 km.

All diese Aufgaben bis in den öffentlichen Bereich hinein haben wohl dazu beigetragen, dass die Theologische Fakultät der Universität Rostock mir die theologische Ehrendoktorwürde (doctor theologiae honoris causa) verliehen hat. In der Urkunde vom 20. Januar 1999 heißt es dazu:

> „Sie (die Theologische Fakultät) würdigt damit Dr. Heinrich Rathke als kritischen Christen und profilierten Theologen, der für viele zum Halt und zur orientierenden Gestalt innerhalb des ostdeutschen Protestantismus geworden ist. Aus der Perspektive des Evangeliums hat er stets klar und eindeutig Menschlichkeit, Wahrheit und Gerechtigkeit eingefordert und sich mit der Kraft des Glaubens gegen jegliche opportunistische Anpassung der Kirche gewandt. Wichtig ist ihm immer auch die ökumenische Zusammenarbeit mit der Römisch-Katholischen und Russisch-Orthodoxen Kirche gewesen. In kirchlichen und politischen Ämtern hat er Wesentliches zur menschlichen Aufarbeitung der vergangenen Jahrzehnte in Ostdeutschland geleistet. Seine Arbeit ist für viele ermutigend und Hoffnung gebend gewesen."

Nachdem das hier so erwähnt wurde, mag hinzugefügt werden, dass bei diesem Anlass auch ein „akademischer Vortrag" erwartet wurde. Ich hatte das Thema „Vom Übersetzen". Dabei ging es nicht nur um das sprachliche Anliegen, von einer fremden in vertraute Sprache zu übersetzen. Wir wissen von der Lutherbibel, wie wichtig das ist. Es ging auch um das Verstehen von Mensch zu Mensch; Prediger und Seelsorger, auch Eltern und viele andere wissen darum. Da kommen auch Körper- und Zeichensprache und Spiritualität ins Spiel. Und um noch weiter ins reale Leben zu kommen: Beim „Übersetzen" ging es auch darum, unterwegs weiterzukommen, wenn man an einen See, einen Fluss, einen Abgrund oder auch nur in eine Sackgasse oder an eine Kreuzung kommt. Die Bibel kennt genug Beispiele, ob es nun Josua am Jordan oder Jesus am See Genezareth ist. Ich schilderte damals als Beispiel eine dramatische Flussüberquerung im Hochgebirge Tien-Tschan, an der Grenze nach China, um eine heimliche Gemeinde zu erreichen. Und damit sind wir bei der Frage, die uns bei all diesen Erfahrungen und Erlebnissen begleitet hat: „Wohin sollen wir gehen …"

Erinnern und Besinnen

Wenn deine Kinder dich fragen

Als ein Erinnern haben wir diesen Weg durch fast ein Jahrhundert Geschichte begonnen. Dabei ergeht es uns wohl so, wie es der nachdenkliche Philosoph und Theologe Søren Kierkegaard einmal sagte: Das Leben muss vorwärts gelebt werden und kann erst rückwärts begriffen werden! Erinnern und Besinnen gehören zusammen. Wenn es denn gelingt mit dem „Sinn". Und das andere gehört dazu: Wenn wir uns erinnern und davon erzählen, nehmen wir die Vergangenheit mit, übersetzen sie in unser Leben heute und kommen zu der Frage nach dem „Wohin?".

Dazu gehört die kritische Frage: Wohin hat das damals geführt?
Und es macht offen und frei für die Frage: Wohin sollen wir gehen?

Unsere Familiengeschichte, die wir für unsere Kinder aufgeschrieben hatten, hat mit den Anstoß gegeben zu diesem Erinnerungsbuch. „Wenn deine Kinder dich fragen …" Das ist eine uralte Sache, diese fragenden Kinder, das Zitat stammt ja aus der Bibel, schon aus dem Alten Testament (2. Mose 13,14; Josua 4,6). Dazu gehört dann zuweilen die schweigende Generation der Eltern. Es fällt nicht so leicht, mit der oft bedrückenden und auch belastenden Vergangenheit herauszurücken. Wir sind bis heute längst nicht fertig mit dieser „beschwiegenen Geschichte" nun schon aus zwei schlimmen Vergangenheiten, dem Hitlerreich und der DDR-Zeit. Auch wenn zwischen Naziherrschaft und SED-Diktatur tiefe Unterschiede bestanden, gab es in beiden Erfahrungen mit Ungerechtigkeit und Gewalt. Es ist schwer, darüber zu sprechen. Wir haben es erlebt, wie es mit der nächsten Generation, den Enkeln, schon leichter geht (siehe die Tagebücher von Christa Wolf und die Gespräche mit ihrer Enkelin Jana Simon). Es hat wohl einen tiefen Sinn, wenn schon im Bericht von den Zehn Geboten davon gesprochen wird, dass Gott selbst drei bis vier

Generationen braucht, um mit der „Last" der Väter fertig zu werden – Segen hat die Verheißung von 1.000 Generationen! (2. Mose 20,5 f.; 5. Mose 5,9 f.) Man wird gespürt haben, dass dies Erinnern für unsere Kinder und nun im weiteren Rahmen unauflöslich zusammengehört mit meiner Marianne, mit unserem gemeinsamen Weg, der auch, nachdem sie 2012 heimgerufen wurde, im Erinnern ein gemeinsamer Weg bleibt. „Du warst mir und du bist, was hier lebendig ist" – so hat es Hermann Hesse zu sagen versucht. Und wenn Bücher jemand gewidmet werden, so kann dies Buch nur ihr in großer Dankbarkeit gewidmet sein. Mir ist beim Erinnern bewusst geworden, wie reich unser Leben geworden ist durch so viele Begegnungen, durch Menschen, denen wir über die Grenzen von Konfession und Nation hinaus nicht nur begegnet, sondern verbunden geblieben sind.

Von „Weggefährten" schrieben wir, die uns so viel bedeuten. Weil damit das Geheimnis angedeutet wird, was Kirche bedeutet über Institution und Dogmen hinaus. Diese „congregatio sanctorum", wie man theologisch sagt. Da wird diesem Häuflein „unterwegs" oft in sehr kritischen und peinlichen, auch hoffnungslosen Situationen schlagartig deutlich, „wo es lang geht". Wo gefragt wird: „Wohin sollen wir gehen?" Die Frage nach dem Weg unserer Kirche. Es wurde ein wenig der Weg durch fast ein Jahrhundert Kirchengeschichte insbesondere in Mecklenburg. Da fehlt uns noch viel. Ein Standardwerk von Karl Schmaltz endet um 1930. Danach gibt es noch manche „beschwiegene Geschichte". Ein kleineres Büchlein hat schon vor der „Wende" mit seinem Titel „Die Vergangenheit geht mit" das Problem angezeigt. Und kürzlich wurde schlaglichtartig und für mich überzeugend auf einer Kirchenzeitungsseite der Bogen unserer mecklenburgischen Kirche von 1945 bis heute dargestellt unter dem Ziel einer „offenen Kirche", offen für das Wohin. Man könnte auch sagen: Eine im positiven Sinne „vorläufige" Kirche, die mit einem „Vorläufer" rechnen kann. Das hat uns bei diesen Erinnerungen auch bewegt.

Was uns Dietrich Bonhoeffers Verse „Von guten Mächten wunderbar geborgen" auch persönlich bedeutet haben, haben wir erzählt. In seiner Gefängniszelle schrieb er auch viele Zeilen über die „Vergangenheit" und schließt:

> „Vergangenes kehrt dir zurück
> als deines Lebens lebendigstes Stück
> durch Dank und durch Reue."

LITERATURVERZEICHNIS

Literatur und Veröffentlichungen von Heinrich Rathke

Die Benutzung der Paulusbriefe bei Ignatius von Antiochien. Dissertation bei Prof. Gustav Stählin und Prof. Konrad Weiß. Erlangen, Mainz, Rostock 1956.

Ignatius von Antiochien und die Paulusbriefe. Erweiterte Überarbeitung der Dissertation bei der Akademie der Wissenschaften, Berlin. Akademie-Verlag Berlin 1979.

Griechische Konkordanz zu den Briefen des Ignatius von Antiochien. Tübingen 1952/53.

Im Blickpunkt: Gemeinde heute und morgen. Theologische Informationen für Nichttheologen. Evangelische Verlagsanstalt Berlin 1979.

Neu anfangen dürfen. Beitrag in der Festschrift für Werner Krusche: Als Boten des gekreuzigten Herrn. Berlin 1982.

Einstehen für Gemeinschaft in Christus. (zu Ignatius von Antiochien). In: Theologische Versuche, Bd. X. Berlin 1979.

Zehn Jahre danach – 6. März 1978/1988. In: Studienhefte zur mecklenburgischen Kirchengeschichte. Schwerin 1988/3.

Kirche für andere – Zeugnis und Dienst der Gemeinde. Bundessynode 1971 Eisenach, Kirchliches Jahrbuch 1971. Gütersloh 1971, Seite 265-272.

Zusammen mit Björn Mensing: Widerstehen. Wirkungsgeschichte und aktuelle Bedeutung christlicher Märtyrer. EVA Leipzig 2002.

Zusammen mit Björn Mensing: Mitmenschlichkeit – Zivilcourage – Gottvertrauen. Evangelische Opfer von Nationalsozialismus und Stalinismus. EVA Leipzig 2003.

Demokratie braucht Erinnerung. Vortrag bei Opferverbänden. Schwerin 2000.

Vom Übersetzen. Vorlesung bei Verleihung der Ehrendoktorwürde der Theologischen Fakultät der Universität Rostock, zusammen mit Joachim Gauck, In: Universitätsreden, Rostock 20.01.1999.

Predigtmeditationen in den Göttinger Predigtmeditationen.

Predigtmeditationen in den Evangelischen Predigtmeditationen. EVA Leipzig.

Predigtmeditationen im Kirchlichen Amtsblatt Mecklenburgs.

Andachten im Abreißkalender „Sonne und Schild". EVA Leipzig.

Andachten in der Wochenzeitschrift „Frohe Botschaft".

Andachten im Andachtsbuch „Halt uns bei festem Glauben".

Weitere Veröffentlichungen

Glauben 1970. Gemeindeseminare Rostock-Süd. Mappe 1965.

Besuchsdienst in Rostock-Südstadt. Mappe ca. 1965.

Gemeindeseminare Rostock-Südstadt. 1968/69.

Kirche unterwegs. Der weite Weg der evangelisch-lutherischen Christen und Gemeinden in der ehemaligen Sowjetunion. Schwerin, Sept. 1994.

Zusammen mit Prof. Georg Kretschmar: Evangelisch-Lutherische Kirche in Rußland, der Ukraine, Kasachstan und Mittelasien. Sankt Petersburg 1996.

Desgl.: Evangelitschesko-Lotheranskaja Zerkov … Russische Ausgabe. Sankt Petersburg, Der Bote, 1996.

Evangelisch-Lutherische Christen und Gemeinden in Kasachstan. Zu ihrer Geschichte und zu ihrem Leben, damals und heute. Ausgabe für die Ev.-Luth. Kirche in Kasachstan. Astana, Deutsch und Russisch, 2005.

Zusammen mit Stefan Reder: Predigthilfen zu den Evangelien, für die Prediger der ELKRAS (Ev.-Luth. Kirchen in Russland und anderen Staaten), Ausgabe in Deutsch und Russisch, parallel, 3 Bände. Sankt Petersburg 1998, 1999, 2000.

Fremd im eigenen Land. Von der Geschichte und dem Leben der evangelischen Christen und Gemeinden in der ehemaligen Sowjetunion, von Sibirien bis nach Aserbaidschan. Beitrag in Band 3 der Kopelew-Studien (Hrsg. Eiermann), zunächst in Russisch, Moskau, Deutsch. Paderborn 2006.

Zusammen mit Marianne Rathke: Babuschkas Enkelinnen brechen auf. Evangelische Christen in der ehemaligen Sowjetunion. Gustav-Adolf-Werk, Leipzig 2000.

Verschiedene Vorträge und Bibelarbeiten bei den Lehrgesprächen zwischen der Russisch-Orthodoxen Kirche und dem Bund der Evangelischen Kirchen in der DDR. Sagorsk, im Berichtsband, EVA Berlin 1982.

Kirchgemeindechronik Warnkenhagen.

Kirchgemeindechronik Rostock-Südstadt.

Kirchgemeindechronik Crivitz.

Beiträge in der gedruckten Chronik der Stadt Schwerin.

Beiträge in der Mecklenburgischen Kirchenzeitung.

Literatur zur Zeitgeschichte

Beste, Niklot: Der Kirchenkampf in Mecklenburg. EVA Berlin 1975.

Borgmann, Lutz: Zwischen gestern und morgen. Evangelische Gemeinden in der Deutschen Demokratischen Republik. Berlin 1970 (über die Arbeit in der Rostocker Südstadt und die Stadtjugendarbeit, Seite 32-37).

Frank, Rahel: Realer – exakter – präziser. Die DDR-Kirchenpolitik gegenüber der Evangelisch-Lutherischen Landeskirche Mecklenburgs von 1971-1989. Schwerin 2008.

Kleiminger, Matthias: Die Dorfmission im Zusammenspiel mit anderen Gemeindeaufbauaktivitäten in der Evangelisch-Lutherischen Landeskirche Mecklenburgs von 1945-2012. Druck in Vorbereitung.

Klönne, Gisa: Das Lied der Stare nach dem Frost. Pendo Verlag, München Zürich 2013.

Lange, Willi: Such dir einen zweiten Mann.

Langer, Jens: Evangelium und Kultur in der DDR. Berlin 1990 (speziell Kapitel 1.3, Kirche für andere in der sozialistischen Gesellschaft).

Müller, Manfred: Protestanten – Begegnungen mit Zeitgenossen. Halle 1990.

Peter, Ulrich: Aurel von Jüchen, Möhrenbach-Schwerin-Workuta-Berlin. Ein Pfarrerleben im Jahrhundert der Diktaturen. Schwerin 2006.

Simon, Jana: Sei dennoch unverzagt, Gespräche mit meinen Großeltern Christa und Gerhard Wolf. Ullstein 2013, 3. Auflage.

Timm, Hermann: Ringen um die Erneuerung der Kirche im Kirchenkampf 1933-1939 in Mecklenburg. Eigenverlag, Heft 1/2.

Theek, Bruno: Keller, Kanzel und Kaschott – Lebensbericht eines Zeitgenossen (Autobiografie). VOB Union-Verlag 1961.

Wolf, Christa: Ein Tag im Jahr 1960-2000. Luchterhand Literaturverlag, München 2003.

WORT- UND SACHERKLÄRUNGEN

Von Eberhard Erdmann

Die Wort- und Sacherklärungen behandeln ausschließlich in diesem Buch erwähnte Termini und sind nicht auf Vollständigkeit angelegt. Sie dienen zu einem weitergehenden Verständnis der Begriffe innerhalb des Textzusammenhanges, in dem diese stehen. *Kursivschreibung* verweist auf einen jeweils eigenen Artikel.

AGAS – Arbeitsgemeinschaft zur Abwehr der Suchtgefahren: Gegründet am 01.01.1960 unter dem Dach der „Inneren Mission", da Vereine, so auch „Blaues Kreuz", in der ehemaligen DDR verboten waren. In der mecklenburgischen Landeskirche wurde der Pfarrhof in Serrahn am Krakower See Anfang der 60er-Jahre zum Zentrum der AGAS-Arbeit (1. Leiter Heinz Nitzsche). In den folgenden Jahren gab es eine Reihe von AGAS-Gruppen im Bereich der Landeskirche. Nach der Wende kam es 1991 zum Zusammenschluss von BK und AGAS.

Aktion „Rose": Monatelang sorgfältig geplante Aktion der DDR-Regierung zur Verstaatlichung von Hotels, Erholungsheimen, Taxi- und Dienstleistungsunternehmen im Februar 1953. Die Badeorte an der Ostseeküste, einschließlich Rügen, waren das Schwerpunktgebiet. Wegen vermeintlicher Verstöße gegen das „Gesetz zum Schutz des Volkseigentums und anderen gesellschaftlichen Eigentums" (VESchG) kamen 400 Unternehmer und Dienstleister in Haft.

Aktion „Ungeziefer": Deckname für die zwangsweise Vertreibung von Menschen entlang der innerdeutschen Grenze im Sommer 1952 (andere Bezeichnung „Aktion Grenze"). Grundlage bildete der Ministerratsbeschluss vom 26.05.1952 zur „Verordnung über Maßnahmen an der Demarkationslinie zwischen der Deutschen Demokratischen Republik und den westlichen Besatzungszonen Deutschlands". Offizielles Ziel: „Festigung" der innerdeutschen Grenze. Angehörige der *Volkspolizei* und der *Staatssicherheit* waren an der Zwangsumsiedlung beteiligt, bei der die Menschen binnen weniger Stunden Haus, Hof und Arbeitsstelle verlassen mussten und nur das Nötigste mitnehmen konnten. Sie wurden ohne Angabe von Zielen in das Innere der DDR gebracht. Betroffen waren über 2.400 Familien mit etwa 8.400 Angehörigen.

Bekennende Kirche: Oppositionsbewegung evangelischer Christen gegen Versuche einer Gleichschaltung von Lehre und Organisation der Deutschen Evangelischen Kirche (DEK) während der Nazi-Herrschaft. Die BK verwarf in der „Barmer Theologischen Erklärung" 1934 die an der Nazi-Ideologie orientierten und von den *Deutschen Christen* propagierten unchristlichen Irrlehren. Mit einem kirchlichen Notrecht schuf die BK eigene Leitungs- und Verwaltungsstrukturen, um ihre Organisation und Ausbildung gegen die DC-geführten Landeskirchen abzugrenzen (*Kirchenkampf*), so z.B. in Mecklenburg.

Bodenreform: Entschädigungslose Enteignung allen landwirtschaftlichen Grundbesitzes über 100 ha in der *Sowjetischen Besatzungszone*. Betroffen waren Großgrundbesitzer, „Nazi-Aktivisten", Großbauern. Motto: „Junkerland in Bauernhand". Der größere Teil dieses Bodenfonds wurde unter Landarbeitern, Kleinbauern, Umsiedlern (Tabu-Wort „Flüchtlinge"), ausgebombten Städtern als persönliches und vererbbares Eigentum verteilt. Legendär ist der (in Schulbüchern) fotomäßig dokumentierte Beginn der Bodenreform im Landkreis Güstrow am 02.09.1945 im Gutsdorf Bredentin, vorgenommen durch den Landrat Bernhard Quandt unter Mitwirkung des Güstrower Landessuperintendenten Sibrand Siegert.

Boykotthetze: Strafrechtlicher Begriff lt. § 6 der 1. DDR-Verfassung (1949-1968) zur Erfassung aller politisch missliebigen Handlungen (unbestimmter Tatbestand, so z.b. gegen „demokratische Einrichtungen und Organisationen", „Verleumdung des Staates", Verbreitung politischer Witze u.ä.); nach 1968 „staatsfeindliche Hetze".

Brüderhaus Berlin-Weißensee: In der „Adolf-Stoecker-Stiftung" wurde 1952 ein „Kirchlich-Diakonischer Lehrgang" (KDL) für Bürger der DDR eingerichtet, als 2. Ausbildungsstätte des „Evangelischen Johannes-Stiftes" in Berlin-Spandau (Westberlin). Nach 3-4-jähriger Ausbildung Arbeit in Krankenpflege, Behindertenarbeit diakonischer Einrichtungen, in Kirchgemeinden, Jugendarbeit, kirchlicher Verwaltung. In den 50er- und 60er-Jahren sind eine größere Anzahl Diakone in die genannten Arbeitszweige der mecklenburgischen Landeskirche entsandt worden. 1963 wurde die seit 1961 (Berliner Mauer) vom Johannisstift institutionell getrennte Einrichtung in „Stephanusstift" umbenannt.

Bund der Evangelischen Kirchen in der DDR (BEK): Zusammenschluss der 8 Landeskirchen auf dem Gebiet der DDR 1969-90. Die Zugehörigkeit zur *EKD* wurde von Partei und Regierung der DDR von 1949 an bekämpft. Erhöhter Druck auf diese Landeskirchen ab 1957 nach Abschluss des Militärseelsorgevertrages zwischen der Bundesrepublik und der EKD. Nach dem Mauerbau 1961 wurde der organisatorische Zusammenhalt der EKD über die Grenze hinweg nahezu unmöglich. Als 1968 die 2. Verfassung der DDR grenzübergreifende Organisationen ausschloss, waren die östlichen Kirchen gezwungen, die institutionelle Zugehörigkeit zur EKD zu beenden.

Caux-Bewegung: Eine Bewegung von Menschen unterschiedlicher Herkunft und Kultur für Veränderung der Gesellschaft. Initiator war der amerikanische lutherische Pfarrer schweizerischer Herkunft Frank Buchman. Widerhall an mehreren amerikanischen Universitäten. Die daraus entstehende Oxford-Gruppe trägt zur Verbreitung des Gedankengutes bei. 1938 Buchmans Appell zur „Moralischen Aufrüstung". Nach dem Krieg setzt sich die Bewegung für einen moralischen und geistigen Wiederaufbau ein. 1946 internationales Konferenzzentrum der MRA in Caux/Schweiz eröffnet. 2001 Namenswechsel der Bewegung „Initiatives of Change" (IofC). Grundlage für Veränderungen im individuellen wie gesellschaftlichen Leben geben die „4 Absoluten" – Ehrlichkeit, Reinheit, Selbstlosigkeit, Liebe. Die IofC ist ein weltweites Netzwerk mit interreligiöser Ausrichtung.

Christenlehre: Christliche Unterweisung für Kinder im Grundschulalter in Verantwortung der Kirche. 1946 Vereinbarung, dass kirchlicher Unterricht – „Christenlehre" – in den Räumen der Schule stattfinden kann, aber nicht zum schulischen Fächerkanon gehört und von *Katechet/innen* erteilt wird. 1954 wurde durch die 2-Stunden-Klausel (CL durfte erst ab 2 Stunden nach Schulschluss beginnen) die CL in den Schulräumen nahezu vollständig unterbunden. Damit war die „Kinderlehre" der christlichen Gemeinde ganz in eigene Verantwortung gegeben und im ursprünglichen Sinn wieder mehr Übungsfeld für das Einleben der Kinder in Kirche und Gemeinde. Fast die ganze DDR-Zeit hindurch waren die sich in der Minderzahl befindlichen CL-Kinder trotz Religions-/Toleranz-§§ der Verfassung Diskriminierung, Spott und Benachteiligung durch Lehrer und Mitschüler ausgesetzt.

CVJM: „Christlicher Verein Junger Männer" – Erste deutsche Gründungen 1848 Elberfeld, 1883 Berlin. Internationale Gründung des Weltbundes 1855 in Paris („Pariser Basis") –

YMCA = The Young Men's Christian Association. In Deutschland in vielen örtlichen Vereinen und regionalen Zusammenschlüssen verbreitet. Nach 1945 in der DDR nicht zugelassen (allgemeines Verbot von Vereinen). In den 70er-Jahren Umbenennung in „Christlicher Verein Junger Menschen". In Deutschland heute 2.200 CVJM, Jugendwerke und -dörfer, 330.000 Mitglieder. In Freizeiten, Workshops u.Ä. werden rd. 1 Mio. junger Menschen erreicht.

Datsche: Russisches Lehnwort (Datscha), Bezeichnung für Wochenendgrundstück (im Volksmund ironisch angewandt auf Sommerhäuser von Funktionären und anderen Privilegierten), in der DDR eher gebräuchlich „Bungalow" oder „Laube" (Schrebergarten). Diente vielfach als Ersatz und Kompensation für fehlende Reisefreiheit, enge (Plattenbau-)Wohnverhältnisse und mangelhafte Versorgung mit Obst und Gemüse. Geschätzte Zahl an solchen bebauten Gartengrundstücken in der DDR: 3,4 Mio. – weltweit höchste Dichte.

Deutsche Christen: Die „Glaubensbewegung Deutsche Christen" (DC), gegründet 1932, vertrat die „christlich-völkische Erneuerung der deutschen Nation". Ihre Absicht nach der „Machtergreifung" 1933: „Gleichschaltung" der Kirche, Vereinigung der 28 Landeskirchen zu einer „Reichskirche", Beseitigung des Synodal- zugunsten des Führerprinzips, Geltung des Arierparagraphen im kirchlichen Bereich, „Germanisierung" des Christentums, Ausscheidung aller alttestamentlich-jüdischen Elemente aus der kirchlichen Praxis (Predigt, Liturgie, Unterricht), selbst aus dem Wortlaut des Neuen Testamentes (Bild des „arischen" Jesus), eine von „allen Nichtariern gereinigte Kirche" („Entjudung"). Die Gegenkräfte vereinigten sich im „Pfarrernotbund", später *Bekennende Kirche* genannt.

Deutsch-Sowjetische Freundschaft: Die 1949 gegründete Massenorganisation sollte den DDR-Bürgern „Kenntnisse über Kultur und Gesellschaft der SU" vermitteln („Von der SU lernen heißt siegen lernen"). Aktivitäten im Bereich von Agitation und Propaganda, Kultur und Sport. Die meisten gaben der drängenden Werbung in Betrieben, Ausbildungsstätten und Schulen nach, um als lediglich zahlende Mitglieder ein Minimum an geforderter „gesellschaftlicher Tätigkeit" aufweisen zu können. Mitgliederzahl 1985: 6 Mio.

Displaced Person: DP (engl.) – „Person, die nicht an diesem Ort beheimatet ist", geprägt 1944 vom Hauptquartier der Alliierten Streitkräfte für Zivilpersonen wie Zwangsarbeiter, KZ-Häftlinge, Vertriebene, auch Kriegsgefangene, die der Hilfe und Rückführung (Repatriierung) bedurften. Nach Angaben der Alliierten gab es in Deutschland 11,3 Mio. DPs gegen Ende des 2. Weltkrieges.

Eisenacher Empfehlungen: Die Delegiertenversammlung von *BEK*, *VELKDDR* und *EKU* (Evang. Kirche der Union Ost) verabschiedete 1979 auf der Bundessynode in Eisenach ein Grundsatzpapier zur engeren Zusammenarbeit auf gesamtkirchlicher Ebene, die „Eisenacher Empfehlungen". Dem übergeordneten Grundsatz „Zeugnis und Dienst in den Gemeinden" wie der bisher erreichten Kirchengemeinschaft der 8 Landeskirchen sollte eine vereinfachte Gesamtstruktur der 3 Kirchenbünde entsprechen (3 Synoden, 3 Leitungsgremien, 3 Dienststellen). Ziel war eine „Vereinigte Evangelische Kirche in der DDR" (VEKDDR), das durch die Synode der Berlin-Brandenburgischen Kirche zum Scheitern gebracht wurde. 1991 ging der Bund in der *EKD* auf und die Chance verloren, einen starken Impuls für die nachhaltige Vereinfachung kirchenbündischer Doppelstrukturen des deutschen Protestantismus zu geben.

EKD: Seit 1945 Dachorganisation für heute 20 (Landes-)Kirchen, die je nach Bekenntnisstand als Gliedkirchen zu lutherischen, reformierten oder unierten Kirchenbünden gehören. Leitungsgremien der EKD: Synode, Rat und Kirchenkonferenz, Geschäftsstelle: EKD-Zentrale in Hannover. Die föderale Struktur ist konstitutiv für das gesamte evangelische Kirchenwesen. 1969 waren die 8 Landeskirchen in der DDR durch politischen Druck von *SED* und Regierung gezwungen, die EKD-Mitgliedschaft zu beenden und sich im *BEK* zusammenzuschließen. Dennoch wurde an der besonderen Gemeinschaft „in der Mitverantwortung für die ganze Christenheit in Deutschland" (Art. 4,4 der Ordnung des Bundes) festgehalten. Gegenwärtig gehören 23 Mio. Christen zur Evangelischen Kirche, rd. 28% der Gesamtbevölkerung Deutschlands.

EMW: 4-Takt-Limousine EMW 340, Ende der 40er-Jahre in den „Eisenacher Motorenwerken", vormals Zweigwerk der „Bayrischen Motorenwerke", baugleicher Typ des BMW 340. Bis 1955 wurden 21.000 EMW-Exemplare gefertigt. Dann wurde die Produktion eingestellt. Der DDR wurde durch die sowjetischen Vorgaben die Rolle zugewiesen, kleinere 2-Takt-Modelle (Wartburg, Trabant) in den Werken Eisenach und Zwickau zu konstruieren.

EOS: Im „Einheitlichen sozialistischen Bildungssystem" führte die Erweiterte Oberschule (EOS) mit dem Abitur nach 12 Jahren zur Hochschulreife. Bis in die 60er-Jahre wurden die Schüler per Delegierung nach der 8. Klasse zur EOS zugelassen. Ausschlaggebend waren dabei nicht allein der Notendurchschnitt, sondern neben der „gesellschaftlichen Betätigung" auch die soziale Herkunft. Arbeiter- und Bauernkinder kamen nach einem internen Schlüssel mit weniger guten Noten zur EOS. Kinder aus „christlich gebundenen" Familien wurden genauestens im Blick auf ihre Aktivitäten in der Kirche beobachtet. Viele kamen trotz guter Leistungen nicht zur EOS. Nach Erweiterung der Schulpflicht auf 10 Klassen (allgemeinbildende „Polytechnische Oberschule", POS) wurde ab 1968 die Delegierung zu den Klassen 11 und 12 üblich.

Euthanasie: Euthanasía, griech. guter, schöner Tod; Begriff für verschiedene Sachverhalte im Zusammenhang mit dem Sterben. In den 30er-Jahren des 20. Jh. verlagerte sich die Perspektive von der Sterbeerleichterung für Todkranke auf die Bewertung von „gefährdendem" Leben für die („Volks"-)Gemeinschaft („lebensunwertes Leben"). Aus diesem vorlaufenden Zeitgeist wurden die Inhalte und das Vokabular nationalsozialistischer Ideologie geschöpft (Sozialdarwinismus, „Rassenhygiene"). So stand E. für die nationalsozialistischen Krankenmorde. Beginn mit Tötung von geistig und körperlich behinderten Kindern. Ab 1939 planmäßige Ermordung behinderter und psychisch kranker Menschen aller Altersstufen. – Die Diskussion der heute in Rede stehenden Hauptbedeutung von E. – Sterbehilfe – verläuft in Deutschland durch diese historische Hypothek weiterhin kontrovers.

F5 (Transit): Die Fernverkehrsstraße 5 war als Transitstrecke die einzige Nicht-Autobahn zwischen dem Bundesgebiet und Westberlin. Der Gefahr der „Kontaktaufnahme" wurde durch strenge Transitvorschriften begegnet, für die Transitreisenden wie für die Anwohner. Zur Kontrolle dienten der *Stasi* entlang der Strecke einige *konspirative Objekte* bzw. *Wohnungen*. Ab 1982 wurde mit finanzieller Beteiligung der BRD die A24 gebaut und abschnittsweise für den Transitverkehr freigegeben, bis sie 1987 die F5 vollständig ablöste.

FDGB: Der „Freie Deutsche Gewerkschaftsbund", 1945 gegründete, zentralistisch und hierarchisch geführte Massenorganisation, Dachorganisation für 16 Einzelgewerkschaften. Als Bestandteil der „Nationalen Front" politischen Parteien gleichgestellt, auch Mitglied der Volkskammer mit der zweitgrößten Fraktion nach der *SED*. Seine Aufgaben: ideologische Arbeit, Gewährleistung der Planerfüllung („Jeder jeden Tag mit guter Bilanz"), Feriendienst, Tourismus (Urlauberschiffe), Arbeitsschutz, soziale Fürsorge, Verwaltung der Sozialversicherung, Sportorganisation (FDGB-Pokal). Mitgliedschaft offiziell freiwillig. 1986 waren 98% aller Arbeiter und Angestellten Mitglieder (9,6 Mio.).

FDJ: Die „Freie Deutsche Jugend", nach dem Vorbild des sowjetischen „Komsomol" 1947 gegründet, Avantgarde und Reserve der *SED*, hatte eigene Abgeordnete in der Volkskammer (Parlament der DDR) und in den Bezirks- und Kreisparlamenten. Als einzige zugelassene Jugendorganisation war sie in allen Schulen, Universitäten und Betrieben durch hauptamtliche Funktionäre vertreten, betrieb Klub- und Kulturhäuser, das Reisebüro „Jugendtourist" und beaufsichtigte fast alle Diskotheken. Wer nicht „freiwillig" ab dem 14. Lebensjahr Mitglied wurde, hatte mit Benachteiligung bei Berufswahl, Bewerbung für die *EOS* oder einen Studienplatz zu rechnen.

Frontkämpferbund: Neben dem „Roten Frontkämpferbund", einem paramilitärischen Kampfverband der KPD in der Weimarer Republik, gab es den „Stahlhelm" und den „Bund der Frontsoldaten", denen zumeist ehemalige Teilnehmer des 1. Weltkrieges angehörten. 1933 Gleichschaltung beider Verbände im „Nationalsozialistischen Deutschen Frontkämpferbund". Jüngere Mitglieder wurden der *SA* unterstellt.

Gemeindepädagoge: Gemeindepädagogik – pädagogisches Handeln innerhalb der christlichen Gemeinde. Arbeitsfelder: Kinder- und Jugendarbeit, Erwachsenenbildung, freizeit- und schulnahe Angebote, Familie und Senioren, Seelsorge, karitative Tätigkeiten, Beratung. Ausbildung: Fach-, Fachhoch-, Hochschule. In den ostdeutschen Landeskirchen nahmen die Absolventen in den 70er-Jahren die Gemeindeaufgaben von *Katecheten*, Diakonen und Gemeindehelfern wahr. Zudem wurden sie in einigen Landeskirchen ordiniert und mit pastoralen Diensten betraut (Gemeindeleitung, Kasualien).

Genex: „Genex Geschenkdienst GmbH" – 1956 auf Anordnung der DDR-Regierung gegründet, eine der wichtigsten Devisenquellen. Anfangs war das Unternehmen nur für Kirchengemeinden tätig. So wurden von bundesdeutschen Partnergemeinden, kirchlichen Trägern oder Privatpersonen Fahrzeuge (Trabant oder Wartburg) für Pastoren und Mitarbeiter mit DM bezahlt. Von Haushaltsgeräten bis zu Fertighäusern konnten Waren, zu 90% aus DDR-Produktion, über den G.-Katalog zum Versand in die DDR bestellt werden, in den 80er-Jahren auch ausgewählte Waren und Fahrzeuge aus westeuropäischen Ländern. Von 1967-89 Devisen-Einnahmen über G. von 3,3 Milliarden DM.

Gestapo: „Geheime Staatspolizei", ab 1933 die Politische Polizei des Nazi-Regimes. „Gesinnungspolizei" im Kampf gegen politische Gegner, Sozialisten und Kommunisten. Durch ein weitverzweigtes Überwachungssystem erreichte sie mit Hilfe von Spitzeln und Denunzianten die Kontrolle in allen gesellschaftlichen Bereichen. Im Verlauf des 2. Weltkrieges Erweiterung der Aufgaben (Verfolgung und Ermordung der Juden, Überwachung und Exekutierung von Zwangsarbeitern, brutale Unterdrückung der Bevölkerung in den eroberten Ländern). 1951 wurden ehemalige Gestapo-Beamte durch das amerikanische Hochkommissariat amnestiert, um dann im Justiz- und Polizeiapparat eine neue Karriere zu beginnen. Eine schleichende und stille Integration in die deutsche Nachkriegsgesellschaft.

Gottgläubig: Offizielle Bezeichnung für religiöses Bekenntnis Konfessionsloser. Religiöse Identifikationsformel für den Nationalsozialismus. Wurde ab 1936 auf allen Melde- und Personalbögen und Personalpapieren als Alternative zu Konfessionsangaben eingeführt. Bei der Volkszählung 1939 gaben jedoch 95% an, einer der beiden großen christlichen Kirchen anzugehören. Nur 3,5% bezeichneten sich als gottgläubig. Die *NSDAP* füllte den Begriff mit Inhalten einer rekonstruierten „germanischen" Religion. Der Festkalender der Partei enthielt neu-heidnische Rituale. Bezeichnungen wie „Rasse", „Volk", „Schicksal", „Vorsehung" wurden pseudo-religiös überhöht und erhielten den Status oberster Normen.

HJ: „Hitlerjugend", 1926 als nationalsozialistische Jugendbewegung gegründet. 1933 nach Verbot aller Jugendverbände wurde sie von der Partei- zur Staatsjugend. Aus der freiwilligen Zugehörigkeit wurde ab 1936 per Gesetz zur „Jugenddienstpflicht" eine Zwangsmitgliedschaft. Uniformiert, militärisch gegliedert nach dem „Führerprinzip". Nach Altersgruppen unterteilt, neu aufgenommene Jungen ab 10 Jahre – Pimpfe. Als Nachwuchsorganisation der *NSDAP* war sie Ort rassistischer, sozialdarwinistischer Indoktrination und militärischer Abrichtung („Was sind wir? Pimpfe! Was wollen wir werden? Soldaten!"). In den 40er-Jahren rd. 8 Mio. Mitglieder. Nach Kriegsbeginn wurden die HJ-(Spezial-)Einheiten für soziale, polizeiliche und militärische Hilfsdienste (Flakhelfer, zuletzt Volkssturm) eingesetzt. Hohe Verluste, besonders in der *SS*-Einheit „Hitlerjugend".

Isolierlager: Von der *Staatssicherheit* wurden in der Konsequenz aus dem Volksaufstand vom 17. Juni 1953 „schwarze" Listen von Oppositionellen und anderen Personen in allen Bezirken geführt. Diese wären im Fall „innenpolitischer Spannungssituationen" in Isolierlagern festzusetzen. Noch am 08.10.1989 weist Stasi-Chef Erich Mielke die Bezirksverwaltungen an, die Listen zu aktivieren. Bei Realisierung des Befehls wären zehntausende DDR-Bürger interniert worden.

Jugendweihe: Als Freidenker-Ritual war sie der Partei- und Staatsführung suspekt, darum 1950 in der DDR verboten. Sinneswandel 1953 durch einen KPdSU-Beschluss über „Maßnahmen zur Gesundung der politischen Lage in der DDR". Die J. sollte verhindern, dass „eine große Zahl von Kindern zwischen 12-14 Jahren durch die systematische reaktionäre Beeinflussung seitens der Pfarrer der *Jungen Gemeinde* zugeführt wird. Auf der anderen Seite macht sich im demokratischen Sektor von Berlin bemerkbar, dass religiös nicht gebundene Eltern ihre Kinder nach West-Berlin schicken, um sie an den dort stattfindenden Jugendweihen teilnehmen zu lassen." 1955 fanden Jugendweihen in Ost-Berlin und im DDR-Gebiet statt, ab 1958 flächendeckend als Zwangsveranstaltungen. Nichtteilnahme zog Benachteiligungen nach sich (verhinderter Zugang zur *EOS*, zum Studium, oder Eltern wurden massiv unter Druck gesetzt).

Junge Gemeinde: JG in der *SBZ*, die kirchliche Form der Gemeindearbeit mit jungen Menschen (Jugendkreise in Ortsgemeinden). 1952 Kampagne zur „Entlarvung der JG als Tarnorganisation für Kriegshetze, Sabotage, Spionage, von westdeutschen und amerikanischen imperialistischen Kräften dirigiert". In der Aktion „Säuberung" der FDJ von den „Elementen" der JG werden 3.000 Oberschüler, die die Austrittserklärung nicht unterschreiben, von den Schulen relegiert, Jugend- und Studentenpfarrer verhaftet. Nach Stalins Tod und dem „Neuen Kurs" werden Anfang Juni 1953 die Maßnahmen zurückgenommen. Danach gab es keine massiven Aktionen mehr gegen die JG, aber subtile Formen von Einschüchterung und Benachteiligung. Man versuchte, die christlichen Gruppen auf ihr Eigenleben zu beschränken, und sorgte dafür, dass sie von der *Stasi* unterwandert und einzelne Mitglieder observiert wurden.

Junge Pioniere: Massenorganisation, 1948 in der *SBZ* gegründet und der *FDJ* unterstellt. 1952 erhielt sie den Namen des früheren KPD-Vorsitzenden „Ernst Thälmann". In einigen Formen den *Pfadfindern* nachempfunden. Losung „Seid bereit! Immer bereit!" beim wöchentlichen Fahnenappell und vor Unterrichtsbeginn. Zugehörigkeit offiziell freiwillig, aber Anmeldung in der 1. Klasse erfolgte automatisch. Eltern, die ihr Kind nicht bei den JP haben wollten, mussten aktiv werden. Sie und die Kinder hatten Druck und Benachteiligung in der Schule zu erwarten. 1988 – 1,9 Mio. = 98% JP-Mitglieder.

Kampfgruppen: Paramilitärische Truppe der *SED*, gegründet 1952, rekrutiert aus Parteimitgliedern, organisiert in Betriebskampfgruppen, häufig geführt von *NVA*-Offizieren a.D. Die „Genossen Kämpfer" versprachen in einem feierlichen Gelöbnis, die „Weisungen der Partei zu erfüllen, die sozialistischen Errungenschaften jederzeit mit der Waffe in der Hand zu verteidigen und mein Leben für sie einzusetzen". Als unverzichtbare Helfer „im Klassenkampf und bei der Abwehr imperialistischer Anschläge" wirkten sie am 13. August 1961 und danach mit bei der Sicherung der Berliner Mauer und der Staatsgrenze West. 1980 gehörten den K. einschließlich einer Reserve etwa 210.000 Kämpfer an.

Katechet/in: Bei der Neuordnung der kirchlichen Verhältnisse nach 1945 entstand im Bereich der *SBZ* für die kirchlichen Unterweisungen der Berufsstand der Katechet/in. Zunächst übernahmen ehemalige (Religions-)Lehrer, dann aber auch engagierte Laien diese Aufgabe. In der Folge wurden katechetische Seminare in den Landeskirchen eingerichtet. Die *Christenlehre*, anfangs noch in den Schulen möglich, fand in den Räumen der Kirche statt. Das katechetische Berufsbild war sowohl gemeindebezogen als auch missionarisch ausgerichtet und überwiegend durch Frauen bestimmt. In größeren Stadtgemeinden gehörten sie zum Mitarbeiter-Team und planten mit Diakonen (häufig in der Jugendarbeit), Kirchenmusikern und Pastoren die gemeinsame Arbeit. In kleineren Landgemeinden waren sie oft die einzigen hauptamtlichen Mitarbeiter neben den Pastor/innen.

Kirchenkampf: Einerseits innerkirchliche Auseinandersetzung um Fremdbestimmung der *BK*-Gemeinden durch *DC*-Kirchenleitungen, anderseits Abwehr der Ansprüche des totalitären Staates. Die *BK* berief sich auf Bibel und Glaubensbekenntnis als Grundlage des christlichen Glaubens, war indirekte Opposition gegen den NS-Staat, leistete aber letztlich keinen politischen Widerstand. Die „intakten" Landeskirchen, u.a. Württemberg, Hannover, in denen 1933 bei den staatlich erzwungenen Kirchenwahlen die *DC* nicht die Mehrheit bekamen, konnten deren Einfluss begrenzen. In den „zerstörten" Kirchen übernahmen die *DC* die Kirchenleitung, u.a. in Thüringen und Mecklenburg (hier mit Walther Schultz als Landesbischof, der sich „Kirchenführer" nennen ließ). Die *BK*-Bruderräte lehnten diese ab und schufen nach dem „Dahlemer Notrecht" von 1934 eigene Organisationsstrukturen.

Kolchose: Landwirtschaftlicher Großbetrieb in der Sowjetunion. Die ersten K. wurden nach der Oktoberrevolution 1917 gegründet, zunächst auf freiwilliger Basis. 1929 begann die Zwangskollektivierung der bäuerlichen Einzelwirtschaften. Die Kolchos-Leitungen wurden von der KPdSU eingesetzt. Formal waren die Mitglieder Eigentümer der Produktionsmittel. Der Boden gehörte dem Staat. Die K. war das Vorbild für die Einführung der *LPG* in den 50er-Jahren in der DDR, wobei hier der Boden Privateigentum blieb, aber genossenschaftlich genutzt wurde.

Kollektivierung der Landwirtschaft: Die *LPG*-Gründungen 1952 waren die indirekte Konsequenz aus der *Bodenreform*. Die Neubauernstellen mit durchschnittlich 5 ha ließen häufig keine rationale Bewirtschaftung zu. Zudem fehlte es vielen Neubauern an landwirtschaftlicher Erfahrung und technischer Ausstattung. Sie wurden bei den Maschinen-Ausleihstationen (MAS), dann Maschinen-Traktoren-Stationen (MTS) systematisch benachteiligt, sodass sie das staatliche Ablieferungssoll oft nicht mehr erfüllen konnten. Nach zunächst freiwilligem Zusammenschluss in den 50er-Jahren mussten die Einzelbauern unter dem zunehmenden Druck zwangsweise in die LPG eintreten. Viele flohen in den Westen, als die Schikanen immer stärker wurden. Die *SED* erklärte im Frühjahr 1960 nach einer massiven Kampagne den Prozess der Kollektivierung für abgeschlossen. Es gab kaum noch Einzelbauern.

Konspirative Objekte und Wohnungen: Von der *Stasi* betriebene, geheime Objekte und vertraulich angemietete Wohnungen. Sie dienten strategischen Zwecken (Nachrichtentechnik, Refugien für Regierungsmitglieder und Parteikader, Atombunker, militärische Depots u.a.m.), waren in allen Bezirken vorhanden und wurden in der Wende von den Bürgerkomitees trotz erheblichem Widerstand vielfach enttarnt. Die konspirativen Wohnungen mietete die *Stasi* von zuverlässigen Parteimitgliedern („Informelle Mitarbeiter zur Sicherung der Konspiration und des Verbindungswesens", IMK). Sie dienten zur Observierung von verdächtigen Personen und konspirativen Treffs von MfS-Offizieren mit von ihnen geführten IMs. Weitere Räume für konspirative Treffs unterhielt die *Stasi* auch in öffentlichen Einrichtungen wie Betrieben und Universitäten.

KSZE: Die blockübergreifende „Konferenz über Sicherheit und Zusammenarbeit" europäischer Staaten fand 1973 in Helsinki statt. In der 1975 von 35 Staaten, darunter auch den beiden deutschen, unterzeichneten Schlussakte bekam der Korb III eine besondere Bedeutung. In ihm ging es um Menschenrechte wie Reise-, Meinungs- und Pressefreiheit. Das war wichtig für die osteuropäischen Oppositionsbewegungen und die ostdeutschen Kirchen in der Auseinandersetzung mit dem Staat.

Kyffhäuser-Bund: Gegründet 1900 von Kriegervereinen. Monarchistisch ausgerichtet (Kaiser-Wilhelm-Denkmal auf dem Kyffhäuser). In ideologischer Abwehrhaltung zur Sozialdemokratie. Nach 1933 gleichgeschaltet – „NS-Reichskriegsbund". Heute Reservisten- und Schießsportverband.

KZ: Im Gebiet des heutigen Mecklenburg-Vorpommern gab es kein Konzentrationslager. Im Verlauf des Krieges entstanden aber immer mehr Außenlager, in die Insassen der KZ Ravensbrück und Sachsenhausen zum Arbeiten für kriegswichtige Unternehmen abkommandiert wurden. Meist lagen diese Lager in Wäldern und an unzugänglichen Orten, bewacht von *SS*-Personal, in der Nähe von Dörfern oder Kleinstädten provisorisch errichtet, u.a. bei Röbel, Neustrelitz, Below, Alt-Rehse, Neustadt-Glewe, Golm, Prora. Kurz vor Ende des Krieges wurden die Lager aufgelöst und die Insassen auf Todesmärsche in Richtung Westen getrieben.

LPG: Auf Beschluss der *SED* wurden 1952 „Maßnahmen zur Bildung von Genossenschaften" ergriffen, wie in allen osteuropäischen Ländern nach sowjetischem Vorbild. Zunächst gab es 3 Typen: Die Bauern brachten den Boden ein (I), Maschinen (II) oder den gesamten Betrieb mit Vieh, Maschinen, Gebäuden (III), dazu Geld als „Inventarbeitrag". Später herrschte auf staatlichen Druck Typ III vor.

LWB: Der Lutherische Weltbund wurde 1947 als Gemeinschaft aller lutherischen Kirchen in Lund, Schweden, gegründet. Weltweit 143 Mitgliedskirchen mit 70,5 Mio. Christen in 79 Ländern. Ein gewählter Generalsekretär und der Rat stehen in der Leitungsverantwortung. Alle 6 Jahre tritt die Vollversammlung zusammen. Das LWB-Sekretariat befindet sich im Ökumenischen Zentrum in Genf unter einem Dach mit dem Ökumenischen Rat der Kirchen (ÖRK) und anderen weltweiten christlichen Organisationen. Dadurch ist enge Zusammenarbeit möglich. Hauptschwerpunkte: Diakonie und Entwicklungshilfe.

ND: Das „Neue Deutschland" wurde 1946 als Lizenzausgabe der sowjetischen Militärverwaltung gegründet, die die Zwangsvereinigung von SPD und KPD zur *SED* veranlasst hatte. ND als „Zentralorgan der SED". Der Chefredakteur war immer ein hochrangiger Parteifunktionär. Auflage bis 1989 – 1. Mio., heute 32.000. Die Mehrzahl der Leser ist über 60 Jahre alt.

Neues Forum: Die als staatsfeindlich eingestufte Vereinigung wurde im September 1989 in Grünheide bei Berlin gegründet. Ihre Intention: statt eines vormundschaftlichen Staates einen, der auf dem Grundkonsens der Gesellschaft fußt und ihr gegenüber rechenschaftspflichtig ist. Nach der Unterzeichnung des Gründungsaufrufes durch 200.000 Menschen und kurz vor dem Fall der Mauer musste die Vereinigung mit 10.000 Mitgliedern zugelassen werden. In vielen Kommunen gingen von den NF-Gruppen Impulse zur Kontrolle der örtlichen Staatsmacht und zu deren Umgestaltung aus. Im Vorfeld der einzigen freien Volkskammerwahlen im März 1990 schloss sich das NF mit anderen Oppositionsbewegungen zum „Bündnis 90" zusammen.

NSDAP: Die „Nationalsozialistische Deutsche Arbeiterpartei", 1920 gegründet, stand für Rassenideologie, Antisemitismus, Ablehnung von Demokratie und Parlamentarismus. 1933 war nach Ausschaltung aller Parteien und des Parlaments der Weg frei zum Einparteienstaat per „Gesetz zur Sicherung der Einheit von Partei und Staat". In ihren Gliederungen war die Partei straff nach dem Führerprinzip organisiert und beherrschte in totalitärer Machtausübung alle gesellschaftlichen Bereiche. Mitgliederzahl 1945 – 7,5 Mio.

NVA: „Nationale Volksarmee" (Vorläufer „Kasernierte *Volkspolizei*"), gegründet 1956 als Freiwilligenarmee, war die Antwort auf die in die NATO integrierte westdeutsche Bundeswehr. Ab 1962 Wehrpflicht, Dauer 18 Monate. NVA Mitglied im 1955 gegründeten „Warschauer Pakt" und ausgestattet mit sowjetischen Waffen. 1989 Stärke 173.000 Mann und 323.000 Reservisten. Einen Tag vor der Wiedervereinigung, am 2. Oktober 1990 aufgelöst. Ein Teil der Truppen, Kasernen, militärischen Anlagen wurden von der Bundeswehr übernommen.

P70: = Personenkraftwagen mit 700 ccm Hubraum. Kleinwagen, 1955-59 – 36.150 Exemplare im VEB „Sachsenring Zwickau" als „Zwischentyp" gebaut. Erster Serienwagen der Welt mit Kunststoffkarosse. Vorläufer F8, Nachfolger Trabant P50.

Pfadfinder: 1907 gegründet vom britischen General Robert Baden-Powell. Die Bewegung breitete sich in den ersten Jahrzehnten des 20. Jh. weltweit aus. Ziel, „zur Entwicklung junger Menschen beizutragen, damit sie ihre vollen körperlichen, intellektuellen, sozialen und geistigen Fähigkeiten als Persönlichkeiten und als Mitglieder ihrer örtlichen, nationalen und internationalen Gemeinschaft einsetzen können". 3 Grundprinzipien: Pflicht gegenüber Gott, Mitmenschen, sich selbst. Unterschiedlich orientierte Vereine weltweit. In Deutschland insgesamt 260.000 Mitglieder.

Rat des Bezirkes: Mittlere Verwaltungsebene unterhalb der DDR-Regierung. 1952 wurden die 5 Länder durch *SED*-Beschluss aufgehoben zugunsten von 14 Bezirken (Prinzip „Demokratischer Zentralismus"). So war nach sowjetischem Vorbild die Kontrolle durch die Zentralregierung gewährleistet. R.d.B. damit ein Verwaltungsamt ohne Regierungskompetenz, ebenso der Bezirkstag (Parlament). Größere Einflussmöglichkeit hatte bei der durchgehenden Doppelstruktur die *SED*-Bezirksleitung. Das alte Land Mecklenburg mit dem Reststück Vorpommern war bis 1989 aufgeteilt in die Bezirke Rostock, Schwerin und Neubrandenburg.

Russisch-Orthodoxe Kirche: ROK, selbstständige (autokephale) Kirche von Moskau und Russland mit langer Tradition (988 Taufe Wladimir I. von Kiew). Ab 1917 schwere Verfolgungszeit unter Lenin und Stalin, Massenhinrichtungen, Deportationen. Von etwa 80.000 Kirchen und 1.000 Klöstern „arbeiten" 1936 noch 100 Kirchen, 0 Klöster. Viele Kirchen abgerissen oder profanisiert. Nach Beginn des deutschen Angriffskrieges 1942 eingeschränkte Duldung der ROK, ihre stabilisierende Rolle im „Großen Vaterländischen Krieg". Unter Chruschtschow und Breschnew neue Bedrängnis. In dieser Zeit stärker werdende ökumenische Kontakte zu den DDR-Kirchen und informelle Querverbindungen zu den evangelischen Minderheitskirchen in der SU. Ab 1988 Änderung der Situation, 1990 die Wende für die ROK. Rückgabe vieler Kirchen. Heute hat die ROK 100 Mio. Mitglieder.

SA: „Sturmabteilung" – paramilitärische Kampforganisation der *NSDAP* während der Weimarer Republik, später als SA reine Schlägertruppe. Nach 1934 Ermordung der SA-Führungsspitze („Röhm-Putsch") durch die *SS,* Bedeutungsverlust. Landesweiter Einsatz 1938 bei der „Reichskristallnacht". 1945 Reservoir für den „Volkssturm", Gewalttaten gegen Kriegsgefangene und Kapitulationswillige.

Schwerter zu Pflugscharen: Die Aktion war ab 1980 eine Reaktion der DDR-Kirchen auf die Einführung des schulischen Pflichtfaches *Wehrerziehung*, aber auch auf die militärische Ost-West-Konfrontation (Atomwaffen). Symbol: Skulptur eines sowjetischen Bildhauers, die einen Mann zeigt, der ein Schwert in eine Pflugschar umschmiedet. Biblische Grundlage Micha 4,1-4. Standorte: Moskau, seit 1959 auch New York vor der UNO, ein Geschenk der SU. In der DDR besonders als Aufnäher von Jugendlichen und Mitgliedern verschiedener Gruppen der inoffiziellen Friedensbewegung gezeigt. Harte Verfolgung durch die DDR-Behörden.

SED: „Sozialistische Einheitspartei Deutschlands" – alle gesellschaftlichen Bereiche bestimmende Staatspartei, 1946 entstanden aus der Zwangsvereinigung von SPD und KPD. Die „Blockparteien" spielten eine untergeordnete Rolle. Hierarchisch aufgebaute Kaderpartei mit ausgeprägtem Personenkult. In allen Entscheidungen von der KPdSU abhängig, beanspruchte sie die Deutungshoheit über die Lehren des Marxismus-Leninismus. Propagierte Ideologie mit aggressiven atheistischen Tendenzen. Bei offizieller Tolerierung von Kirche und „christlich gebundenen Staatsbürgern" betrieb sie eine Politik der „Nadelstiche" mit Behinderung kirchlichen Lebens und Benachteiligung der Christen in Ausbildung und Beruf.

Sippenkanzlei: Um Menschen „nichtarischer" Abstammung aufzufinden, wurde ab 1933 ein „Ariernachweis" im „Ahnenpass" verlangt. Da es zivile Standesämter erst seit 1876 gab, konnte der Nachweis über mehrere Generationen nur mithilfe der Kirchenbücher erbracht werden. Dieser wurde bereitwillig von den *DC*-, aber auch von *BK*-Pastoren gegeben, bevor es zur Pflicht (Nürnberger Rassegesetze, 1935) wurde: Amtshilfe beim Aufspüren nichtarischer Vorfahren von getauften Christen sowie Informationen an die „Reichsstelle für Sippenforschung" (RfS) und entsprechende Ämter von *NSDAP* und *SS*. Diese Zuarbeit wertete die Kirchenbuchabteilungen als gemischte staatlich-kirchliche Einrichtungen auf – Verleihung des Titels „Sippenkanzlei", deren Leiter „Kirchenbuchführer". In Mecklenburg wurde das Kirchenbuchamt in Schwerin 1935 in „Mecklenburgische Sippenkanzlei" umbenannt. Willfähriger Leiter war der *DC*-Pastor Edmund Albrecht. In der Nachkriegszeit wurde die kirchliche Beteiligung an Ausgrenzung und Verfolgung der Juden fast völlig ausgeblendet.

Sola fide: = allein aus Glauben (Röm. 3,28) – neben „sola gratia" = allein aus Gnade und „sola scriptura" = allein aus der Schrift – reformatorischer Grundsatz, nach dem Gottes Zuwendung („gerecht werden vor Gott") nicht durch gute Werke, sondern allein aus Glauben (= Vertrauen) erreicht werden kann. Kirchengeschichtlicher Bezug: Entstanden in der Auseinandersetzung M. Luthers mit der Praxis des Ablasshandels; seine 95 Thesen lösten 1517 den Prozess der Reformation aus.

Sondermittel (Valuta-Zahlungen): Projekte, bei denen Geld für die östlichen Landeskirchen transferiert wurde und die der DDR zur Beschaffung von Devisen und Industriegütern dienten. Grundsatz war die von der DDR-Regierung verlangte Vertraulichkeit, mit der diese Transfers über verschiedene dem Ost-Berliner Wirtschaftsministerium unterstellte Außenhandelsfirmen abgewickelt wurden. So flossen Valuta-Mittel von *EKD*-Mitgliedskirchen für ihre östlichen Partnerkirchen (u.a. zur Fahrzeugbeschaffung für Pastoren und Mitarbeiter) über die *EKD* in die DDR. Zwischen 1957 und 1990 wurden im Valutamark-Programm etwa 1,4 Milliarden DM transferiert und eine ähnliche Summe für Bauprogramme des Kirchenbundes (u.a. das Sonderbauprogramm einschließlich des Berliner Domes) und der Diakonie.

Sowjetische Besatzungszone (SBZ): SBZ – nach dem Abkommen der vier Siegermächte das Gebiet östlich der Elbe, auf dem 1949 die DDR gegründet wurde. Westliche Teile von Thüringen und Mecklenburg (u.a. Wismar, Schwerin), zunächst zu den amerikanischen und britischen Zonen gehörend, wurden im Sommer 1945 der SBZ zugeordnet, was eine erste Fluchtbewegung nach Westen auslöste.

Staatssekretariat für Kirchenfragen: Behörde, seit 1957 zuständig für die Kommunikation zwischen Staat und Kirche, dem DDR-Ministerrat unterstellt. Ziel, „jeden Versuch der Einmischung kirchlicher Stellen in staatliche Angelegenheiten, insbesondere Schul- und Erziehungsfragen, zu unterbinden". Seitens der Kirche wurde intern vom „Staatssekretariat *gegen* kirchliche Angelegenheiten" gesprochen.

Staatssicherheitsdienst: SSD, im Volksmund „Stasi", wurde 1950 nach sowjetischem Vorbild als DDR-„Ministerium für Staatssicherheit" (MfS) gegründet. Außenpolitisch Geheimdienst, innenpolitisch Überwachungs-(Unterdrückungs-)Instrument gegenüber der Bevölkerung, wobei verschiedenste Praktiken angewandt wurden bis hin zur „Zersetzung" von „feindlich-negativen Personen". Der SSD („Schild und Schwert der Partei") benötigte zur flächendeckenden Überwachung und Unterwanderung oppositioneller Gruppen und der Kirchen ständigen Zuwachs an Technik und Personal. Zuletzt gehörten 91.000 hauptamtliche und 200.000 inoffizielle Mitarbeiter (HM/IM) zu der „Allzweckwaffe der Partei".

SS: Als „Saalschutz" aus der *SA* hervorgegangen, 1925 von Hitler gegründet (auch „Sturmstaffel"). Nach 1934 Kontrolle des Polizeiwesens, paramilitärische und militärische Aufgaben neben der Wehrmacht, besonders während des Krieges („Waffen-SS"). Verantwortlich für Errichtung und Betrieb von Konzentrationslagern, im Endergebnis für die industrielle Ermordung von Millionen Menschen.

Sütterlin-Schrift: Nach dem Grafiker Ludwig Sütterlin benannte Schreibschrift, die er 1911 im Auftrag des preußischen Kultur- und Schulministeriums schuf. Sie wurde 1915-40 in den Schulen und allgemein benutzt.

Tausendjähriges Reich: Ein biblischer Begriff (Offb. 20,1-6), Hoffnungen auf ein Friedensreich mit der Wiederkunft Christi formulierend. „1000 Jahre" – nach antikem Verständnis symbolische Zahl für einen großen Zeitraum. Zu Beginn der NS-Ära wurde der Begriff gelegentlich benutzt, dann im Blick auf seinen biblischen Gehalt als ungeeignet fallengelassen. Tauchte nur in Witzen über das NS-Regime und nach 1945 als lächerliches Markenzeichen für diese 12 Jahre auf.

V1, V2: „Vergeltungswaffe" – Bezeichnung der NS-Propaganda. Weltweit erste Großrakete mit Flüssigkeitstriebwerk, entwickelt und hergestellt ab 1939 in der „Heeresversuchsanstalt Peenemünde". Nach Versuchs-Phase militärisch eingesetzt. Dabei kamen in europäischen Ländern, u.a. in Belgien, England, 8.000 zumeist zivile Personen um. Während des Baus der unterirdischen Stollen bei Nordhausen, der anschließenden Produktion und der brutalen Behandlung der Zwangsarbeiter bzw. deren Bestrafung für Sabotage wurden mehr Menschen getötet als beim Einsatz der V1 und V2.

VELKD: „Vereinigte Evangelisch Lutherische Kirche Deutschlands" – gegründet 1948 in Eisenach als Zusammenschluss der lutherischen Landeskirchen. Leitungsorgane: Generalsynode, Leitender Bischof, Kirchenleitung. Geschäftsstelle: Lutherisches Kirchenamt in Hannover. In den 60er-Jahren wurde durch die DDR-Politik der grenzübergreifende Zusammenhalt so erschwert, dass die Landeskirchen von Mecklenburg, Sachsen und Thüringen sich zur VELKDDR zusammenschlossen.

Veranstaltungsverordnung: „Verordnung über die Durchführung von Veranstaltungen" von 1951, wurde 1970 verschärft mit eindeutiger Absicht, die kirchlichen Wirkungsmöglichkeiten weiter einzuschränken. Die von der Anmeldepflicht ausgenommenen Veranstaltungen mit „kultischem Charakter" wurden nicht mehr exemplarisch genannt, sondern im neuen VVO-Text als vollständig aufgelistet. Den Protesten der Landeskirchen gegenüber blieb die staatliche Seite hart. In der Mecklenburgischen Landeskirche gab es die meisten Ordnungsstrafverfahren gegen Pastoren und Mitarbeiter. Landesbischof Dr. Rathke hielt trotz deutlicher Drohungen unbeirrbar daran fest, die staatliche Interpretation dessen, was eine kirchliche Veranstaltung ausmacht, nicht zu akzeptieren. Das führte zum Einlenken der Funktionäre. Die Handhabung war trotz des neuen VVO-Textes wie vor 1970, bis 1980 eine moderatere Verordnung in Kraft trat.

Volkspolizei: Die „Deutsche Volkspolizei" wurde 1945 in der *SBZ* gegründet. Unterstand dann dem Minister des Innern (Innenminister auch „Chef der Volkspolizei"). Verschiedene Dienstzweige wie Verkehrs-, Wasserschutz-, Kriminalpolizei. Die Transportpolizei war für die Sicherung von Bahnhöfen und Anlagen der Deutschen Reichsbahn zuständig. Die Abteilung Pass- und Meldewesen unterstand ebenfalls der VP. In den Bezirks- und Kreisdienststellen bestanden enge Arbeitsbeziehungen zu den entsprechenden *Stasi*-Stellen.

Volkssolidarität: Als Hilfsorganisation im Oktober 1945 auch unter Beteiligung der Kirchen in der *SBZ* gegründet, zunächst, um den am meisten Hilfsbedürftigen, Alten, Kindern, Flüchtlingen, beizustehen. Betreuung älterer Menschen in ambulanter Form blieb auch später das Hauptbetätigungsfeld. Auch publizistisch-propagandistische Aktivitäten. Nach der Wende in verschiedenen Sparten tätig. Betreibt Pflegeheime, Kitas und Begegnungsstätten.

Wehrerziehung: Der Wehr(kunde)unterricht wurde 1978 als Schulpflichtfach ab der 9. Klasse eingeführt. Er entsprach dem Prinzip der allgemeinen Militarisierung der Gesellschaft, die im Kindergarten begann. Politisches Ziel, „die Gesamtheit aller Maßnahmen zur ideologischen, charakterlichen und physischen Formung der Bürger unseres Staates im Hinblick auf die umfassende Verteidigung der DDR" zu bündeln. Die kirchlichen Proteste konnten wenig bewirken. Befreiung aus weltanschaulichen und religiösen Gründen wurde nicht gewährt. Wer sich dennoch weigerte, hatte Benachteiligung in Ausbildung und Beruf zu erwarten.

Wlassow-Armee: Russische Befreiungsarmee, 1944 gebildet aus russischen Freiwilligen, die auf Seiten der deutschen Wehrmacht kämpften. Exilrussen, Zwangsarbeiter und Kriegsgefangene, die in der Befreiungsarmee das kleinere Übel sahen. Nach Kriegsende wurden die Rest-Einheiten an die SU ausgeliefert, General Wlassow und 9 seiner Generäle 1946 hingerichtet. Weitere Offiziere und Soldaten kamen in Gulags, andere in die Verbannung, aus der sie 1953 zurückkehrten.